龍鳳無雙

1

池上早夏 著

風文創 583

目錄

序文

池上早夏

考慮到這是我第一次寫序文，斟酌再三，決定在講這本書前，先提一提我寫故事的經歷。

我開始正經寫古言是在高三，試卷與講義漫天飛、對多數學子而言如噩夢一樣的高三。當時我在老師眼皮底下構思小說，很長一陣子幾乎沒好好聽過幾堂課，甚至把自習時間都拿來寫作。我所在的文科班裡，一半以上的同窗都是我的讀者，他們在自習課偷偷傳閱我的手稿，看完每天的更新內容後，在紙上寫下大段的感想，彼此留言互動，或者塗鴉。也有人為了一次看個夠，等攢多了章節，就把我的幾本手稿帶回寢室，夜裡開著手電筒閱讀。現在回想起來，當初的文科班簡直像一個實體版的文學平臺。

在那個荒煙蔓草的年代，在「高三」這場沒有硝煙的戰爭裡，有那麼多朋友陪我這樣荒唐，直到現在，我仍覺溫暖而感激。不過在這裡我也必須嚴肅說明，我絕不認同任何人在看了這篇序文後「效仿」我的做法，並衷心希望各位學子引以為戒——畢竟當初本人「好景不長」，沒寫多久就被班主任「抓包」，沒收了手稿，以至於那個沒完結的故事最終成了我及班上同學的一大憾事。

當然幸好，你們現在拿到的這本書是圓滿的。

高中畢業以後，我曾一度想找回潛心寫作的感覺，卻因大學過分絢麗的生活頻頻失敗，直至我到日本留學，生活歸於冷清，才終於能夠靜下心來重操舊業，於是也就有了這本書裡的故事。

這個故事最初的靈感來自於一個詞——崢嶸。

最早於我心裡賦予它的書名也是《崢嶸》。我想寫一段崢嶸歲月，想寫幾個身在這段崢嶸歲月裡，或者驚才絕豔於當世，或者永垂不朽於青史的人物；然而，這段歲月未必是光明的，甚至相反，它可能充斥著黑暗與骯髒，急需有人拿著刀和斧頭，劈開腐朽潰爛的山河，重塑一個朗朗清明的時代。然後我想，得有一雙帝后來做這樣的操刀人，來做這個王朝的中興之主。

所以故事開始了，我叫它落腳於甜蜜的寵文基調，講青梅竹馬的男女主人公如何彼此相伴、扶持，如何一路走上政治與權力的巔峰，如何做了一輩子的歡喜冤家。

正文部分跨越九年，從女主人公的七歲講到十六歲，從一個乍暖還寒的驚蟄講到另一個乍暖還寒的驚蟄。我想寫的這位姑娘，她並非武功蓋世，也不是天生就聰明絕頂，但特別的是，她不被困於方寸後宅、一畝三分地；不被囚禁在那個時代給女子設下的牢籠裡，她始終在成長，且終有一日鳳凰涅槃，真正有資格與龍比肩。

她很努力，也很幸運，遇到了願意陪她長大的男主人公。我想寫的這個男主人公，他看似高高在上、無所不能，看似蠻橫霸道、不可一世，實則卻孤獨而小心，善良而包容，充滿矛盾。在那個時代裡，他是與眾不同的。他擁有絕對的權勢捆住他愛的姑娘，卻從未選擇將她當作金絲雀來豢養，亦從未選擇折斷她的羽翼，一味自大地保護她。他知道，在那片波詭雲譎的天地裡，最好的保護就是親手教她變得足夠強大。

因為這樣一對男女主人公，我有幸得到了寫下這些話的機會。在此，謹以寥寥數言感謝他們陪我度過的時光，更感謝在創作過程中，所有不離不棄、始終在旁聆聽的讀者。有了你們，他們才是真正鮮活的，而我也真正成為了一個講故事的人，不再是踽踽獨行者。

第一章

穆曆昭盛十七年春，京城有頭有臉的人家公儀府出了樁命案。

老夫人六十大壽晚宴那會兒，府上的嫡四女公儀珠在自家園子裡落了水，被當值的婆子救起後只剩下一口氣。

湯藥流水般送進府去，京城最有名望的幾位大夫先後趕來，連太醫院也給驚動了，可這薄命的姑娘偏是沒熬過去，當晚就沒了。

人們無不感慨，都說公儀老爺是朝裡風頭鼎盛的刑部尚書，向來深得陛下倚重，倘使仕途順當，再熬個兩年便能入閣做輔臣，那就是個權傾朝野的命，京中權貴們誰人不想拉攏？

而公儀家的這位四姑娘不單顏色出眾，又堪稱詠絮之才，素是嫡出姊妹裡頭最受爹媽寵愛的那個，自小就跟明珠似的被捧在手心，待再過幾個月及笄，必能盼得一門好親事，便是攀上皇室也一點不讓人訝異。

可惜啊，這人說沒就沒了。

沒了也就罷了，還偏是死在老夫人的壽辰，這下子，忌日衝撞了喜日，將來家裡人想悼念怕都不能明著來，怎一個「慘」字了得。

這樁事鬧大了，連帶驚動了當今聖上。聖上怕四姑娘是蒙冤受害，叫公儀老爺放寬心，不必顧忌赴宴的那些皇親國戚，該查查、該問問。可公儀老爺卻謝過皇恩，說案子查清了，四姑娘落水沒有隱情，只是夜黑霧濃，不慎失足所致。

人家閨女親爹都結案，人們唏噓一陣，這事也就翻篇了，再講起公儀珠，是五年以後，公儀老爺榮登首輔之位時。

不知是誰多嘴開了個話匣子，說四姑娘當真福淺，若是這會兒還在人世，想來也該憑著娘家滔天的權勢，在夫家過得要風得風、要雨得雨吧！又有人說，是四姑娘紅顏薄命，惹了上天垂憐，因而將這福澤綿延到公儀府，才叫公儀老爺短短數年便攀上那個令無數人仰著脖子瞧的位置。

倘使公儀珠聽見了後頭這話，定要氣得七竅生煙。敢情她死了，還是個值得鑼鼓喧天、鞭炮齊鳴慶賀的好事，算是光耀門楣了？

這些淨說風涼話的，根本不知道她是怎麼死的——她不是失足落湖，而是被人推下去的啊！

害死她的是個年輕男客，當晚喝了酒醉昏頭，瞧見她單身立在湖邊就大了膽子上前毛手毛腳。

要說也是公儀珠自己失了分寸，只顧著出來透氣，未曾想在自家園子裡還能惹出禍端，因而沒帶個丫鬟在身邊防備著。她心裡清楚，以公儀府比之外頭格外嚴謹的治家門風，倘使這一幕被人瞧見，自己怕是跳了湖都洗不乾淨，於是也不敢大聲呼喊，只慌忙與那人推搡起來。

推搡著，推搡著，就被推下了湖。

男子也非故意為之，見人落水立時就呆了。可公儀珠在湖裡掙扎時親眼看見了，他回過神後非但沒找人救她，竟還抱著腦袋落荒而逃。

真真是個胡作非為、罔顧人命的窩囊小人！

可惜當夜府裡的客人實在太多，她個大門不出、二門不邁的閨閣女子又認不得幾個，黑燈瞎火的連人家長相都未全然看清，自然死得不明不白。唯推搡時無意摸著對方腰間繫著的一塊玉珮，或可算微末零星的線索。

玉珮質地細膩溫潤，像是頂好的羊脂，其上鏤雕紋路繁複，似乎還刻了個字。只是觸碰不過一剎，那究竟是個什麼花樣她實在沒能辨出，就這麼嚥了氣。

也就在她撒手人寰的那會兒，京城魏國公府裡響起了一個吭亮的女聲——

「生了、生了！恭喜國公爺，是雙龍鳳胎！」

七年後

驚蟄時節，乍暖還寒。方才歇雨的天，雲氣氤氳，透過暖廊的雕花槅扇，可見遠處房檐正緩緩向下滴淌著水珠。

廊子裡走過一行女眷，當先的老婦一身深紫鑲邊長襖，上紋蹙金繡雲霞翟鳥紋，舉止間貴氣十足，垂眼見身旁方及她腰高的女娃一直費力仰頭望著槅扇外的景致，便沈聲道：「崢姐兒，此間是公儀閣老的府邸，仔細著儀態。」

納蘭崢聞言立刻收回目光，抬頭笑道：「祖母教訓的是。」

她笑時頰邊露一對小梨渦，實在可愛得緊，胡氏瞧了便也沒再說話。

跟在納蘭崢後面的貼身大丫鬟綠松悄悄撇了撇嘴，心裡不大高興。老太太待四姑娘果真嚴苛得很，怎地她就瞧不出自家小姐何處失了儀態呢？

小姐如今七歲，最是活潑的年紀，不過覺得閣老家的景致新鮮，多看幾眼又有什麼要緊？是老太太看她這模樣怪像沒見過世面的，怕有失魏國公府的顏面才這麼說吧。

暖廊很長，許久才見盡頭，前面不遠便是通往內院的垂花門，客人們自然進不得。引路的丫鬟停下來，回身伸手向另一個方向道：「納蘭老夫人這邊請。」

胡氏擺著副目不旁視的清高姿態，剛要邁步就被身旁的女娃扯了扯衣袖。

納蘭崢仰起腦袋，眨著雙晶亮的眼道：「祖母，我忽然不想賞佛雕了，那邊的梅林好看，我能不能去？」

胡氏隨她所指一看，立刻沈下臉來。這女娃果真不是誠心跟她來公儀府賞鑑佛雕的，還是那個貪玩的性子。卻是尚不及開口訓話，便見前頭有人笑著向這處來了。

來人著深青如意紋緙絲長褙子，相比一身命婦行頭的胡氏樸素許多，也是個上了年紀的老婦，見著幾人便道：「納蘭老夫人，這佛雕會就等您一人了，您若不到，大師可不敢開光。」
納蘭崢一眼認出這是京城書香門第杜家的老夫人，與祖母素來交好，十分乖巧地給她福身行禮。「阿崢見過杜老夫人，杜老夫人安康。」說罷偷偷向她眨眨眼。
杜老夫人見狀意會，許是覺得她這模樣伶俐，便替她說了幾句好聽的，胡氏這才沒動怒，勉強放她去了。
納蘭崢見一大串下人都隨祖母走了，悄悄吁出一口氣，跟著公儀府留下陪侍的一名丫鬟往梅林去。
驚蟄前後正是賞春梅的好時節，公儀府的梅林又是出了名的繁盛秀美，蜿蜒有致，不及走近便有梅香撲鼻。只是納蘭崢身上那件丁香色的妝花旋襖不擋風，出了暖廊就叫她忍不住抱緊了小臂。
一路跟著她的綠松見狀忙問：「小姐，可是這風吹得您冷？」
納蘭崢點點頭，苦著臉哆嗦道：「是我沒聽祖母的話，不肯穿多。」
綠松急了，向前頭引路的丫鬟道：「這位姊姊，可否麻煩妳替我家小姐去外頭停著的馬車裡取件披氅來？」
那丫鬟聞言自然答好。「納蘭小姐在此處稍候，奴婢片刻便回，若您覺得冷，也可回到方才那處暖廊去。」
納蘭崢點點頭，笑得乖順。「多謝姊姊了。」卻剛見人家轉身，便給綠松使了個眼色，低聲道：「替我在這兒關照著。」

綠松忙自信點頭。「小姐放心去。」

納蘭崢這就走了。

她替祖母抄了好幾卷佛經，抄得小手都快腫了，才哄騙得她老人家帶自己來這一趟，當然不是為了賞佛雕的。

她心裡藏了一樁隔世仇要報。

她在七年前死於非命，對當年害死她的凶手至今仍一無所知，她若真在投胎轉世後忘卻前塵也便罷，偏她沒有忘，因此每每記起總是如鯁在喉。

她死後，素來疼愛她的父親匆忙結案，無人替她做主，她怨怪之下也唯有自己查個究竟。哪知前世今生的兩位祖母年輕時曾鬧過一次不愉快，致使兩家人私交素來不多，這不，這個機會竟叫她等了足足七年。

此番虧得她做足了準備，與綠松先打過招呼，刻意穿少了些，又清楚依祖母愛現的性子，必然會在佛雕會上擺足排場，不會留旁的下人與她，這才得以偷溜出來。

七歲的女娃個子小不起眼，憑著前世的記憶抄小道，躲躲藏藏繞開了些許下人，悄無聲息地來到當年自己落水的那個園子。不料方及靠近，便聽見一個嬌滴滴的女聲傳來。

「杜郎——你這手往哪去，可輕些！」

納蘭崢霎時彎著腰僵在拐角處的盆栽旁。

此地是公儀府後園，雖不如公侯伯府邸裡頭的奢靡，卻也不算太小，平日常有客人到訪，多在此行些諸如流觴宴之類的雅事。

可此刻身在假山後頭的人卻分明不是在行什麼雅事。

很快又有個含笑的男聲響起。「好了，不鬧我的小瓊兒了。」

納蘭崢眉頭一蹙，似乎猜到了女子的身分。要說公儀府如今尚未出閣的年輕小姐，名中含「瓊」的，可不就是當年她那九歲的庶妹公儀瓊了？說起來，她死的當晚若非與這位素來不待見她的庶妹起了口角爭執，也不會悶得來後園散心。

假山後的對話聲一點點鑽進了納蘭崢的耳朵裡。

「杜郎，你怎會約了我在此地？」

「祖母他們都在前頭賞佛雕，今日這後花園最是冷清無人。」

「可我不喜歡這裡，這園子裡出過人命，陰森得很。」

那所謂「杜郎」問起緣由。公儀瓊嬌著嗓子答道：「死的那個是我嫡出的姊姊，七年前想不開投湖了。她倒好，走了個乾淨，卻將這園子弄得晦氣，還叫祖母再過不好壽辰。」

「既是妳家中嫡出的小姐，必是千人寵、萬人愛的，又何至於落到投湖自盡的田地？」

公儀瓊冷笑一聲。「怕是她曉得自己將要被許給那病弱的太子做繼室吧。」

納蘭崢聽到此處當真一頭霧水，若非她知道這園子只出過一樁命案，都幾乎要懷疑公儀瓊說的是旁人了。她可不是投湖自盡的，也從未聽聞什麼許配之事。

「此話當真？」

「自然是真，否則咱們公儀府沒了個小姐，哪能驚動得了天子爺？」

「倒是可惜了。」男子笑一聲。「去年冬太子殿下薨逝，陛下冊立長孫為太孫，妳那位姊姊當年若嫁了過去，將來可要做皇太后的。」

「可不是嘛！」公儀璿跟著嬌笑一聲，笑裡卻飽含諷刺。

納蘭崢無意再聽這些胡謅之言，奈何去往湖邊的路只這一條，不得不繼續彎腰躲好，哪知竟蹲到腿都麻了也未聽二人離去，反倒不時有哼哼唧唧的聲音傳來，叫她直覺得耳朵疼。

正在這為難之時，忽有什麼人往她跟前踢了枚小石子，恰好擊中她腳邊的盆栽，傳出「砰」一聲響。

納蘭崢驚愕回頭，就見一個清瘦的男子負著一隻手朝這邊走來，一身石青色竹葉暗紋直裰襯得整個人儒雅無比。

她曉得這人，是江北淮安顧家的庶子，名動京城的少年解元，顧池生。他自幼寄居公儀府，是她前世的父親公儀歇最得意的門生，她若沒記錯的話，他在去年秋闈中名列第一甲時不過才十四。

納蘭崢有七年不曾見過他了，他亦容貌大改，可他周身那股極其鮮明的通透氣息，卻叫她一眼就認出了他。

但顧池生顯然不知道她。

這頭的動靜自然也傳到假山後面。那男子是杜家二公子杜才齡，聞聲給公儀璿使了個眼色，示意她躲好，繼而當先繞過假山走出，向納蘭崢那處拐角壯著聲勢道：「什麼人在那裡？」

顧池生向納蘭崢比個噓聲的手勢，隨即朝前走去，一面道：「杜兄，是我。」

納蘭崢這下明白過來，他恐怕早已在她身後了，大約覺得她一個小女娃聽那些羞臊的聲音不大適合，這才替她解圍。

杜才齡瞧不見拐角這處的動作，聽出來人是與自己交好的同窗，略鬆了一口氣，嗔怪道：「顧兄素來為人正直，竟也做聽牆腳的活計？」

這是在試探了。

顧池生走到他跟前笑了笑。「只是剛巧經過，聽杜兄似乎正與公儀小姐談論詩詞，一時心生好奇，還請杜兄莫怪。」

這是在給臺階了。

公儀璿尷尬地從假山後頭出來，杜才齡也跟著乾笑一聲，順著臺階下了，與顧池生說起詩詞的事，卻到底有些心虛，不過片刻便道：「倒是許久未與顧兄切磋棋藝了，既然今日碰著，莫不如與我去前頭下盤棋？」

「好。」

兩人拘著男女之防的禮數遠遠與公儀璿別過，並肩離開，公儀璿亦未久留。

待人去園空，納蘭崢才鬆了口氣，從拐角走出，心道虧得遇見素來心善的顧池生，否則還不知得僵持到何時？

她知綠松那邊拖延不了太久，便抓緊邁著短腿小跑進園子，順著六棱石鋪就的小徑往深處去，一路來到了湖邊。

當年落湖時，她曾拽下對方男客腰間的一塊玉珮，雖不知七年過去，它是否仍留在湖底，但這是她眼下唯一的線索了，只能姑且試試。

她打算好了，先瞧一瞧這湖底鋪的是何物，倘若是淤泥，她便得再想別的法子；倘若是沙石，就還有撈起來的可能。等再過幾個月，日曬雨淋一番過後，就與公儀府假稱自己上回來時掉了塊十分要緊的玉珮，請他們務必替她找一找，如此，即便玉珮被翻找許久才尋到，也不會惹人起疑。

天剛下過雨，素日乾淨的湖岸有些泥濘潮濕，湖水也因此變得渾濁，叫她分辨不大真切，想來必須借助外物了。

她朝四面張望，踮起腳從一旁的矮樹上折了根枝條，往湖底探去。不料枝條剛下水，身後就傳來一聲厲喝。

「什麼人！鬼鬼祟祟的做什麼？」

納蘭崢渾身一顫，著實被這突如其來的尖利聲音嚇了一跳，手中枝條跟著受了力道彎折下去，「啪」一聲斷了。

如此一來，她整個人亦隨之栽歪，再被湖邊濕滑的石子路面一帶，一下子落入湖裡。

來人是因察覺事有古怪、不信顧池生說辭，假意離去復又回返的公儀璿，正暗自得意將這女娃逮了個正著，見狀也被嚇一跳，立時驚叫起來。

公儀璿慌了，可她身邊的貼身丫鬟不諳水性，這附近的下人又因她與杜才齡的幽會早被支開，一時真是叫天天不應，叫地地不靈。

她心急如焚，朝身旁傻杵著的丫鬟道：「還不快去喊人！」

那丫鬟點頭如搗蒜，慌忙奔走，還未跑出園子就遇見了同樣去而復返的顧池生。

顧池生曉得公儀璿心眼多，因此方才故意拖著杜才齡未走遠，聽見這邊動靜不對便立刻往回趕。

他遠遠看見園內情狀，竟是一改平日穩重老成的性子，沒有絲毫猶豫停頓地狂奔過去，跳進了湖裡。

第二章

春分將至，玄鳥南歸，天氣日漸和暖起來。

魏國公府的桃華居卻氣氛沈悶，下人們俱都提心吊膽醒著神做事，生怕一個疏忽，就跟小主子身邊的貼身大丫鬟綠松一樣遭了責罰。

小主子前些日子落水得了傷寒，眼見快好全了，可這桃華居裡瀰漫的藥香還沒散呢，誰也不敢怠惰。

老太太前頭動了怒，連帶小主子也一併罰了，說要她好好閉門思過，不得准許不可踏出院門半步。

這不，他們這些做下人的也是一榮俱榮，一損俱損，如今個個灰頭土臉。

院裡灑掃的小廝方思及此，就見廊廡盡處走來一名行色匆匆的丫鬟，一身桃紅色比甲配雪白的挑線裙，穿戴齊整，只是兩頰微微酡紅，似有什麼急事。

來人可不就是被老太太罰去外院小廚房當了半月差的綠松？看這樣子，當算是罰完了。

主屋裡，七歲的女娃未梳妝，懶懶倚靠著一張紫檀雕荷花紋美人榻，懷裡抱著卷周遊雜記，心思卻不在上頭，愁眉苦臉地望著手邊一碗濃黑的湯藥。

納蘭崢不算嬌氣，卻獨獨厭煩苦味，前世便如此，連茶都不願喝，更不要提這光一口就能叫她苦上大半個時辰的湯藥了。

偏她院中的主事房嬤嬤非說良藥苦口，不得與旁的飲食混了，因而不許丫鬟們拿糖給她潤喉。

她嘆口氣，還是在丫鬟藍田的服侍下皺眉飲了。此番能撿回條命實乃幸事，還指望什麼蜜餞和松子糖呢。

綠松就是在這會兒進來的。納蘭崢看見她幾分訝異，只是也沒問她如何能進得桃華居，因心內歉疚，先關切了她可有受苦？

「小姐，綠松無礙，是外頭出事了。」她說著靠過來，附到納蘭崢耳邊低聲道：「太太有喜了。」

納蘭崢手裡那卷書「啪」一下滑落到地上，藍田見狀忙去替她撿。

「消息可確切？」

「確切得緊。小姐，整個國公府除了小少爺，您怕是最後知曉的人了。太太近日身子不適，方才瞿大夫剛來看過，說已有兩個月身孕了。」

納蘭崢聞言，好一會兒沒說話。

她在魏國公府的處境之所以艱難，說到底還是因妾生女的出身。雖後來也與她龍鳳同胞的弟弟嶸哥兒一樣過到了主母謝氏名下，可到底是不同的。

她是個姑娘，魏國公府不缺姑娘。

說及魏國公府這一代的子嗣，倒可謂來得曲折。

主母謝氏出身顯赫，其嫡親的長兄是官至正一品的中軍都督府左都督，嫡親的長姊乃當朝皇后。這樣貴重的身分，便是國公爺也吃不大消，娶進來自然好生對待，哪還敢納什麼妾室？

可誰能料想在子嗣一環上出了差錯。謝氏第一胎的確生了兒子，可惜她嫁得早，生這胎時尚不足十五，加之年紀小不大懂事，為人又傲慢任性，府裡的嬤嬤因其身分貴重不敢管束，便叫孩子在母胎裡落了點病根，以至後來沒養足月就夭折了。

原本倒也無妨，只是接下來，謝氏卻接連給國公府添了三位姐兒。短短數年出了三位嫡女，世子之位卻無男丁可繼，謝氏又因生第四胎時有些難產，傷及根本，難再有孕。

這下子國公爺慌了，老夫人也慌了。

思來想去沒辦法，謝氏也知子嗣的要緊，只得讓步，叫伺候老爺的兩名通房停了湯藥。避子湯停用不久，其中一名阮姓丫鬟便有了身孕。七年前一個春夜，阮氏費了整整一日，誕下一雙龍鳳胎，便是如今的納蘭姊弟——納蘭崢和納蘭嶸。

納蘭崢的眼珠滴溜溜轉著，片刻後一咬唇。「得想法子見嶸哥兒一面。」

綠松聞言笑起來，似乎覺得素來伶俐的小姐此番說了句傻話。「小姐，您不必想法子偷溜了，老太太得知太太有喜，高興極了，便解除您的禁制，要不，綠松也進不來這桃華居呀！」

納蘭崢恍然大悟。「嶸哥兒這會兒也該下學了，我們去影壁等他。」

納蘭崢帶著綠松和藍田在影壁等了半刻鐘，果不其然見到了下學歸來的弟弟。

男孩子穿一件寶藍色的綢襖，因還不到長個兒的年紀，眼下與姊姊一般高，看見她就不要身旁照看自己的宋嬤嬤牽了，三兩步奔了過去，興沖沖地喊：「姊姊！」

姊弟倆半月未見，納蘭嶸自然歡喜，一路跑得將藏在衣襟裡的金項圈都給晃了出來，直叫人發笑。

待他奔至跟前，納蘭崢便敲了他一記板栗，佯裝生氣道：「你可還有些國公府少爺的樣子？」

納蘭嶸笑起來，露出一對與姊姊一模一樣的梨渦。「在姊姊這裡，嶸兒只是弟弟。」

納蘭崢心底一軟，思及方才聽聞的消息，朝嶸哥兒身後匆匆跟來的宋嬤嬤頷了頷首。「宋嬤嬤，我叫綠松給嶸哥兒做了點心，先將他領去桃華居了，您與母親說一聲。」

宋嬤嬤剛面露為難之色，便見她繼續道：「方才瞿大夫來過，說母親懷了身孕。宋嬤嬤，您可要好生照顧母親，要是母親能給我和嶸哥兒再添個弟弟便好了！」

宋嬤嬤聞言稍有意外，眼底洩漏出不易輕察的喜色來。「哎，好，小姐放心。」

納蘭崢知道這消息足夠讓宋嬤嬤高興得不稀罕阻止自己帶走弟弟，牽起他就往桃華居去。她分明個子很小，行止間卻總有副小大人的模樣，瞧得身後的綠松心裡怪不是滋味的。

小姐五歲之前過得清苦，吃穿用度都比府裡三位嫡小姐少了大半。阮姨娘安分守己，從不爭不搶，以至她們母女倆幾乎在青山居相依為命地過活。太太時常為難阮姨娘，連帶小姐也日日受嫡小姐們欺負。

幸好小姐懂得為自己爭取，早些年雖背著庶出的名頭，也不曾像阮姨娘那般見人便低眉順眼；更要緊的是，小姐聰慧，明白自己賴以生存的根本便是甫一出生就被聖上封了世子的胞弟，即便小少爺被勒令不准到青山居，她還是想盡法子與弟弟熱絡。

若非如此，打小長在太太跟前的小少爺，怕還真不會懂得明辨是非，也不會與這位姊姊有什麼感情。

納蘭嶸還在回味姊姊方才那番話，疑惑道：「姊姊，母親要生弟弟了嗎？可我從前聽宋嬤嬤講，母親最喜歡的便是我，不會再給我添新弟弟了。」

納蘭崢笑了笑沒答，領他回到桃華居的書房，讓下人將窗子都闔上了才轉頭看他，拉著他一雙手道：「嶸兒，母親最喜歡的是我們國公府的世子，卻未必是你。」

他皺了皺眉頭。「可嶸兒不就是世子嗎？」

納蘭崢在弟弟面前少了幾分平日偽裝的天真爛漫，看他的眼光沈靜得全然不像個七歲孩童。「嶸兒，無人可一輩子坐享其成，這名頭是旁人給的，不是你自己掙的，那便不可靠。你想想，若母親真給我們添了弟弟，這個弟弟又比你聰明、比你優秀，母親還會疼愛你嗎？」

納蘭嶸的臉一直紅到耳根子，羞愧難當地低下頭，納蘭崢也忍不住在心裡嘆口氣。

弟弟是在無數人的期許裡長大的，可他卻沒能應了那樣的期許。事實上，納蘭嶸天資平庸，甚至可說下等；他的心智開得極晚，不論走路、說話都比一般孩子遲，甚至還患口吃，若非納蘭崢這兩年日復一日在旁悉心疏導，怕是根本好不了。

他現下擁有的榮華，皆因他是納蘭家的獨苗，也只因他是納蘭家的獨苗，長輩們沒有更好的選擇，倘使有一天他們有了，這一切就都可能消失。

納蘭嶸埋頭兀自絞著手指，低低道：「嶸兒是不是真的太笨了？姊姊，書院裡的先生教的東西我都聽不懂，那裡的學生也不喜歡跟我一塊兒玩……」

納蘭崢聞言，微微一滯。她前世在閨中的確唸了不少書，也多得父親公儀歇的指點，在詩詞歌賦與八股制藝方面能說上些話，可納蘭嶸出身將門，諸如四書五經只須簡單通讀便可，而他如今已開始學習兵械和兵法，對於這些，她實在有心無力。

除非，她也能跟著弟弟一起去書院上學。

可這卻又是不現實的。納蘭嶸唸書的地方叫「雲戎書院」，並非普通人家的族學，那是皇家辦的書院，乃當今聖上為培養武學人才專門設立，有資格在裡頭唸書的多是公侯伯將門之後，須得陛下欽點。

這樣的地方，即便納蘭崢如今算是國公府的嫡小姐，還是不夠格去，況且雲戎書院裡也沒有女孩。

她想了想，道：「不是你笨，你如今剛滿七歲，是雲戎書院裡年紀最小的學生，跟不上先生的思路也無可厚非。嶸兒，姊姊問你，你在書院可有一二知心好友？」

「嗯……」納蘭嶸想了半天。「明家大少爺興許算一個。」

「你說的可是宣遠侯府的嫡長子明淮？」納蘭崢怪道：「可我記得你原先跟姊姊提過，說這位明少爺頗為盛氣凌人，常仗著年紀長欺負你們這些小輩。」

「可他近日忽然對我好起來了！」

納蘭崢有些哭笑不得。「姊姊教過你如何辨是非、識人心，你覺得他可是真心對你？」

「他對我好是真的！」納蘭嶸點頭如搗蒜。「就今日，書院裡有人嘲笑我的字不端正，他還替我解圍了呢！不過……不過嶸兒覺得，他對我好似乎是因為別人。」

「因為誰？」

「今年開春，明家庶出的三少爺也來書院唸書了。那位三少爺看起來很厲害，連明大少爺都怕他，對他很恭敬。他來書院的第一天將自己的飯食分我一些，明大少爺見了以後，就一直對我很好了。」

納蘭崢愈加不解。「你可是弄錯了？哪有一戶人家的嫡長子對庶弟畢恭畢敬的？何況明淮又是那樣一個性子，誰能叫他低頭？你跟姊姊說說，明家三少爺叫什麼名字？」

納蘭嶸翻了翻眼，半晌不大確定地道：「好像是叫……明珩。」

「算了，你說了我也不認得。」
納蘭崢咬著唇若有所思片刻，很快計上心頭。
既然不認得，那就去認得認得好了。

過幾日，納蘭崢便去了雲戎書院。
深紅大漆的榆木雕花馬車轆轆駛過街巷，從城東交兒胡同一直往裡，停在書院正門前。
兩名丫鬟和兩名婆子先後撥開帷幔走下，繼而有一隻嬌嫩軟綿的小手從裡頭伸了出來。
納蘭崢被房嬤嬤攙抱下了馬車，綠松和藍田立即上前替她理袖口和衣襟。
她仰起臉，望向前頭府門上方嵌著的那塊深金匾額。匾額四字乃當今聖上親筆所題，筆鋒起落間大開大合，氣度非凡。
書院門前的守值人認出車軸上的徽記，曉得這行是魏國公府的人，從丫鬟手裡接過名帖後忙恭敬請進。
納蘭崢越過門檻時頓了頓，回身朝後邊道：「房嬤嬤、宋嬤嬤，妳們在門口候著便好，我一會兒就帶嶸哥兒出來。」一副小大人的做派。
宋嬤嬤聞言剛要開口，卻被房嬤嬤一個狠厲的眼神給定住，待再想說什麼，納蘭崢早已頭也不回地走了。
主僕有別，即便宋嬤嬤身為小少爺的貼身婆子、太太跟前的紅人，也不好違背小姐的話，只得跟房嬤嬤大眼瞪小眼杵在門外。

綠松見狀，俯身貼到納蘭崢耳旁。「小姐，我看宋嬤嬤今日倒安分。」

「房嬤嬤是父親特意撥給我的人，自然壓得住她。」

「小姐說的是。」綠松朝一旁的藍田眨眨眼。「咱們家小姐處事真是越發滴水不漏了。」

藍田生性內斂，不如綠松能說會道，年紀也小些，聞言只是笑。

納蘭崢被引路的小廝帶到了花廳，聽他道：「離世子爺下學尚有些時辰，納蘭小姐可在此處稍作歇息。孫掌院正在中堂接待貴客，遲些時候才得空，怠慢小姐了。」

她心道怠慢好啊，這可正合她意，否則她何必來得早。

花廳裡頭的丫鬟們一陣忙碌。雲戎書院平日少有大人物來訪，因為大人物的孩子們都在裡頭唸書，他們自然要避嫌，免得給人落了話柄，傳到聖上耳朵裡，還以為他們來這兒刻意關照教書先生，因而今日她們很是訝異。

當然，這魏國公府的四姑娘不過七歲，約莫只是貪耍才來的。

花廳裡頭的椅凳高，立刻有丫鬟要去拿小杌子給納蘭崢，她卻擺擺手示意不必，叫綠松抱了她一把，將兩條小短腿懸在半空。

那丫鬟覺得她這姿態可愛，忍不住彎起嘴角悄悄打量她。

小女娃梳了個雙丫髻，上穿藕荷色短褙，下著霜白挑線裙，鴨卵青的腰帶襯得整個人精氣神十足。這般年紀的女孩多著鮮豔的衣裳，她卻素淨過頭了，也不知是家中哪位長輩的意思。

不過納蘭崢模樣生得出挑，臉蛋跟剛剝好的鮮荔枝一樣嬌嫩，活像能掐出水來，穿什麼都討喜。

又有人沏了茶來，聞著像是上好的白毫銀針。

一名丫鬟上前接過那菱花邊的白玉盤，將青花紋茶盞連著茶碟一道端到納蘭崢手邊。「不知納蘭小姐平日喝不喝茶？若是不喜歡，這兒還有松子糖。」

這是將她當小孩子待了，不過也確實沒錯，那麼小的女娃哪會如此老派地喝茶？

納蘭崢厭煩苦味，當然不喝茶，抓了把松子糖一顆顆嚼。前頭那會兒，房嬤嬤怕她喝完湯藥偷偷找糖吃，便將桃華居裡頭甜的食物通通收走了。鬼門關前走一趟，她覺得自己似有半輩子都沒吃過糖了。

納蘭崢嚼完一把松子糖，似乎覺得等久了悶得慌，偏頭問先前給她遞茶的丫鬟。「這位姊姊，我來時見園子的花開得好，那是丁香嗎？」

那丫鬟頷首，恭敬答道：「回納蘭小姐，是丁香。咱們這兒慣常的丁香再一個月才開，這花種是從南邊運來的，花匠們都是頂厲害的師傅，不知使了什麼法子，竟讓花提早開了。」

納蘭崢連點了幾次頭，一副急不可待的貪耍模樣。「我想去瞧瞧，可以嗎？」

「自然可以，奴婢這就帶您去。」

納蘭崢擺擺手，示意她低下頭來，神神秘秘附在她耳邊道：「父親交代我不許勞師動眾，惹了旁人的眼，我自己偷偷去就好了，若有人問起我的去向，妳就替我撒個謊，好不好，姊姊？」

這年紀女孩的聲音本就甜糯，丫鬟被後頭這句「姊姊」哄得心花怒放，何況人家國公府小姐都發話了，她也忤逆不得，便含笑點了點頭。「那讓您的丫鬟陪您去。」

納蘭崢跳下椅凳，忙拉上藍田走了，天生把風命的綠松則警著神留在花廳裡。

她自然沒去丁香花田，一路七繞八彎往學堂走。只是雲戎書院占地甚廣，布置豪奢，便是先前已問過弟弟，學堂的位置也著實不好找。

納蘭崢片刻就繞暈了，路越走越不對，竟是來到一處後院模樣的地方。

藍田想提醒她走錯了，還不及開口，就見身前那小小的人兒一個急停，似是瞧見了什麼不得了的畫面。

她順著小姐的目光疑惑望去，也跟著瞪大了眼。

第三章

十幾步開外的那面高牆上騎了一大一小兩人，都是小廝模樣的打扮。身形稍大的那個當先跨過牆沿，掌心一翻，將一枚鈎子似的東西釘入牆縫裡，繼而順著繩索緩緩下到地上。整個過程堪稱行雲流水，俐落又瀟灑。

稍小的那個低頭覷了覷這牆高，害怕得拚命搖頭，半晌後才因等在底下那人的催促，終於閉著眼跨過一條腿去。

藍田尚在發愣，納蘭崢卻反應過來，使了個眼色給她示意她退到外頭去把風，上前幾步怒氣沖沖朝那方向道：「納蘭嶸！」

正拽著繩索往下爬的人聽見這聲音大驚失色，靴底一滑便往下栽去。

納蘭崢這下也嚇著了，立時奔過去，下意識伸出手一副想接住他的模樣。

那早先等在底下的人自然比她快上一步，手一抄便將納蘭嶸扶穩了，一面皺了皺眉頭，似乎疑惑這是哪來的小母老虎？

納蘭崢吁了一口氣，小跑上前去拉過納蘭嶸的手。「扭著哪兒沒？」

納蘭嶸心有餘悸，大睜著眼，惶恐地看著她。「姊姊，嶸兒……嶸兒不是有意……」

他支支吾吾說不出話來，一張臉憋脹得通紅，納蘭崢見人沒事便又氣上心頭。「不好好唸書，穿著小廝的衣裳爬牆蹺課，還像個樣子嗎？你想挨板子了是不是？」

納蘭嶸咬著唇仰頭看向身邊那人，似乎在向他尋求幫助，納蘭崢這才記起還有旁人在，偏頭看了過去。

這少年約莫十二、三歲，個子高出納蘭嶸不少，或因如此，分明同樣是低等小廝的打扮，他站在那裡卻顯得高了人一等。

他正垂眼瞧著納蘭崢，一副十分睥睨的模樣。

納蘭崢的個子方及他胸膛，看他須得扯直了脖子才行，因而只將目光匆匆掠過他的臉一瞬，也沒看出個究竟便移開眼去，問納蘭嶸：「這位是什麼人？」

納蘭嶸剛想答，少年卻自己開口了。「妳這女娃倒是有趣，我是什麼人，問旁人做什麼？」

這不禮貌的用詞聽得納蘭崢不大爽利。

納蘭嶸雖天資愚鈍，卻素來很聽她的話。她前些天才與他講過功課的事，還將一卷自己費心批註的《黃石公三略》給了他，彼時他是答應了會好好唸書的，如今變卦，自然是被眼前這人慫恿的。

她本就因這事很不高興了，聽見那暗含戲謔的「有趣」二字，更是氣不打一處來，冷冷看著那少年道：「那你是什麼人？」

少年可不覺自己哪裡做錯了，霎時又好氣又好笑。「我是什麼人？」他居高臨下地斜睨著她。「我是當朝皇太孫，妳這女娃敢這樣跟我說話，倒是有膽量得很。」

納蘭嶸聞言張大了嘴，奇怪地覷著他。

納蘭崢一看弟弟的神情就曉得此人在說謊，況且皇太孫人在東宮，功課自有太孫太傅、太孫太師教習，哪會出現在雲戎書院裡？

那一口一個看輕人的「女娃」叫納蘭崢渾身都不舒服，便也沒了顧忌，嗤笑一聲道：「彼此彼此罷了，你這人也有膽量得很，竟敢冒充太孫殿下。」

見納蘭崢這般態度，對面人也來了氣，冷哼道：「這小子方才喊妳姊姊，妳可是魏國公府的哪位小姐？說與本太孫聽聽。」

這還蹬鼻子上臉了？皇太孫是吧，誰怕誰？

納蘭崢仰起臉，惡狠狠道：「那我就說與你聽，我是皇太孫他四姨姑！」

少年的臉霎時跟打翻了畫墨的硯臺似的，一會兒青一會兒白，別提多精彩。

納蘭崢卻是泰然地望著他，氣死人不償命地眨著雙無辜的眼。

她說得沒錯啊，當今謝皇后是母親的嫡姊，儘管太孫已故的父親為先皇后所出，他卻也得恭恭敬敬喊這位繼后一聲「皇祖母」，而她雖因生母阮氏的通房出身背了多年庶出的名頭，眼下卻也是實打實養在主母謝氏名下的嫡四女。

她若不是皇太孫的四姨姑，誰是？

納蘭崢自覺鎮住了人，朝那少年一揚下巴便不欲再理會他，剛想牽了弟弟走人，忽聽遠遠傳來一陣談話聲。

「這孩子給掌院添了不少麻煩，日後還須您與諸位先生多多包涵。」

「太傅大人實在客氣了，知曉實情的不過下官一人，先生們對他可是毫不留情的，當訓則訓，當罰則罰。」

「那樣最好。」

兩人說罷都笑起來，笑聲漸漸朝三人趨近，耳聽得他們就似要穿過眼前這道月門來。

納蘭崢一聽對方身分就覺不好。

若被撞見自己不好好候在花廳，到處亂跑也就罷了，可弟弟還穿著小廝的衣裳呢，灰頭土臉的，叫人一看便知是逃了學，哪能被發現？這事倘使叫朝中德高望重的太孫太傅曉得了，豈不會傳到聖上耳朵裡去？

她舉目四望，迅速相準一處花叢，牽起納蘭嶸就要朝那兒跑，卻有一雙手與她做了一模一樣的動作。

那冒充皇太孫的少年也拽過了納蘭嶸，預備將他往另一邊的花叢拉。

納蘭嶸被兩人往兩個相反的方向扯，吃痛之下險些呼出聲來。兩人心裡俱都一急，伸出另一隻手去摀納蘭嶸的嘴。

這一伸手，納蘭崢摀住了弟弟的嘴，少年的手則慢了一小步，覆在她的手上。

雖不過相差五歲年紀，他的手卻比納蘭崢大上近一半，這麼一覆，竟將她那軟綿綿的小手完全包裹在掌心。

他的手掌太熱了。納蘭崢一時愣住，倒是少年當先反應過來，順勢牽過她，低著腰將姊弟倆一齊拉去他看中的那處花叢。

納蘭崢有心掙脫，卻無奈這一掙就得連累弟弟被發現，只好事急從權跟著過去。

三人剛藏好，來人便跨過月門。

花叢很密，要遮掩三人卻有些勉強。少年瞥一眼蹲在最外邊的納蘭崢，一瞧她那身礙事的衣裙便知不好，情急之下只好伸手將她朝裡攬了攬。

這麼一攬，納蘭崢幾乎到了少年的懷裡。

她又非當真不諳世事的七歲女娃，怎會沒點男女之防的顧忌？先前被牽了手就已不自在，眼下與少年靠得這般近，都能聞到他周身淡淡的龍涎香了。

她想離他遠點，就往後仰了一些。

少年擔心她露出馬腳，忙將她急扯回來，卻不意彼此蹲身的姿勢本就不大穩妥，這下力又使大了些，竟叫納蘭崢一個前傾，一腦袋磕上了他的肩胛骨。

兩人俱都疼得「嘶」一聲響。

少年眼底露出些無奈的神色來。納蘭崢揉著自己的腦門抬起頭，生氣地瞪著他。

兩人還沒來得及在大眼瞪小眼裡分辨出誰對誰錯，便聽一句厲聲呵斥：「什麼人躲在那裡？」

納蘭崢撇撇嘴，心道近日實在太時運不濟，給弟弟使了個「躲好」的眼色，當先走了出去。

卻不想她這自我犧牲的想法恰與少年不謀而合，兩人竟是一步不差站了起來，隨即相視一眼，俱都一副「你出來壞什麼事」的頭疼模樣。

掌院孫祁山見這兩人湊在一塊兒，面露幾分訝異，倒是太傅周坤十分鎮定，不動聲色地朝少年挑了挑眉。

納蘭崢眼珠子滴溜溜轉一圈，片刻計上心頭，搶在少年前頭上去福身行了個禮。「魏國公府納蘭崢見過太傅大人、掌院大人。」

孫祁山為雲戎書院掌院學士，官至正三品，周坤則是太孫太傅，乃從一品大員，因而她這禮行得確切，稱呼順序也得體。

周坤神色淡淡，朝她點點頭，給一旁的孫祁山一個詢問的眼色，似乎奇怪魏國公府的小姐何以出現在此？

孫祁山向他略一頷首，又問納蘭崢：「我聽管事說納蘭小姐人在花廳，這會兒才要去接待您，您如何來了這裡？」

納蘭崢今日遞的是父親的名帖，掌院自然要對她客氣些，因而即便如此情狀也沒動怒，好聲好氣的。

她仰起臉來笑道：「掌院大人客氣了，是我自己貪耍跑了出來，誰想園子太大迷了路。」她朝身後少年努了努下巴。「我本想叫這位小廝帶個路，卻不知何故，他一聽見兩位大人的聲音，便拉著我躲進了花叢裡。」

少年聞言，眉毛都豎了起來。好啊，好個厲害的女娃，這是拿他擋刀子，將自己撇了個乾淨！

他上前凶狠地瞪了納蘭崢一眼，似乎在警告她樹叢後還躲著納蘭嶸。豈料這女娃看見他就是一副要哭的神情，撇撇嘴委屈道：「孫大人，您這兒的小廝都這麼凶嗎？我不過是要他帶個路，他不肯便罷了，怎還這般欺負人？」

「好妳個……」少年氣極，剛要辯駁卻被一個聲音打斷。

「孫大人，」說話的是周坤。「納蘭小姐貴為國公府明珠，你的小廝膽子也太大了些。」

孫祁山聞言立時反應過來，點頭道：「是，周大人教訓的是，回頭我便杖罰了他。」說罷又看向納蘭崢，態度比先前更恭敬些。「納蘭小姐，實在失禮，叫您見笑了。」

納蘭崢一本正經地搖搖頭。「沒關係，父親教我做人須大度。」

她前一刻笑得爛漫，後一刻哭得憋屈，將兩位有名有望的大人物哄得那叫一個服貼，少年的臉卻青了。

納蘭崢是吧？這回，他可當真記住她了。

孫祁山著人帶納蘭崢回了花廳，自己則送周坤出府。那少年應了周坤的話，一路跟在他身後。

兩人若無其事聊著園裡新開的丁香，似乎當方才那齣未曾有過，少年忍了又忍，卻忍不住越想越氣，冷言道：「聽說孫大人要杖罰我？」

孫祁山聞言回頭，大驚道：「下官哪敢杖罰太孫殿下，不過是為權宜胡謅的話。說起來，納蘭小姐也是好脾氣，若她要下官當場給個交代，怕還真是為難。」

湛明珩低哼一聲。「好脾氣？孫大人，那女娃可不是什麼省油的燈，她從一開始便猜到我非小廝。」

孫祁山聞言一愣，只見周坤撫著一撮白鬍子朗聲笑道：「孫大人，想不到咱們都被個女娃給糊弄了！」

「可納蘭小姐何以知曉太孫身分？」

湛明珩冷笑道：「我倒想讓她知曉，她卻不信，還道我是蹺課的學生。」

「嗯？」周坤似乎對這話不大認同。「您可不就是蹺課的學生？」

「周太傅，您這是又要跟皇祖父告我的狀去？」

「那是自然，還須將您被個女娃戲弄的事也一併說了。」

「您說我蹺課便算了，後邊那樁事就別傳出去叫我丟人。」湛明珩氣得咬牙，過一會兒問：「魏國公夫人可是皇祖母的嫡妹？」

周坤點點頭。「您問這個做什麼？」

湛明珩素來不滿自己輩分太小，從前皇祖父的孩子一個接一個往外蹦，就連宮裡頭剛出生的毛頭小嬰，他都得恭恭敬敬喊上一聲「皇叔」，如今被那初次見面的女娃如此對待，自然嚥不下這口氣。

他懶得解釋，神色越發不悅。「呵呵，算盤倒打得挺快。」

周坤覷他一眼，也沒多問。「您這三天兩頭蹺課也不是個事，若真不願在這兒唸書，不如與陛下說說，也省得孫大人成日光為您操心了。」

湛明珩的眼神凶煞起來。「唸，怎麼不唸？我還偏就跟魏國公府槓上了！勞請孫掌院替我安排安排，明日起，我要與嶸世子隔席。」

周坤若有所思地笑笑。「這等小事自然依您，只是您可別再搬出身分來了，陛下吩咐過，您在這雲戎書院裡，就是宣遠侯明家的三少爺。」

納蘭崢接了弟弟下學回府，一路上因宋嬤嬤在便沒多說，只當什麼也不曾發生，將人帶回桃華居才板起臉問：「你且告訴我，攛掇你蹺課的究竟是什麼人？」

納蘭嶸低著頭不敢看她，小聲道：「就是前些天與姊姊說過的明家三少爺，明珩。」

「好哇！我就覺得事出反常必有妖，依明家人的性子哪會平白對你示好！」她一張小臉氣得通紅。「他自己不想唸書便罷，竟還來帶壞你。這事我做不了主，得告訴父親去。」

納蘭嶸急了，扯住她的袖子囁嚅道：「姊姊……」

眼看納蘭嶸紅了眼圈，她終歸還是不忍心。「那你告訴姊姊，我走後，你躲在樹叢裡，那明三可有揭發你？」

他搖搖頭。「應是沒有，他被兩位大人帶走了。」他說及此，見納蘭崢皺了皺眉頭，忙問：「姊姊，怎麼了，哪裡不對嗎？」

當然不對，她不認得明家三少爺，所以才能藉此開脫，孫掌院卻沒道理不認得，且看周太傅的模樣，分明也曉得些什麼的，可這兩人不知怎地，竟並未點破明珩的身分。

這是要給明家留面子，還是不想在她這國公府小姐面前壞了書院的名聲？又或者，那明三與這些大人物之間有什麼她不清楚的忌諱？

她心中疑惑，卻知道問了也沒法在弟弟這裡得到答案，便能省則省，搖頭道：「沒什麼，這事我會去同父親打聽，你安心唸書便是。只是日後若再被我撞見你蹺課，我可就不會幫你欺瞞父親了。」

第四章

納蘭崢去找父親時，魏國公納蘭遠正在書房與人議事。她在外間等，百無聊賴地揀了本雜記看。

大穆王朝建國至今不過兩代，先皇時期曾有開國六公，功勛最長二者享世襲爵位，其中一位便是納蘭崢早逝的祖父。

老魏國公乃從龍重臣，一生戎馬，忠義英勇，曾替太祖皇衛護半壁江山。

只是建朝不久，開國六公裡出了位心懷異端的謀逆賊子，最終落了個累及滿門的下場。有此先例，太祖皇便忌憚上這幾位功高震主的開國元勛，很快又有兩人不得善終。

老魏國公彼時恰逢傷疾復發，不久人世，因而未被殃及，其年幼的長子納蘭遠亦順利承襲了爵位，只是到底榮寵不復從前了。

如今的魏國公府雖仍背著金光閃閃的名頭，論實權卻算不上如何厲害，否則納蘭遠也不會被謝氏沈甸甸的外家壓迫至此。

納蘭遠如今三十五的年紀，官至從一品的右軍都督府都督同知，任的是勞神卻功淺的苦差事，因四川、雲貴那地界不大安分，平日總十分忙碌。

下人們見國公爺在議事，連四小姐的通傳都沒敢報，等一眾將員從他房中走出，方才叩門進去。

聽聞小女兒在外間等了自己一個多時辰也沒吵嚷一句，納蘭遠微有動容，出門卻見納蘭崢跟小貓似的蜷在圈椅上睡著了，一本雜記兜在懷裡要掉不掉的樣子。

見此情景，他對一旁準備叫醒小姐的綠松比了個「噓」的手勢。

綠松點點頭，朝他頷首行了默禮，完了又見他輕手輕腳上前，似乎想將納蘭崢懷中的雜記悄悄抽走，好叫她睡得舒坦些。

她覺得好笑極了，老爺平時那麼威嚴的一個人，竟還有這樣的一面。

只是不待納蘭遠靠近，納蘭崢就醒了，揉揉惺忪的睡眼，似一時未反應過來自己身在何處，盯著近在咫尺的俊朗面孔好一會兒才咕噥道：「父親，您忙完了？」

納蘭遠伸出的手僵在半空，活像個偷吃被抓的賊，收回來悻悻道：「妳倒好，在這隔間睡得舒坦。」

她片刻便醒了神，笑道：「誰叫您這雜記實在太不好看了。」

「妳能看懂什麼？」納蘭遠挑了挑眉，明知道小女兒有書香氣，嘴上卻不承認。「可是為了嶸哥兒來的？進裡邊來。」

納蘭崢跳下圈椅，將雜記丟給綠松示意她物歸原位，自己則跟納蘭遠走了進去，開門見山道：「父親，您與宣遠侯爺可相熟？」

「嗯？妳這女娃真不像閨閣小姐，成日打聽這些。」前些天也是，說想替嶸哥兒在書院裡物色幾位同窗好友，央求他好半天。他想她說得有理，又因自己身分敏感不宜去書院，才會應了她的。

「還不是為了嶸哥兒嘛！」納蘭崢撇撇嘴。「您回答我就是了。」

「宣遠侯平日與父親往來不多。妳好端端問這個做什麼？」

「我今日在雲戎書院見到了明家三少爺，此人與嶸哥兒走得近，可我卻覺他品性不大好。」

納蘭遠眉頭微蹙。「明家人倒是貪心，送去嫡長子不夠，竟還要培養老三。妳說說，他的品性如何不好了？」

納蘭崢有意替弟弟隱瞞，自然不會講實話，便換了個說法。「那明三是個愛蹺課的，性子頑劣得很，我就怕他帶壞了嶸哥兒。嶸哥兒識人淺，難保不被他人攛掇呢！」

納蘭遠沈吟片刻。「明家老三是庶出子，聽聞兒時一直養病在床，未曾在人前拋頭露面過，父親對此人也不甚瞭解。」

「我聽嶸哥兒說，他叫明珩，『玉珩』的『珩』。」

納蘭遠聞言，一愣又一笑。「明家膽子不小，竟給小輩取了個這樣的名。」

「這名有何不對？」

「妳不曉得，咱們朝的小太孫便叫『明珩』，只是前頭多了個皇室的『湛』姓。」

納蘭崢低低「啊」一聲。「不會吧？」

「妳這丫頭怎地一驚一乍的？」
哪是她一驚一乍，是這樁事當真太古怪了。
納蘭崢蹙眉問道：「明家人就不怕犯了忌諱受牽連嗎？」
「許是那明三比太孫先出世、先取的名吧。既然陛下都不追究，要他們給小輩避諱改名，旁人又得說什麼。」
她點點頭。「話雖如此……父親，您說，太孫會去雲戎書院唸書嗎？」
納蘭遠似聽見什麼好笑的話。「妳當那東宮輔臣、太孫太傅和太孫太師都是擺設？」
「我想也是。」她嘬嘴說了一句，心道約莫真是巧合吧！
納蘭崢想事情想得認真時總喜歡皺眉頭，正出神呢，不意身子一輕，竟是被抱了起來。
納蘭遠將她揣得高高的，一面抬步朝外走去。「妳這丫頭，小小年紀倒學會皺眉了，嗯？」
她一雙軟綿的小手親暱地環住父親的脖子。「這可不正是您的神韻？」
納蘭遠英氣十足的眉峰霎時舒展開來，朗聲笑道：「咱們國公府的姐兒就數妳嘴最甜。」說罷又道：「嶸哥兒的事父親知道了，妳這姊姊向來做得出色，只是也該考慮考慮女孩家自己的事。妳唸書好，若有餘力，也可及早與妳幾位姊姊一道學學女紅，養養性子。」
「女紅有什麼難的？我是國公府的小姐，該學些一般女孩學不了的東西。」
「哦？愛唸書是好事，妳幾位姊姊都不大有書香氣，倒是妳，年紀小，識字卻多，還寫得一手漂亮的簪花小楷。」

納蘭崢心道她會的可多呢，只是平常不外露，怕嚇著人罷了。她道：「父親，我說的可不是唸書。」

「那妳還想學什麼？」

「我想學嶸哥兒學的東西。」她撇撇嘴。「不過我知道您不會答應就是了。」

納蘭遠聽完前半句剛欲發話，卻見她自己給自己圓了後半句，到嘴邊的訓話就說不出來，轉而笑著刮了下她那玉珠似的鼻尖。「知道就好。妳雖聰慧，畢竟是女孩家，舞刀弄槍便罷了，看些兵書倒無傷大雅，我瞧妳給嶸哥兒寫的注釋還挺像模像樣的。」

「那當然了！那卷三略我鑽研了個把月呢！」

納蘭遠被她得意的模樣逗得哈哈一笑。「妳若覺得做女孩委屈，想長長見識，過些日子父親帶妳去春獵如何？」

納蘭崢訝異道：「您說的該不是三月時的皇家春獵吧？」

「怎地，這就怕了？」

「才不怕！嶸哥兒也會一起嗎？」

「妳弟弟也到了與皇家往來的年紀，若得陛下允許，自然要去。」

納蘭崢也曉得現今魏國公府形勢大不如前，很多時候父親並不怎麼說得上話，聞言神色懨懨，卻又想逗他高興，便道：「父親若能跟阿崢多學學唬人的功夫，去唬唬聖上，撒個嬌，這事准能成！」

納蘭遠笑得肩膀都顫起來。

父女倆你來我往打趣閒談，忽見廊子盡處遠遠走來一位老婦人，一身紫檀色緙絲長褙子穿戴齊整，肅著臉很有幾分威嚴。

納蘭崢霎時斂了笑意，掙扎著小短手忙要下來。納蘭遠卻偏頭看她一眼，示意不必拘禮，抱著她上前去，朝來人頷首道：「兒子見過母親。」

她也只好如此沒規沒矩道：「祖母。」

胡氏沒看她，板著臉對納蘭遠道：「崢姐兒不小了，有手有腳的，還要你這麼抱？」

納蘭遠笑得很好脾氣。「是兒子見姐兒乖巧，一時高興。母親來找兒子可有要事？」

「無事就不能來看看你了？」胡氏覷他一眼，終於瞧了瞧納蘭崢。「崢姐兒先回桃華居吧，祖母與妳父親有話要說。」

納蘭崢點點頭，從父親懷裡下來，仰頭道：「祖母，您還生阿崢的氣嗎？」

她說的是前頭公儀府裡鬧出的那樁事。她因傷寒被免了晨昏定省，又被禁了好一陣子的足，一直沒機會與祖母說上話，是以眼下才問。

「日後別再頑皮便是。此番是公儀府的徐嬤嬤恰巧路過救了妳，再有下回可沒這麼好運道了。」

納蘭崢小嘴微張，霎時愣在原地，只是還不及詢問，就見祖母頭也不回地走了。

她……她怎麼是被徐嬤嬤救的呢？

母子二人進了書房，納蘭遠親自給母親斟了茶，遲疑道：「母親，您對崢姐兒是不是格外嚴厲了些？」

胡氏瞥他一眼，依舊板著臉。「你還看不慣了，是第一天認得你母親？」

納蘭遠聞言只訕訕笑著。誰叫跟前這位是他母親呢，還是太祖皇親封的一品誥命夫人。

「兒子哪敢看不慣您，只是您對其餘幾位姐兒卻不是這麼個態度，難免要叫崢姐兒傷心，她還小呢。」

「你又不是不曉得我為何如此。」她說著嘆了口氣。「都說這雙生子是會犯沖爭名的，你瞧瞧嶸哥兒的資質，實在叫人犯愁，偏崢姐兒聰慧極了，教她的東西從來不須有第二遍的。咱們國公府就這麼一個男丁，若是不成器，那家業可就毀了！」

「母親，這都是民間迷信的說辭，哪裡能信？崢姐兒又有什麼錯，您看她還不夠乖順嗎？便說您的佛經，她抄得比誰都勤快，且字跡清秀工整得連她幾位姊姊都沒得比；再說她對嶸哥兒，那也是一門心思的好，就前幾日，您可知我瞧見了什麼？」

「瞧見什麼？」

「您曉得《黃石公三略》吧，那可是精深的兵書，生澀難懂得很，崢姐兒卻自己學了，完了還替嶸哥兒作了注釋。正因嶸哥兒資質淺薄，以兒子與教書先生的眼光，教習注釋無法面面俱到，反倒是同樣不大懂兵法謀略的崢姐兒能替嶸哥兒考量，因此這注釋雖簡略粗淺，卻句句講在點子上。」

胡氏聽罷微微錯愕，竟難得說了糊塗話。「你沒看錯吧，那真是三略？」

「錯不了，兒子初見也驚訝許久。」

「這可不得了！可惜卻是個女孩……」胡氏沈吟一會兒，忽然抬眼。「我兒，這樣好的苗子，怎能當女孩養了糟蹋？」

「母親，使不得！」納蘭遠不再賠笑。「女孩便是女孩，如何能當男孩養？兒子知道您憂心嶸哥兒的前程，怕要斷送了家業，可這爵位卻是世襲不假，有兒子在，即便嶸哥兒將來庸碌些，也能謀個一官半職的。況且太太如今也有了身孕，未必不是個男孩，崢姐兒即便再如何聰慧，難不成還能舞刀弄槍？」

胡氏覷他一眼，沒好氣道：「我看你就是太寶貝崢姐兒了，生怕她日後嫁不得好人家。我也沒說要女孩家舞刀弄槍，那傳出去難道好聽？照我的意思，你不如將她送去雲戎書院，說不定便能成個才。我朝至今疆域不穩，邊關動盪，因而分外看重武學，凡事視才定論，對女孩家也不比前朝苛刻，先皇那一代，雲戎書院可是出過女官的，咱們崢姐兒未必不能！」

納蘭遠笑起來。「母親，您這下倒是不怨崢姐兒搶了嶸哥兒的慧根了？」

胡氏被嗆著，剜他一眼。「我前頭不也是可惜嶸哥兒？」

「兒子說笑的，您可別氣。」納蘭遠端了茶遞到她眼下。「雲戎書院這條路未嘗不可，只是您也曉得，如今兒子人微言輕，崢姐兒沒個由頭，哪能進得這皇家書院呢？」

「這倒是。」胡氏嘆了口氣，喝茶不說話了。

翌日清早，納蘭嶸照舊去雲戎書院上學，甫一進學堂便被告知自己的座席調到前頭第一排。

侍讀的小書童替他拾掇好席面，他一頭霧水地坐下，未等明白過來究竟，便見面前攤開的書卷上方投了個人影。

他抬眼一看，正是如今與他一席之隔的明三。

湛明珩穿了件月白暗青花對襟窄袖長袍，從頭到腳束得齊整，當真是好風姿，不過隨便往那兒一站，便將學堂裡這些公侯伯之後給襯得黯然失色。

納蘭嶸想，他沒有看錯，這人就是長了副平白叫人覺得很厲害的模樣。

學堂席面寬五尺，席間隔三尺，隔席者相距不過八尺。納蘭嶸聽姊姊的話，不願再跟明三有所牽扯，打定主意埋頭讀書，對他視而不見。

湛明珩瞧出這小子對自己的疏遠，想起昨日那小母老虎的架勢便猜到了究竟，也不驚不怒，暗暗咬了一堂課的筆桿子。

課畢，先生出了學堂，學生們便談起天來。

湛明珩清清嗓子，與納蘭嶸搭話。「方先生剛才講到『柔』與『剛』，嶸世子以為此二字何解？」

納蘭嶸聞言偏過頭來，見他一本正經要同自己探討兵法的樣子，正猶豫是否要答，又聽他道：「我又不是蛇蠍虎豹，怎地，你這是要與我劃清界線的意思？」

「你若不再頑劣蹺課，好好唸書，我自然還當你是好同窗。」

納蘭嶸才多大啊，牙都沒長齊，說話還漏風呢，卻擺出一副長輩教訓小輩的樣子，嘛嘴說得認真，倒叫湛明珩不由想起他那個姊姊，險些要笑出聲來。

他勉強忍住，道：「經昨日一事，我幡然悔悟，自覺從前犯了許多錯行，如今與你調席到前頭就是來好好唸書的，這不，我是想同你探討講學來著。」

他這幡然悔悟的語氣，簡直像說笑似的。

「姊姊說，事出反常必有妖，你昨日還拉著我蹺課，今日卻說悔悟了……」納蘭嶸狐疑地看他一眼。「你可是捉弄我，又或者有求於我？」

他堂堂皇太孫還能有求於人？那女娃真是心眼多，瞧她教出的好弟弟！

湛明珩這下可繃不住了，笑得肩膀都顫起來，後頭的明淮見了便湊上前來。「三弟在與嶸世子說什麼好玩的事？」

第五章

湛明珩收了笑意，覷了明淮一眼，態度冷淡道：「探討講學。兄長也一起？」

明淮卻似乎絲毫未瞧出他的不友善，反而笑道：「好啊。」

納蘭嶸看了兄弟倆一人一眼，心道他才不跟他們瞎摻和，便將頭扭回去，自顧自看起几案上擱著的那卷三略。

明淮是雲戎書院裡唯一曉得湛明珩身分的學生，見他那模樣，自然以為他是跟太孫鬧了矛盾，便想當個中間人，笑呵呵道：「嶸世子，你倆在探討什麼，說來我聽聽？」

雖說魏國公府比宣遠侯府位階高，可該有的禮數還是少不得，何況明家兩位少爺都比納蘭嶸年長許多，他只得再次偏過頭來。「明三少爺問我，『柔』與『剛』二字何解？」

「那嶸世子是如何答的？」

納蘭嶸小嘴一撇，有些無奈，心想答便答吧，反正這答案他剛好知道，便道：「三略有言，『柔能制剛，弱能制強。柔者，德也；剛者，賊也。弱者，人之所助；強者，怨之所攻』。因而我以為，柔與剛各盡其用，若是放到戰爭中去，便是敵動我隨。」

湛明珩這下對他有些刮目。「嶸世子這般年紀便已通曉了三略？」

明淮忙出言附和：「嶸世子了不得，這番見解若給先生聽去，定要誇你的。」

納蘭嶸撇撇嘴。「是姊姊教我的。」

怎麼又是那個女娃？

湛明珩覺得好笑。「你姊姊倒懂得多，怎地，你們國公府的小姐還須學兵法？」

「父親沒讓姊姊學，是姊姊自己讀的。」他說這話時神色驕傲，拿起手邊的書卷遞過來。「喏，這是三略的上卷，裡頭的注釋都是姊姊給我做的。」

湛明珩將信將疑地挑了挑眉接過去。「我看看。」

書卷略有些陳舊，有幾處泛了黃，想來有些年月，可裡頭簇新的字跡卻秀麗工整，叫人不由眼睛一亮。

是道地的簪花小楷，雖因腕力所限缺了幾分筆勢，以至清婉有餘，高逸不足，可對一個七歲女娃來講已是極不容易。

見著這字，他忽然記起來，那個張牙舞爪的女娃其實長得還挺好看，白瓷娃娃似的臉蛋，生起氣來就會暈起一團酡紅，瞪人的樣子尤為可愛。

想到這裡他又皺了皺眉。好看有什麼用？那女娃實在太不乖順，長大了也必然是個鬧騰的。

他這邊正出神，明淮卻將他連連變換的神色看在眼裡，似乎瞧出個什麼究竟來，若有所思了會兒，忽將左手攥成拳暗暗擊在右掌心，打了個肯定的手勢。

魏國公府嶸世子的胞姊，納蘭崢！

納蘭嶸清早去學院時，納蘭崢也沒閒著，哄著房嬤嬤說想上街選新式的綢緞來做衣裳。房嬤嬤心裡清楚，她是喜歡素淨的，且也未到愛打扮的年紀，哪裡真是要去挑綢緞，說不定又是在府裡待得憋悶了，才想上街轉轉。只是左右也非大事，應她就是。

納蘭崢在心裡悄悄嘆了口氣。恐怕她是真成了京城名門裡最貪玩、最不像樣的小姐吧！可這也是沒辦法的事，這些年，她要與謝氏和幾位姊姊周旋，要看緊了嶸哥兒，不得不殫精竭慮，苦心籌謀。

她都活過一世了，哪裡還會貪玩，不過是在做許多事的時候為免惹人起疑，只好以此作掩罷了。

不過，她此番借這由頭上街倒不是為了嶸哥兒。

自從得知落水當日救她的人是徐嬤嬤後，她越想越不對勁，總覺事有蹊蹺。昨夜又恰巧從桃華居的一名丫鬟嘴裡得知，公儀夫人與城南絲綢鋪的老闆約了今早相看綢緞，便決意去碰碰運氣。

前頭落水那樁意外將兩家老太太的關係鬧得越發僵，她想再去公儀府查探是沒可能了，只好如此投機；且她也有七年未見過前世的母親，上回又沒能碰著，實在很是想念。

畢竟這一世，她是少有母親疼的。

納蘭崢倒也未抱太大希望，因這消息只是丫鬟上街採買時偶然聽聞，未必確切，所以當她看見絲綢鋪門前停著公儀府的馬車時，反倒大喜過望了。

公儀夫人季氏果真在裡頭。納蘭崢進去時，就見一位緗色素面潞綢褙子的婦人從二樓雅間出來，望著她的眼裡有幾分意外。

季氏不認得她，不過覺得她一個豆丁般大的女孩，出現在此有些奇怪罷了。

納蘭崢的目光從季氏鬢角的銀絲掠過，眉頭稍蹙了那麼一小下，隨即從木梯口讓開去，笑著仰頭道：「見過公儀夫人。」

季氏雖不解，還是邁著平穩端莊的步子先從木梯上下來，到得底下才緩緩道：「這位小姐是？」

她忍下心中酸楚，無波無瀾地答：「公儀夫人，我是魏國公府納蘭崢，前頭去過您府中作客。」

季氏這下就明白了，無甚神采的臉上露出點笑意來。「原是納蘭小姐。納蘭小姐身子可好全了？」

她落水的事動靜不小，季氏自然曉得。

「多謝公儀夫人關切，阿崢已都好全了。」她說到這裡往季氏身後看了一眼。「我聽祖母說，那日是一位徐姓嬤嬤救了我，可是這位嬤嬤？」

季氏的神情有一瞬不自然，卻很快掩了過去，看了眼徐嬤嬤道：「便是這位嬤嬤。」

納蘭崢將她那點神情看在眼底，卻也未動聲色，當先笑道：「徐嬤嬤真是天上神仙似的人！若不是您，阿崢怕連魂兒都歸西了，真不知該如何謝您才好？」

徐嬤嬤聞言，立即頷首。「納蘭小姐客氣了，都是老奴該做的。國公爺先前便送了謝禮予老奴，老奴已然受之有愧，納蘭小姐請不必放在心上。」

話說及此，納蘭崢也明白了。她被人從湖裡撈起來時尚有模糊意識，記得那人分明是顧池生，可公儀府卻打定了不認，非要將這功勞歸給旁人。

季氏與小女娃客套了幾句便告辭，納蘭崢自然沒理由阻攔，就站在原地目送她出門，卻見她走到一半停下步子，回過身來。「不知納蘭小姐那日是緣何落湖的？」

納蘭崢不知道是不是自己看錯，她問這話時，原本黯淡無光的眼底竟隱隱有幾分殷切渴盼。

「是我的鐲子掉進湖裡了。」她撒了個謊，卻也不擔心謊言被拆穿，畢竟她彼時折枝的行徑確實與撈鐲子相像，且她當日戴的那只鐲子也當真遺落在公儀府的湖底，應當不會惹人起疑。

季氏笑了一下。「原是如此。」說著就要轉過身去。

納蘭崢忽然上前一步叫住她。「公儀夫人。」她猶豫一會兒，還是作出一派天真的姿態道：「公儀夫人，杜家公子是公儀老爺的門生嗎？」

季氏心內奇怪，面上卻未表露。「納蘭小姐說的可是才齡？才齡的確是老爺的門生不錯。」

她長長「哦」了一聲。「難怪我在園子裡碰著他了呢！」

季氏目光一閃，最終什麼也沒說地走了。

納蘭崢沒再笑，靜靜望著公儀府的馬車直到瞧不見。許久後，她感覺到房嬤嬤粗糙卻暖和的手搭上自己的肩頭。

「小姐，走吧。」

季氏甫一進馬車便沒能再忍，霎時紅了眼圈，鬧得徐嬤嬤惶恐起來。「太太，您當心身子，莫要思慮過度了。」

她說罷也忍不住嘆了口氣。

太太是喜歡素淨的，對衣裳首飾向來不看重，只是年年這時節都會到城南絲綢鋪走一趟，為的是給香消玉殞七年的珠姐兒挑些綾羅綢緞，好在她忌日頭天悄悄燒了送去。

太太說，珠姐兒不愛穿豔，都是因了她那套女孩家「雅」字為先的教養，可她若曉得珠姐兒如此薄命，決計會要她日日都打扮得風風光光的，莫辜負了那般好韶華。

想到這裡，徐嬤嬤又說：「太太，您別聽老太太的，縱使納蘭小姐恰是在珠姐兒故去當夜生的，又恰落了同一片湖，也沒什麼投胎轉世的邪門說法。老太太年紀大了，又極信佛，才會說這樣的話。」

季氏拿巾帕拭了淚，點點頭。「老爺這就要請人將那湖填平了吧。」

徐嬤嬤聞言默了默。自從出了納蘭小姐那事後，府裡就傳出四小姐冤魂索命的流言，老爺要將湖填平，一來是想平息這些風波，二來怕也是心虛吧。說珠姐兒失足落湖也好、投湖自盡也罷，這些說法騙得了別人，可瞞不過太太。

徐嬤嬤不敢嚼老爺的舌根，只好換個話頭。「太太回了府，可要去瞧瞧顧少爺？那孩子也可憐，救了納蘭小姐，自己也染了傷寒，連春闈都未參加，還被老爺連著罰跪了半月多。這倒春寒還沒過呢，祠堂裡得多冷啊！」

「他這些年的行事我也是越發瞧不明白了，便是池生此番魯莽了些，可那納蘭小姐畢竟才七歲年紀，人家魏國公府哪至於為這點肌膚之親就賴上咱們，何況池生終歸是顧家的兒子，日日跪咱們公儀家的祠堂又算怎麼回事呢？」

「老爺是惜才，才對顧少爺格外嚴苛，全當自家孩子養，對杜少爺可就不是那個樣了。」她說到這裡似想起什麼。「太太，方才納蘭小姐何以忽然提及杜少爺？」

季氏的目光冷了幾分。「納蘭家那孩子聰慧得很，這是在提醒我了。這些年我確實忽略了內宅的事，卻終歸還是這個家的主母，看我回去如何收拾璿姐兒吧。」

納蘭崢恰好也在馬車裡頭想這樁事。

實則公儀璿與杜才齡那茬，她本是抱著多一事不如少一事的心態不欲理會，可她今日見著季氏那憔悴模樣實在覺得酸楚難受，便想還是該提醒提醒她。畢竟倘使公儀璿暴露了，毀的是整個公儀家的聲譽，若事態再嚴重些，日後府中其他姑娘就都要嫁不出去了。

她落水的時候，園子裡的下人都被支開，公儀瑢卻在那裡，她如今再提及自己當日見過杜才齡，季氏必然會猜到其中究竟。公儀瑢自作孽，可別怪她在背後擺了她一道。

納蘭崢回到桃華居後便將自己關進書房讀起了兵書。她是一刻也沒法懈怠，想要一條光明坦途，卻苦於被女兒身所錮，一切希望都寄託在弟弟身上。

直到天色漸晚，下人們通報嶸哥兒下學回來了，她才起身，卻不料剛出院門就見納蘭嶸氣沖沖朝這走來，腮幫子都是鼓的，似受了什麼天大的委屈。

她倒也少見弟弟如此，見狀奇怪道：「嶸兒怎麼了，可是誰人欺負你？」

納蘭嶸撇撇嘴，將手中的書卷遞給她。「姊姊，書壞了！」

納蘭崢接過來看，翻來覆去瞧了幾遍，也沒見哪處有毀損。「哪壞了？」

「那個明三實在太過分，虧我從前還將他當朋友！姊姊妳看，」他說著翻過幾頁。「這裡、這裡，還有這裡！」

納蘭崢這才明白什麼叫「書壞了」，她先前在這書頁裡做了不少注釋，卻有人在她的注釋旁複又添了幾行字。

譬如這一處，那人寫道：既是香餌之下方有懸魚，重賞之下方有死夫，又何須誠以待之，禮賞如一？不如用之而棄之。

納蘭崢驚得睜大了眼，跟看潑皮似的盯著那些話。「這說辭，真是無賴至極！」

她說罷翻過一頁，又見那人道：「群吏朋黨，各進所親」固然禍國，卻也不可將舉賢一制全然否決，有言道，「外舉不避仇，內舉不避親」，倘若一筆銷了，君主還如何治國？

她噘起嘴，覺得這句有那麼點道理，卻還是不大高興道：「斷章取義，胡攪蠻纏！」

再翻過一頁，又有一行字：此處字跡不如別處工整。

納蘭崢愣了愣，仔細一看發現還真是。回想了一番讀這頁書時的情境才記起，她當時似乎惹祖母生氣，因而被罰抄佛經，抄了整整幾個時辰方才完畢，再拿起筆，手便不大索利了。

她皺皺眉，恨恨道：「不工整又怎了，雞蛋裡挑骨頭！」

她繼續往下看，又見他道：此處髒漬緣何而來，偷食松子糖時沾著了？

納蘭崢這下著實氣得不行，一張小臉脹得通紅。「這人……這人真是無理取鬧！白費了這一手漂亮的瘦金體！」

納蘭嶸也義憤填膺。「姊姊，他欺負妳，嶸兒定饒不了他！」

她聞言抬頭，見弟弟這認真模樣倒消了點氣，冷哼一聲道：「姊姊自有辦法。」說罷便執著書卷走回書房，一面吩咐。「藍田，磨墨！」

那哪是磨墨的架勢，分明是磨刀吧？

納蘭嶸跟在她身後，等著瞧姊姊如何將那潑皮明三給欺負回來。

第六章

翌日，納蘭嶸就背負著艱巨而光榮的使命去了學堂，照姊姊交代的，將那卷三略攤開來擱在自己的席面上，然後就走開了。

果不其然，他人一走，湛明珩長手一伸就將書卷撈了過去，絲毫沒有偷看的理屈。只不過這一瞧，卻是臉都青了。

明淮巴不得日日討好皇太孫，將來好謀個飛黃騰達，自然格外關注他的舉動，瞧他臉色不對，便湊了上去。

這一看不得了，只見書卷正中幾行小楷書道：曾得見宋徽宗之瘦筆，天骨遒美，逸趣靄然，至瘦而不失其肉，轉折處見藏鋒。然此卷內所仿，筆勢纖弱，形質俱差，實乃憾事也。私以為，此瘦金體絕非尋常人可書，不如罷之。

明淮「咕咚」一聲咽下好大一口口水。誰如此膽量，竟敢批評皇太孫的字？且那口吻老成至極，竟字裡行間無不諷刺他身分不夠，不該隨意模仿帝王筆觸。

這可是天之驕子，他的身分若還不夠，誰夠？

要說太孫這手瘦金體，那也是有故事的。聽聞太孫幼時頑劣，不願習字，被逼無奈之下就學起了史評頗為昏庸的宋徽宗的書法，以此來氣自己的老師與皇祖父。

不料陛下開明豁達，一副但凡他肯習字，學誰都不礙的模樣。後來，太孫的瘦金體就在朝裡出了名，如今卻被貶得一文不值，不用看也知道，湛明珩此刻的臉有多黑。

他執卷的手都抖起來，竟是氣到連明淮在身後都未注意，半晌將書卷往案上一砸，起身走了。

大好春日，魏國公府嬌滴滴的小姐們圍坐在湖心亭的漢白玉石桌邊，稍年長的兩位一針一線做著刺繡，稍年幼的兩位一個往嘴裡塞肉脯，一個往嘴裡塞蜜棗。

水紅色窄袖褙子的約十四年紀，正是如花似玉的好顏色，如蔥般細嫩的手指穿針引線，一面跟隔座淡粉白底裙裝的人討論花樣。不一會兒，後者似乎繡累了，將小繃擱在一旁，跟前者道：「姊姊，我聽母親說，前幾日有人來給妳說親了？」

「是有這麼回事。」

納蘭沁看一眼姊姊恬淡溫婉的眉眼，又好奇問：「是京城哪家的公子？」

「我也不清楚，母親說對方位分低，當場便婉拒了，叫我不必放在心上。我才十四，還不急著嫁呢。」

納蘭沁托腮沈默一會兒，半晌道：「也不曉得姊姊將來會嫁怎樣的人家？」

納蘭崢將一顆蜜棗塞進嘴裡，瞥一眼她滿面的憧憬，心道納蘭沁是個格外早成的，其實是在期待自己日後會嫁怎樣的人家吧。她雖不過十歲年紀，五官卻比長姊納蘭汀還出挑可人，這些心思自然就活絡了。

納蘭汀聞言，羞澀一笑，沒有說話，垂眼繼續繡花樣。

納蘭沁就跟八歲的納蘭涓道：「三妹妹不好奇嗎？」

忽然被點到名的老三抬起一雙迷茫的眼，嘴角還黏著點肉脯的碎屑。

納蘭崢覺得她好笑，便伸手替她揩了揩。「三姊，瞧妳這吃相。」

納蘭沁神色陡然一變，看向納蘭崢。「何時姊姊們說話，妳能插嘴了？」

她合該是個擺設就對了。也是，若非父親叫她們幾個姊妹多熱絡熱絡，她們又怎會如此心平氣和湊一桌吃吃喝喝呢？

納蘭崢太習慣這樣的語氣，自然沒有要還嘴的意思，倒不是她多心善，實在是覺得被說幾句又不會少塊肉，沒有利益損害時，她才懶得跟小屁孩計較，她畢竟也多活了這麼些年。

想到這裡，她忽然記起明三。一樣是小屁孩，為何她能容忍姊姊這般言辭，卻獨獨嚥不下對他的那口氣？

她這下有點後悔了。她都做了什麼啊，魏國公府若就此與宣遠侯府結下梁子，那可是划不來的。

納蘭涓將肉脯咽了下去，瞧了正在出神的納蘭崢一眼，什麼話也沒講，又塞了一塊肉脯到嘴裡。

她是個小心翼翼的性子，儘管年紀小，卻早早懂得察言觀色。其實她不討厭納蘭崢，可自己的母親和姊姊都不喜歡她，她便只好跟她們一道排擠這個妹妹，有時看不下去了，便乾脆像眼下這樣沈默。

納蘭沁見沒人應話，冷笑一聲。「崢姐兒如今倒是好脾氣，小小年紀便對姊姊們視若無睹。」

納蘭汀聞言也抬起眼來，語氣雖仍是溫和，說的話卻比納蘭沁還難聽。「二妹妹，咱們國公府的姐兒都是『水』字輩的，只有崢姐兒跟了哥兒的『山』字輩，那自然是不同的了。」

兩人一唱一和，納蘭崢卻不氣不惱地吃著蜜棗，假裝聽不見她們話裡的刺，笑得比這棗子還甜。「長姊說的哪裡話，妹妹也姓納蘭就是了。」

如是這般僵了一會兒，納蘭沁大約也覺得欺負納蘭崢沒意思，畢竟她從來都是一副不在意的樣子，複又接回先前的話茬。「姊姊，妳覺得顧家那位公子怎樣？」

納蘭汀聞言，險些一針戳到指頭上，好歹穩住了，笑得有些不自然。「二妹妹說哪個顧家？」

「還能有哪個，自然是江北淮安顧家出的那位少年解元了。姊姊不是一直很仰慕他嗎？」

納蘭崢這下變了神色，驀然抬頭，眼底有幾分訝異。

納蘭沁一眼瞧出她的不對勁，又問：「怎地，崢姐兒也曉得他？」聽語氣是有些鄙夷。

納蘭汀也跟著看了她一眼，隨即道：「那是名動京城的人物，崢姐兒書唸得好，聽過他的名聲也不奇怪，想來是與我一樣，仰慕這位顧解元的才華了。」

她這話看似在替納蘭崢解釋，實則卻是為了撇清自己，納蘭崢自然聽出來了，也就替她遮遮羞。「確實，我聽父親說，就連陛下也對這位顧解元讚不絕口。」

納蘭沁聞言，悻悻道：「陛下最是寵愛皇太孫，對他人的讚揚也就是嘴上的說辭罷了。」

納蘭崢近日頻繁聽見這個響亮的名號，又實在對明三有些疑慮，便想乘機打聽打聽，主動問道：「二姊見過太孫嗎？那是個怎樣的人物？」

納蘭沁的眼色頗有些得意。「年前有一日我跟著父親外出，是有遠遠見過一面，依我看，那才叫天人之姿。」

納蘭崢有些無奈。

她的這兩位姊姊啊，都看她不順眼，可她們相互之間又好到哪裡去？納蘭沁不就是擺明了想拿自己的意中人與納蘭汀的比較一番嗎？可這有什麼好比的，顧池生與納蘭汀如今是八字連個點都無，皇太孫與納蘭沁就更不可能了。

心裡是這麼想，面上卻還是笑，她繼續套話。「陛下那麼喜歡太孫，想來那也是個愛唸書的。」

納蘭沁皺皺眉。「那倒不是，聽聞太孫是個頑劣性子，最不愛唸書了。」說罷又像覺得自己丟了面子似的，補充道：「不過太孫聰明，便是不學也比旁人優秀，尤其是他那手瘦金體，真真妙極。」

納蘭崢剛好放了顆蜜棗到嘴裡，聞言一口咬下，竟是咬著了舌頭，疼得臉都抽了，搗了半晌才道：「妳說什麼，瘦金體？」

納蘭崢也不曉得自己是如何從湖心亭回來的，待緩過勁來，她人已在去往雲戎書院的馬車中。

是了，她見宋嬤嬤要去接嶸哥兒下學，便謊稱有急事，跟著一道去了。

其實也算不上謊稱，可不真有十萬火急的事嗎？她得罪貴人了啊！

初見那人時，他自稱皇太孫，這是其一；明家三少爺叫明珩，皇太孫也叫明珩，這是其二；周太傅親自到書院關照孫掌院，孫掌院又稱某個實情只有自己知曉，這是其三。再照納蘭沁的說法，皇太孫性子頑劣、不愛唸書，卻又寫得一手漂亮的瘦金體，這是其四。

若說前頭三點還叫納蘭崢以為是巧合，那麼這第四點，幾乎能讓她確信了。瘦金體可不是館閣體，慣寫這字的人並不多，且創立瘦金體的宋徽宗在歷史上風評不佳，人皆道字如其人，因而當世少有模仿其書法的，寫得好的自然更是稀少。

所以眼下就只有一種可能——明珩就是湛明珩，明家三少爺就是皇太孫。

畢竟這世上哪有那麼多稀裡糊塗的巧合啊！

納蘭崢不得不承認，湛明珩的瘦金體雖不比宋徽宗，卻也寫得極好，他畢竟不過十二年紀，假以時日必將更有神韻，至於那番批評的話，那是她氣不過，故意找茬的啊！

當時她還以為他是宣遠侯府的少爺，自然覺得瘦金體這樣的帝王筆觸對他而言太精貴了些。

這能怪得了她嗎？畢竟就連父親都沒想到。

納蘭崢一路揣著顆心，回想著自己曾經對金尊玉貴的皇太孫做過的事，一張小臉皺得跟苦瓜似的。

在雲戎書院裡，論起位階來，該是魏國公府與晉國公府並列第一，正因如此，那日她才敢在不知來人身分前便出言不善，又膽向橫生拿對方擋刀子。

這下子大禍臨頭了，但願……但願他至少還沒看見那卷書吧！

納蘭崢急急跳下馬車，剛巧見到下學了的嶸哥兒與他的兩名小書童一道往外走，趕緊奔過去問：「嶸兒，姊姊給你的那卷書呢，你讓明家三少爺看了沒有？」

納蘭嶸不意姊姊會來，愣了愣才笑答：「姊姊的話嶸兒哪敢不聽，自然是給他看了。只是書卷不見了，也不知去哪了？不過姊姊的注釋我全記下來了，不要緊的！」

要緊啊，哪會不要緊呢！

納蘭崢覺得自己要哭了……

納蘭崢從雲戎書院回來，接連幾日都過得魂不守舍，成天不是問父親，朝中可有什麼人刻意與他作對，就是問嶸哥兒，是否在書院被欺負了？得到的答案卻都是否定的。

她很納悶，書卷不見了，必然是被湛明珩拿走，如此豈不說明他預備記著這筆帳？那他怎地還不找她算帳？

難不成是她想錯了，興許皇太孫不是個睚眥必報的人，興許他才不稀罕跟一個七歲女娃計較？

她這下倒真希望人家能看輕她，好大人不記小人過。

納蘭嶸也覺得姊姊奇怪極了，自那日匆匆來過書院後，就交代他往後別再與明三少爺作對，他問緣由，她卻不肯說，只是一副天都要塌了的模樣。

他又問姊姊，既是這樣，可否要與人家道個歉？姊姊卻搖著頭碎碎唸道：「那未免顯得魏國公府太勢利了，既然人家也沒對你做什麼，還是得過且過為妙。不都說貴人多忘事嘛，指不定人家早就不記得這茬了。」

納蘭嶸對這「貴人」一說更是疑惑，不過姊姊的話他從來都是聽的，便沒再多問。直到又過幾日，魏國公府來了位公公。

來了位公公本沒有什麼，國公府也是見慣場面的，可這位趙姓公公卻是聖上跟前一等一的紅人，若非十萬火急的旨意絕不會輕易踏出宮門。因此下人一聲通報，整個魏國公府都是一驚，不免想到，莫不是邊關告急了？

國公爺、老太太、太太、四位小姐和小世子俱都匆匆穿戴了一番，齊齊到了正堂。

趙公公一見這架勢就眉開眼笑起來，先看向主事的魏國公。「國公爺不必驚慌，咱家不過是來送樣東西罷了。」

「慌」倒談不上，「驚」卻是有的。納蘭遠看一眼趙公公手裡那卷明黃色。「趙公公說笑了，您是來替陛下送東西的，自然要重視。」

「無甚大事，」他咧嘴一笑。「只是陛下想讓貴府的四小姐瞧瞧，這卷字帖怎麼樣？」

納蘭崢聞言，「唰」一下抬起頭來，腦門上明明白白一個大寫的「懵」字。

正堂裡的人俱都齊齊看向她，老太太的神情頗有些不可思議，倒是納蘭遠還鎮定，一臉嚴肅道：「崢姐兒，還不快去。」

納蘭崢愣愣點頭，忙上前去。

趙公公笑咪咪地彎下腰來，將字帖恭恭敬敬遞到她手心裡，一面低聲和藹道：「陛下說了，您若覺得這字寫得不好，儘管說出來，千萬莫怕。」

納蘭汀和納蘭沁見狀，悄悄看了眼母親謝氏，卻見她朝她們搖搖頭，似乎也是絲毫不明情況。

納蘭崢自己也是一頭霧水，直到那卷明黃的字帖完完全全在她眼前展開，她才跟見了鬼似的，手一抖，險些將東西給扔了。

這……這不是湛明珩的瘦金體嗎？

她從右往左一行行看去，只見其上字跡瘦挺爽利，側鋒颯然，當真如蘭似竹，若屈鐵斷金，比前頭在三略裡隨興而書的要絕妙許多，甚至有幾分宋徽宗的神韻。

半晌，納蘭崢抬起頭來，咽了口口水，硬著頭皮道：「回趙公公的話，這篇《滕王閣詩序》謄寫得妙極，我是看不出哪裡不足了。」

其實她上回就是奔著找茬去的，胡編亂造而已，如今這字又更上一層樓，她哪還能掰出什麼話來？

趙公公聞言，面露喜色。「是吧？陛下也覺得好極了。您可不知道，寫這字帖的人，就因為您一句話，足足花了十日，練了上百份字帖呢！」

納蘭崢還沒搞明白來龍去脈，又聽趙公公朝身後道：「將東西都呈上來吧！」

他話音剛落，足有十八名著了宮裙的姑娘流水般湧入，人人手裡俱都托著個金貴的玉盤，各式綾羅綢緞、珠寶玉器、書畫珍玩，看得人眼花繚亂。

納蘭崢不是沒見過世面，國公府也不缺好東西，可這裡頭的每一樣都是頂頂的上品，甚至有不少價值連城的古董，那手指頭隨便一指，就是夠再買一座國公府的銀子。

納蘭崢有點眩暈。

納蘭遠也有幾分訝異。「趙公公，這些是……？」

「是陛下賞賜給四小姐的。」

「卻不知小女做了什麼，竟叫陛下如此恩賞於她？」

「貴府的四小姐可做了椿前無古人後無來者的大事。」趙公公笑得樂不可支，給納蘭遠使了個頗有些曖昧的眼色，又看向一臉迷茫的納蘭崢。「納蘭小姐，這賞賜啊，您安心受著便是，咱家這兒還有枚陛下給的金葉子，您何時想進宮耍了，就拿著這葉子來，莫得怕。」

突如其來的賞賜叫納蘭崢發了傻，待回過神來，趙公公與十八名一等宮女都沒了蹤影，她的手裡……捏著那枚好似重逾千斤的金葉子。

第七章

直到被父親喊去書房問話，納蘭崢的腿都是軟綿的。她老老實實交代了前因後果，連帶嶸哥兒蹺課的始末也都講了個明白。

納蘭遠聽罷，一副哭笑不得的模樣。「這麼要緊的事，妳既是早便知道了，為何不告訴父親？」

她撇撇嘴。「我不就覺得多一事不如少一事嘛，眼見許久沒有動靜，就想怕是人家太孫壓根沒放在心上，況且我都答應嶸哥兒要替他瞞著您的。」

「妳倒還有理了？」納蘭遠眉梢一挑。「皇家的脾氣可是朝此夕彼的，虧得此番來的是賞賜，要是罪責，我看妳預備怎麼擔！」

納蘭崢卻著實覺得委屈。「父親，您說這好端端的，太孫殿下冒充什麼明家少爺呀！」

「即便對方真是明家少爺，妳就能這麼戲弄他了？」

「那是他先戲弄我，還帶壞嶸哥兒！」

納蘭遠點點她的腦門。「我早知道妳這丫頭不是個肯吃虧的性子，卻不曉得妳竟是這般睚眥必報、一分不讓了。我看女孩家的溫良恭儉讓，都叫妳給丟到九霄雲外去了！」

「我還是覺得自己無辜，只是您若想罰我，那便罰吧。您是父親，阿崢再不甘願也得受；至於嶸哥兒，他是當真什麼都不曉得，您別怪罪他就是！」

她都這麼說了，還叫他怎麼罰得下手？

納蘭遠最是拿小女兒沒辦法，況且魏國公府剛受了陛下許多賞賜，他若轉頭就將崢姐兒給罰了，那不等於駁了聖上的意？

這罪責才是他擔不起的。

「行了，此事我會與妳祖母和母親從簡了說，只道妳是無意指點了太孫幾句，至於責罰，這回就先免了。妳記好，日後若再遇著皇家的事，必要謹言慎行，倘使出了什麼差錯，也須得第一時間告訴父親。還有，陛下的意思絕非我等可以妄自揣測，即便知曉了太孫的身分，也得睜隻眼閉隻眼裝作不知，可明白？」

納蘭崢點點頭，心想這回與皇家有所牽扯純屬巧合，她可對那蛇蠍似的人避之不及，哪還會有下次？嘴上道：「謝謝父親。」

她說完剛要告退，又聽納蘭遠問：「那金葉子妳可收好了？」

她捏了捏袖子，摸著個硬邦邦的東西。「收好了。可是父親，我才沒想進宮耍，那哪是我能去的地方，不如您替我還了這東西吧？實是太貴重了些，這樣，阿崢日後都要睡不好覺了。」

納蘭遠大笑起來。「連太孫妳都敢罵，還能睡不好覺？我看未必不可讓妳去見見宮裡頭的世面，到時膽子便更大了。」

「我才不！說不定太孫就等著我自投羅網，好整我個難堪呢！」她才不信，以湛明珩那不可一世的性子會因她的胡亂批評就去練字，這其中必然是有什麼隱情的。

納蘭遠瞧她那倔樣，不免又記起方才趙公公給他使的那個曖昧的眼色。

陛下寵愛太孫是滿朝皆知的事，陛下頭疼太孫也是滿朝皆知的事，嶸姐兒前無古人後無來者地制住了陛下這個頑劣至極的寶貝太孫，倒可謂正中陛下的下懷啊。

納蘭遠挑了挑眉。「那可由不得妳。」

「父親，您這是做什麼呀？哪有您這樣將自己女兒往火坑裡推的？」

「我不是說進宮的事，妳莫不是忘了先前父親同妳說過的春獵？就在三日後。」

納蘭嶸愣得一張小嘴微張。這……這她還真忘了。

「這麼說來……太孫殿下也會去了？」

「那是自然。」

納蘭嶸又想哭了……

三日後，皇家春獵。

魏國公府的車隊被府兵親衛簇擁著轆轆行駛在山野，其中一輛榆木雕花製的精緻馬車內坐著欲哭無淚的納蘭嶸。

古時有言，春獵為搜，夏獵為苗，秋獵為獮，冬獵為狩。因而春獵素是不大開殺戮的，據納蘭崢前世聽來的印象，這三月裡的皇家春獵與其說狩獵，倒不如講是個典禮。

春季狩獵不利動物繁衍，前朝素有不仁之說，只是大穆王朝重武，加之建國方至第二代，這等彰顯武力、寓意興盛的儀式自然少不了。少不了，卻也不能給人落了話柄，所以開國太祖皇設立的這個皇家春獵，以祭祀、祈福等一系列繁複而盛大的典禮為主，繼而輔之象徵性的圍獵。

三月韶光時節，春和景明。

距離皇廟十數里地的這片西府海棠開得正好，團簇的海棠花朵朵嬌媚，明豔猶曉天的霞光。

納蘭崢前世是正經的閨閣小姐，至多也就偷跑到後花園瞧瞧人家公子哥的流觴宴，自然沒到過山野，如此景象倒難得一見。

她幾次悄悄掀開車簾的一角往外瞅。沒到過外頭時還不覺得有什麼，可一旦到過，便再待不住閨閣了。她今生才算知道，自己其實壓根不是個正經小姐的性子，前世純粹是被公儀府嚴謹門風給憋的。

綠松瞧她那模樣就笑起來。「小姐，您前頭還吵嚷著不願來，如今卻是心情不錯。這樣才對哪！照奴婢看，這皇家春獵可不是誰家的小姐都能來的，便是咱們國公府也就只您一位得了這份榮寵。」

「我可沒有心情不錯。」納蘭崢收回手，沒好氣道：「再說了，這哪是什麼榮寵？」

「這還不算榮寵哪？」綠松壓低了聲音。「您是沒見著今早大小姐和二小姐的臉色，照奴婢看啊，那都是青的！太太也是一副不悅極了的模樣。」

納蘭崢笑得無奈。

她們確實是要氣的。納蘭汀新年滿了十四歲，也快到說親的年紀，謝氏出身貴重，自然眼高於頂，送上門來的，她是不要的，恐怕還就瞅著這權貴雲集的皇家春獵，好給女兒相個好歸宿。

可納蘭遠對這樁事的態度卻模稜兩可了好一陣，最後以閨中小姐不宜拋頭露面為由婉拒了。如今同為閨中小姐的納蘭崢卻跟弟弟一道來，謝氏當然氣得牙癢。

什麼崢姐兒還小，去外頭耍耍也無妨的說辭，她才不會買帳。

至於納蘭沁就更不必說，本就因前頭趙公公來的那趟極不待見她了，如此一來更是記恨。

納蘭崢不免心道湛明珩果真是個瘟神，無端害得她們姊妹間愈加水火不容。不過納蘭沁也真是的，她怎不想想，一個連牙都沒換齊的七歲女娃能同她爭什麼？

況且納蘭崢哪有那個心思，當日納蘭沁看上了太孫的那幅字帖，她還不是二話不說大方給了她。納蘭沁當寶貝的東西，她卻實在嫌得很。

納蘭崢此去為宮外皇廟，春獵整三日，第一日須在那裡大行祭祀，完了才去更遠的臥雲山。皇室中人一早便聚了個齊全，外族是沒資格參與祭禮，依制晚些時候才到。

魏國公府的車隊將時辰掐得準，到時恰是祭禮結束的當頭，納蘭崢也就不必下去，待馬車徐徐歸入皇家隊伍，府兵和親衛撤去後方，一會兒就重新上路。

等候出發的間隙，她悄悄掀開車簾一角往外望，看見一串盛裝華服的皇家子女俱皆簇擁著玄衣黃裳的聖上，倒是一副和和美美的景象，可皇家的子女也實在太多了吧！

父親因母親外家的威嚴，只抬過她的生母阮氏一個姨娘，因而納蘭家算是門庭冷清的，眼下這匆匆一掠，那人數竟可抵得上十數個魏國公府了。

想到這裡，她的目光頓了頓，看見一個人，他的周身也簇擁了好些權貴。

不必說，能惹得如此多金尊玉貴的皇家子女趨之若鶩，定是將來聖上百年歸去後要繼承皇位的那個人了。

他今日規規矩矩穿戴了合其身分的袞冕九章，袞衣為極莊重的玄色，其上兩肩繡龍紋，背部和袖口還有諸如華蟲、宗彝的繁複圖案；光玉珮便飾了兩組，每組各有珩、瑀、玉花、沖牙等等，著實貴重得很。

那赤、白、縹、綠四彩織成的大綬真叫納蘭崢眼都花了，只覺這麼一瞧，的確有幾分皇太孫的氣勢。

不過，她還記著自己同他的梁子呢，因而看了一眼便不願再多瞧，只是剛想收回簾子，湛明珩卻似有所覺，抬眼朝她在的這向看了過來。

納蘭崢有些奇怪，相隔那麼遠，他這感覺也忒精準了，莫不是個習武的練家子？

她捏著車簾的手頓在原處，鬼使神差般沒有動。反正都被發現了，做賊似的躲回去豈不顯得她很心虛？聖上都賞賜她了，她還心虛什麼！

納蘭崢偏不躲，不但不躲，還朝那邊瞪了一眼。

湛明珩卻像是個皮厚肉糙的，絲毫不覺得有什麼，不過瞧了她一眼就雲淡風輕瞥開去，回頭跟旁邊的什麼人繼續談笑了。

納蘭崢這下覺得有些自討沒趣，悻悻縮了回去，卻不知那頭的湛明珩此刻也頗不爽利，笑答完皇叔的一個問題，轉頭便黑了臉問道：「皇祖父，孫兒怎麼瞧魏國公府的馬車似乎多了一輛？」

昭盛帝垂眼瞧了瞧自己的愛孫，不動聲色道：「是多了輛女眷的車駕，魏國公府的四小姐今日也來了。」

「皇祖父，依孫兒看，這可逾越了。」

「嗯？」老皇帝頗有些不解的模樣。「這如何逾越了？朕瞧著倒不錯，你們這些小輩不都覺得狩獵無趣，多個玩伴不好？」

湛明珩的臉色更難看了。「孫兒不小了，跟七歲女娃可玩不到一塊去。」

前頭問湛明珩話的那位皇叔聞言偏過頭來，肅著臉訓斥道：「魏國公府的小姐是母后的外甥女，你於禮該稱一聲姨姑的，怎能『女娃女娃』地叫？」

這位是大穆排行老二的皇子，素是很有長輩風範，平日總不苟言笑。

不提這茬還好，一提起，湛明珩就氣不打一處來，皺著眉道：「豫皇叔，您少訓我幾句又不會缺了俸祿。」

一旁的老四聞言就笑起來。「我的好姪兒，敢這樣與你豫皇叔說話，可小心自己來日沒了銀錢花！」

這老四稍年輕些，與前頭說話的豫王一樣，都是早些年攢了軍功封了親王的，封號取「碩」字。二十五的年紀正是風華正茂的好模樣，眼角一顆不濃不淡的痣，相比豫王威嚴的長相，看起來溫和許多。

湛明珩知道自己那位皇叔是做得出這種事的，就忍一時風平浪靜，轉了話頭。「既然皇祖父有意讓孫兒結交公侯伯之後，孫兒自然不能違背，只是與女孩家玩在一起終歸不成體統。」

他說罷回身向跟在自己後頭的人道：「湛允，傳我的話，就說去臥雲山一路沿途無趣，讓納蘭家的小世子到我車中來。」

納蘭崢聽見這道諭令時，便覺是湛明珩故意刁難魏國公府，氣得沒顧上丫鬟婆子的阻攔，掀了車簾探出頭去。「嶸哥兒又非什麼消遣之物，太孫殿下若覺得無趣，何不去練字呢？」

這話衝著報信人，報信人又是在太孫跟前做事的，她這麼個態度自然沒規矩了些。納蘭遠雖覺太孫的說辭的確有辱國公府臉面，想來陛下若是在，也會站納蘭崢這一邊，可以他的立場又不好得罪貴人，剛要替小女兒致歉，卻見那人擺擺手示意沒關係，繼而朝納蘭崢拱手道：「主子交代了，倘若納蘭小姐不放心世子爺，也可一道去陪駕。」

陪駕？她和弟弟好歹是國公府出身，這說辭，湛明珩未免太不可一世了些！

納蘭崢只得咬著牙跟弟弟說：「嶸兒，既然太孫殿下賞識你，你便去隨駕吧。」

報信人聞言笑了笑。這位國公府小姐年紀雖小，咬文嚼字起來卻是厲害得很，一句「陪駕」說成「隨駕」，這意思可就全然不同了。

納蘭遠朝他致了幾句歉，要太孫莫與小丫頭計較。

他頷首示意無事，就往前頭覆命去了，將納蘭崢的話原封不動回給了自家主子，完了又道：「主子，您真是料事如神，納蘭小姐果然動了怒。」

這位是太孫跟前第一人，是親信也是貼身護衛，雖不過十九年紀，卻深得太孫與陛下重用，還被賜了皇家的「湛」姓，單名一個「允」字。

湛明珩正在車內研究一盤棋局，聞言冷哼一聲，一顆玉子「啪」地敲下去，沒說話。

湛允覺得主子每每遇到魏國公府四小姐的事，臉色就變得很不好看，尤其三日前，當他得知自己的字帖竟被陛下拿去給那七歲女娃評說時，氣得當場甩手走人，就差嘔出一口血來。

今日納蘭小姐還真敢再提「練字」那茬，可不正正戳著主子的痛處嘛！

主子是眾星捧月的人物，從未見過有誰那樣辱罵、貶低自己的，因而不服氣才去練了字，卻不承想，陛下竟轉頭「賣」了他。

心比天高的主子能嚥得下這口氣才怪！

車內靜悄悄的，唯餘玉子輕敲的聲響，過了一會兒，湛明珩朝後一仰，伸了個懶腰。

「納蘭嶸該到了吧，一會兒叫他解這棋局，解不開就別想回去了。」

第八章

從皇廟到臥雲山約莫一個時辰，納蘭崢憋著口氣，百無聊賴坐在馬車內，心想不知嶸哥兒在太孫那邊做什麼？

車隊一直行到臥雲山山腳附近的行宮。

行宮不比皇宮，雖也豪奢，宮室的布局卻簡單許多。納蘭崢該與宮中女眷一道入內宮去，卻因不放心嶸哥兒，在岔路口叫停馬車，掀開車簾詢問父親弟弟的下落，這才曉得他的確沒回來。

納蘭遠見她皺著眉頭倒覺得好笑，叫她不必擔憂，先去了內宮便是。就在這時，忽有宮人前來通傳，說太孫喊四小姐過去。

納蘭崢心裡自然不願，可想到弟弟還捏在他手裡，一時沒法，加之太孫的諭令也不是她能違背的，只好硬著頭皮跟著去了。

宮人領她到了太孫的景泰宮。

小室正中架著個孔雀藍釉八寶紋三足爐，裡頭點燃熏香。納蘭崢並不討厭混雜在其中的龍涎香氣，只是一想到這兒是湛明珩的地界就覺得連熏香也不好聞了，陰著張小臉走了進去。

湛明珩抬頭時，看見的就是一臉不舒爽的納蘭崢。

小丫頭今兒個不像上回在書院那般衣著素雅，此番赴的是皇家典禮，表的是魏國公府的門面，自然好生打扮過了。身著鵝黃色裙裝，梳著垂髫分肖髻，頸側垂下一縷燕尾似的細髮，襯得整個人嬌嫩欲滴。

可惜湛明珩欣賞不到這些，他的注意力全在納蘭崢此刻的神情上。

這是張什麼臭臉，他欠她銀錢了嗎？真要說欠銀錢的人，怕是拿了他字帖的納蘭崢才對，她知道他的手筆千金也買不到嗎？

湛明珩想著這些糟心事，臉色自然也不會好看。倒是一旁的納蘭嶸見姊姊來了，忙朝她招呼道：「姊姊，快過來幫嶸兒解棋局！」

納蘭嶸早在前頭趙公公來魏國公府那會兒便知曉了太孫身分，因而這回才能得了聖上的欽點。他解不出棋局，太孫不肯放行，只好找來姊姊當救兵。

納蘭崢不高興歸不高興，還是得給湛明珩福身行禮，完了問弟弟：「什麼棋局？」

湛明珩分明就在納蘭崢跟前，她卻與上回一樣，反而特意扭頭去問納蘭嶸。矜貴的太孫殿下察覺被忽視，登時就怒了。「妳這女娃是不是眼睛不好，看不見我坐在上首？」

又叫她女娃！

納蘭崢只得偏過頭來。「太孫殿下是不是耳朵不好，聽不見我方才行禮時喊了您？」

倒是伶牙俐齒！

他冷哼一聲。「得，妳來解棋局，若解開了，咱們新帳舊帳一筆勾銷；若沒解開，想來嶸世子將來在雲戎書院也不會過得舒坦了。」

納蘭崢怒目瞪他，諷刺道：「太孫殿下倒是好風度。」

湛明珩可不覺得自己失了風度，他是全然夠拿身分將姊弟倆壓死的，若非不願仗勢欺人，又想叫納蘭崢輸得心服口服，哪會給她清帳的機會，可她竟如此不識好歹。

他手中茶盞「啪」一聲擱下了，將原先心裡想的時辰縮短了一半。「一炷香。」

納蘭嶸忙起身給姊姊讓位。

納蘭崢看一眼棋局。「半炷香就夠。」

這棋局是湛明珩與他豫皇叔對弈時遇著的難題，他都沒想出解法，更不要說這七歲女娃了。方才納蘭嶸花了一個時辰也沒看出個究竟，眼下納蘭崢說半炷香，湛明珩當然不信，就在她對面慢悠悠喝著茶，時不時瞥她一眼。

納蘭崢剛坐下就發覺自己將話說得太滿，這棋局分明不是她乍看之下的那個解法……只是她前世跟父親學過好一陣子的棋，不說如何厲害，卻也有幾分技藝在，自然沒這麼快認輸的理。

半炷香過去，湛明珩見納蘭崢解不出還一副不肯低頭的模樣，心情都好了起來，頭一遭在她跟前眉開眼笑。他的五官鐫得深，平日又因身分尊貴老愛給人擺臉色，小小年紀卻常是副凶巴巴的模樣，眼下這麼笑起來才真好看。

可惜納蘭崢沒瞧見，一門心思都在棋局上。

不過她沒瞧見的，有人瞧見了。

這間小室一隔兩半，中間是面黃金八角龍紋鏤雕屏風，房門敞著，昭盛帝沒進屋，就站在外頭透過屏風鏤雕的縫隙往裡瞄，還給門口侍候的一干宮婢比了個「噓」聲的手勢。

倒是幅好畫景。只見紫檀木案几的兩端，一端的女孩家皺著好看的眉頭，咬著唇極認真地盯著棋盤，白嫩的指間撚了枚玉色的棋子，有一下沒一下敲著盤沿；另一端的少年則一瞬不瞬盯著對面人的神情，手中的茶盞舉了多時，竟都忘了湊去嘴邊。

昭盛帝伸長了脖子往裡瞅，他身後，趙公公掩著嘴，笑得眼睛都瞧不見了，卻聽裡頭小太孫忽然乾咳了一聲。

趙公公霎時大驚，昭盛帝也跟做賊被發現似的忙縮回脖子，給宮婢們打了個「朕沒來過」的手勢，扭頭輕手輕腳走了。

小室裡，納蘭崢可沒想到堂堂天子爺竟有偷窺他人的陋習，壓根不曉得方才發生了什麼，聽見這聲奇怪的咳嗽才抬起頭來，眼色疑問。

湛明珩下意識看向她，這一瞧，就見納蘭崢頰邊一綹鬢髮被窗外的風吹到了嘴邊，而她唇齒一動，剛好將髮絲吃了進去。

他張了張嘴要說什麼，看她渾然不覺的模樣又覺得好笑，便存了戲弄她的心思，趁她還不明所以地盯著自己，抬起一根食指伸了過去。

納蘭崢埋頭思考許久，滿腦子都是縱來橫去的棋盤，原本就有些懵，這下子更是愣得忘了動作，眼看那根食指明目張膽湊到了自己的頰邊。

湛明珩在她臉頰上飛快地刮了一下，將髮絲從她嘴裡順了出來。

坐在一旁的納蘭嶸見此一幕張大了嘴，只覺整間小室像一下子凍成了冰窖，刮人的那個和被刮的那個都像冰塊似的凝住了。

這動作，說不好聽點叫輕薄，納蘭崢吃驚的反應合情合理，可湛明珩是惡作劇的那個，恰是僵得不明不白，半晌才硬作出一副理直氣壯的模樣。「妳……吃頭髮不嫌髒？」

他話說出口，舌頭都險些打了架，自己也不明白何以失態成這樣？分明只想擺個假動作嚇嚇她，卻不意指尖觸及那似剝好的鴿子蛋的臉頰，比上品的絲緞還滑手，還帶著幾分清爽的涼意，實在熨貼極了。

他一個沒忍住，就刮了一下，完了才驚覺做了什麼逾越的事，自己也懵了。

納蘭崢聞言才知他用意，可女孩家的臉哪能隨便給人碰。上回在書院與湛明珩接觸是事急從權，眼下卻哪有什麼急的？

她從驚愕之中緩過神來，記起方才一瞬，陌生的指腹在頰邊暈開的溫暖觸感，立時脹紅了臉，也不知氣的還是羞的，抑或兩者都有，半晌沒說出話來。

湛明珩可不曉得小丫頭還懂害羞，因他自己就不懂。納蘭崢那張透嫩透嫩的臉，每每稍動些怒就紅了，他也見過幾次，眼下自然只當她是生氣。

只是做都做了，難不成他還能紆尊降貴道歉不成？當然不成！

所以他反倒越加理直氣壯。「愣著做什麼，這棋局妳還解不解了？」

納蘭崢簡直服了他這潑皮無賴樣，也沒了解棋局的心思，狠狠瞪他一眼，憤然起身，手一拂將棋盤上的玉子捋了個亂。

「解完了！」說罷牽起納蘭嶸就朝外走去。

湛明珩不可置信地盯著眼前的棋盤，呆了良久才明白過來這丫頭的意思。他叫她解棋局，她竟打亂了作數？

這女娃怎地總叫他氣得胸悶！

他忍了一會兒，還是沒忍住，咬牙道：「湛允！」

外頭立刻有人閃身進來，還沒等他開口就先急忙解釋：「主子，我看您沒說要攔人哪，要不我現在去攔？」

「攔什麼攔！跑得了和尚跑不了廟，給我拿弩來！」

湛允聞言大驚。「主子，使不得啊！人家再怎麼惹怒了您，那也是國公府的小姐，是皇后娘娘的外甥女，是條矜貴的人命啊！」

湛明珩白他一眼。「你腦袋裡裝的都是什麼，漿糊嗎？拿弩來，跟我去圍場。」

哦，原來小主子是要獵幾隻兔子出氣。湛允飛似的領命跑了。

景泰宮這廂進進出出的動靜很快傳到了另一間宮室，一位幕僚模樣的人立在案桌前恭敬頷首，碩大的斗篷遮沒了他的臉，只聽得見他低啞的嗓音。「鳥兒已出籠，是否提前行動？」

仰靠著交椅的人唇角笑意淺淺，慢悠悠道：「急什麼，再等等。」

翌日為春獵的重頭戲，一干公侯伯武將及成年皇子，都隨聖上馭馬去了臥雲山林深處圍獵，納蘭崢等女眷則在行宮裡頭行宴，算是與狩獵呼應，圖個熱鬧和美。

皇宮不可無人主事，謝皇后在皇廟祭禮完畢後便擺駕回了宮，未曾跟來臥雲山。此番主持宴會的人是碩王的生母，晉國公的嫡女，在後宮堪與謝皇后平分秋色的姚貴妃。

偌大一個怡和殿，絲竹管弦，餘音嫋嫋，姚貴妃與另一位隨駕的賢妃位列上首，其下座席被鏤雕屏風一棱棱分成三個隔間。由東往西第一隔間內為未成年的皇子皇孫及少數幾位年幼的公侯伯之後，湛明珩也位列其中。

納蘭崢因此有些奇怪。弟弟是被交代了要封口，可如此一來，太孫的身分豈不就曝光？

她透過鏤雕的縫隙仔細瞅了瞅才明白，雲戎書院裡的確有眾多公侯伯之後，卻多是各家的嫡長子或嫡長孫，今日得了欽點到場的，除卻被默許知曉實情的納蘭嶸，竟沒有一位是那裡的學生。

看來，聖上是預備將這把戲認真玩下去了。

不過話說回來，天子爺有心隱瞞的事，即便有人生出懷疑，但凡還有點頭腦就不會拆穿。大家都是聰明人，睜隻眼閉隻眼的功夫還有，誰會沒事尋死呢？

第二隔間坐了與納蘭崢一樣未出閣的女孩家。裡頭人不多，加上幾位皇女籠統不過寥寥八個，可見真如綠松所言，她此番是得了榮寵的。

第三隔間坐了文人墨客。春獵是武事，文官不隨行，不過這等熱鬧場面卻也少不得要有文人墨客添彩，好記幾筆回去。這些人都是受到舉薦才來的，多為朝中文官的門生，抑或諸皇子的門客，雖未參官職，卻都有點才氣。

納蘭崢因此想到一個人，偏頭去瞅時果真看到了。顧池生穿了身格外老成的鴉青色直裰，坐在那裡與一眾同窗們談笑風生。

她見狀有些欣慰。她前世死前，他還是個十分卑微寡言的孩子，小心翼翼寄人籬下，連與她這嫡小姐說話都不大敢，如今卻是得了待人接物之法了。

或許就像當年父親所說，顧家不重視他，因而給他取名「池生」，然本非池中物，終遇騰飛時，他總有一日會掙脫庶出的枷鎖，成為人上之人。

納蘭崢這邊的女孩家安安分分吃著茶點。四位皇女皆是十出頭的年紀，端得十分矜持，話也不多，倒是旁側的三位公侯伯之後一直嘀嘀咕咕說笑，看樣子似乎是舊識。

納蘭崢是其中年紀最小的，誰也不認得，就默默吃著荔枝，偶爾也聽幾耳朵。她們似乎在講詩文，其中有位晉國公府孫輩的嫡小姐，看似是三人當中最有墨水的，說起話來一套一套。

不過，納蘭崢是從書香門第走出來的，墨寶見多了，聽她斟的字、酌的句也不覺有什麼厲害。

宴行過半，許是幾位皇女架子端得累了，離納蘭崢稍近些的那個偏過頭來，看一眼她面前翠玉雕纏枝蓮紋瓷盤裡所剩無幾的荔枝，笑道：「是魏國公府的四小姐吧？這荔枝性熱，可別吃多了。」

這位是排行十一的皇女湛妤，怕她年紀小不懂事才出言提醒。

納蘭崢聞言，低頭瞧了瞧果盤，這才覺吃多了，不好意思笑道：「多謝公主提醒，是阿崢貪食了。」

哪裡是貪，分明是無聊的。她的丫鬟進不得這等宮宴場合，因而身邊連個說話打趣的人都沒有，可不只能埋頭苦吃嗎？

她這一笑，兩朵梨渦便現了出來，湛妤忍不住輕點了下她的腦門。「小小年紀就這麼貪吃。」

「年紀小才要多吃的，日後可就沒機會了。」

「日後怎就沒機會了？」

「長大了要嫁人，若是吃多了，臉生橫肉，可就嫁不出去了！」

湛妤聞言輕笑出聲，惹得其餘幾位皇女也偏過頭來，其中一位稍年幼些的道：「魏國公府的這位小姐真是生得可愛極了，難怪逗樂了皇姊。」

又一人道：「我這兒還有荔枝，納蘭小姐要不要？」

顯然這位妤公主在皇室中地位不低，素是受人追捧的，這才叫納蘭崢跟著引起了旁的皇女注意。

湛妤攔了她的手。「荔枝就別給她吃了。」又轉頭看向侍立在旁的宮婢。「替納蘭小姐沏盞花茶來，要加了枸杞的。」

納蘭崢不好意思說自己不喜喝茶，人家公主對她一番好意，她自然不能駁了。

湛妤又問她魏國公府好不好玩，她平日在閨中都做些什麼？她是懂說話藝術的，為扮作小孩，答的時候刻意稚氣了些，講得趣味十足。

湛妤也覺得新鮮，幾次被惹笑，尤其聽她說到與弟弟「私逃」出府去茶樓聽書，最後慘遭婆子捆回去那茬時，若非以袖掩了面，險些就沒能端得住。

上首的姚貴妃難得見平日矜持內斂的湛妤如此盡興，就問幾位小姐在聊什麼，說出來給她也樂一樂。

姚貴妃一說話，自然吸引了整個怡和殿的注意，霎時什麼談笑聲都沒了。

納蘭崢也不笑了，求救般看向湛妤。那些個趣事說給女孩家聽沒什麼，可要給姚貴妃知道，又傳到聖上耳朵裡，可不丟了魏國公府的顏面嗎？

湛妤也是明白人，拉著納蘭崢那雙軟綿的小手朝上座道：「貴妃娘娘，我與魏國公府的小姐說私話呢，都是閨中的事，可不能講給大家聽。」

姚貴妃聞言笑了笑。「本宮倒不曉得，咱們好公主也有古靈精怪的一面。」

方才稱納蘭崢可愛的那位皇女插話道：「可不是嘛！我見皇姊與納蘭小姐頗為投緣。」

一旁的賢妃聽了，朝姚貴妃笑道：「姊姊，昨兒個我聽陛下講，魏國公府的四小姐是位妙人，與小太孫也相識。」

姚貴妃聞言，看了納蘭崢一眼，笑道：「是嘛？」

賢妃這話雖是放輕了講，可這時候的怡和殿很安靜，但凡有耳朵的，誰沒聽見？

第九章

豈止是認得，還結了怨呢！納蘭崢撇撇嘴。「有幸與太孫殿下有過兩面之緣。」

才不是有幸！

湛好一看她那憋屈樣就笑了，似乎猜到什麼。「明珩的脾氣差了些，心地卻是好的，妳多見諒。」

她一個國公府小姐哪敢對皇太孫「見諒」啊？她道：「您這話說的，真是折煞阿崢了，要是被太孫殿下聽到，可不知怎麼生氣。」

她話音剛落就聽見一聲頗有些不爽的乾咳，偏頭一看，可不正是來自屏風另一側聽見她們談話的湛明珩。

倒是個順風耳！

納蘭崢低哼一聲，把頭扭了回來。

湛好見狀，卻覺更有意思了，故意提高些聲道：「他是不是欺負妳了？我這姪兒真是越發不懂事了，竟連個小丫頭都不肯相讓。」

湛好今年剛十五及笄，為先皇后所出，是太子的同母胞妹，在湛明珩的眾多姑姑裡，與他的關係最親近。

湛明珩平日對這個親姑姑也算尊敬，此番卻是來了脾氣，奈何得把持著皇太孫的身分，不好發作。

納蘭崢繼續埋頭喝茶，不說話了才發覺，不知何時起，她所在的隔間裡只剩下她與幾位皇女的談笑，晉國公府小姐那頭似乎安靜了太久。

她正覺得不對勁，想抬頭看看，忽然聽見一個細嫩的聲音道：「姚姑母，我這兒有半副聯子，有了下片卻對不好上片，實在覺得可惜，不知今日可否跟您討個巧，讓在座諸位才子才女們替疏桐拿拿主意？」

說話的是晉國公府姚家的孫小姐，姚疏桐，很是個美人胚子，雖不過十一年紀，卻已能隱隱見出娟秀的眉目來，尤其那雙眼，竟像籠了煙似的楚楚。

今日這等場合，她也是托了姚貴妃這位姑母的福才能來的。

姚貴妃頗有些嗔怪地看她一眼。「妳這丫頭倒聽明得很，討巧討到我這兒來了。成，姑母就替妳做個主，妳說說看，是副怎樣的聯子？」

姚疏桐曉得，那看似嗔怪的可不是真嗔怪，自己這齣分明就戳著了姑母的心坎，忙答：「是疏桐閒暇時作的，獻醜了——青山原不老，為雪白頭。」

這聯子是短句，中規中矩，用詞簡單，論意境卻很不錯，於這般年紀的女孩家而言，已是相當難得。

姚貴妃看見第三隔間內有人在點頭，似乎是肯定的意思，就誇讚道：「妳是有幾分才氣的。」說罷看向在座皇女中年紀最長的湛好。「好公主也學詩文，不知可有考量？」
湛好依舊是一副落落大方的模樣，端著姿態抬眼朝上首笑了笑，不過從納蘭崢的角度看去，她卻是皮笑肉不笑，顯然不大高興了。
「貴妃娘娘著實太瞧得起我了，姚小姐是跟著秦閣老唸過幾年書，這等『才華橫溢』的聯子，我怎會對得上呢？」
她口中的這位秦閣老是工部尚書秦祐，如今內閣當中最年輕的輔臣，三十一的年紀，才學卻與公儀閣老也有得比，出身亦頗具傳奇色彩。
因而她說完後，姚疏桐的臉色就不大好看，在場的讀書人也都在心底悄悄唏噓。原道是普通的閨閣女孩，卻不想竟曾跟著秦閣老這樣的人物學過詩文，這樣看來，這聯子斟的詞似乎也算不上如何絕妙。
納蘭崢暗暗拐了個心思。看不出來，太孫這位姑姑年紀不大，卻是個厲害的狠角色。
姚貴妃位高權重久了，自然不像姚疏桐那樣臉上寫文章，她是一點看不出怒意，反而笑道：「好公主素來是謙虛的性子。」
湛好也笑，又看一眼一旁埋頭喝茶的納蘭崢，親暱道：「阿崢可有想到好對子？」
納蘭崢聞言險些被嗆著，若非前世也端了一輩子的儀態，她可就要一口茶水噴了出來。好傢伙，這好公主與那姚小姐是多大仇多大怨，竟要向一個七歲女娃提問，以此貶低人家？
湛好見她似乎被自己突如其來的發問嚇著，有些過意不去。可她也不是有意為難納蘭崢，旁人興許瞧不出來，她卻曉得，這哪是什麼簡單的詩文對答，姚貴妃是想讓姚疏桐表現表現，日後好將自己這個貌美又有「才學」的姪女往明珩跟前塞呢！

她要不拿出點顏色來，豈不白做了明珩的親姑姑！

納蘭崢穩了穩神色才抬起頭來，本想笑一笑糊弄過去，卻聽四周安靜極了，眾人似乎都在等她回答。

可她能怎麼答？

她心裡是有個對子的，斟的詞也算中規中矩，說出來未必嚇著人，畢竟這等水平的聯子，隔壁顧池生五歲就能答了。可她曉得，前世出身書香門第的自己，七歲時恐怕還難以應付，如今魏國公府的書香氣又不濃，倘使答了，難免仍叫人不可思議。

只是，要說全然不會吧，似乎又丟了魏國公府的顏面，這並不是一般的場合。

她只好道：「阿崢哪裡對得上這樣厲害的對子，只是我想，姚小姐的下片用了『青山』與『雪』……那上片就用『綠水』和『風』好了！」

這話一出，場面霎時冷了下來，四周更安靜了，納蘭崢不免有些緊張。怎麼的，她好不容易權衡利弊答了一半留了一半，難道還是顯得太厲害了？綠水和風是四歲孩童都曉得的意象，她答出這個很奇怪嗎？

湛好有點發愣，看納蘭崢的眼色都不一樣了，她原本可不是這個意思！

讓一個七歲女娃來答姚疏桐的對子，本就是對她的嘲諷，即便納蘭崢全然不會也夠挫她的銳氣，哪曉得她真能說出個所以然來！

姚疏桐的臉色白了幾分，姚貴妃反應倒是快，當先笑了起來。「不想納蘭小姐年紀小小，卻極有才學。」說罷似乎想解了姚疏桐的尷尬，看向第三隔間的文人墨客。「不知在座諸位對此有何見解，可能做全了這對子？」

一個十六、七歲的少年站了起來。「回稟娘娘，納蘭小姐所答意象雖簡，卻勝在工整，且反應過人，依小生看，倒是可以拿來作文章的。」

納蘭崢明白過來，她選取的意象不難，只是對一個七歲女娃來說恐怕反應太快了些，這才叫大家訝異了。

姚貴妃點點頭。「那便請你來作一作這文章，如何？」

他立即擺手。「小生才學疏淺，不敢妄言，不如請顧兄來說一說。」

哪裡是才學疏淺呢，既然當了這出頭鳥，必然是想表現的。只是此人聰明，看出好公主惹了姚貴妃不快，這才想叫顧池生來對這副聯子，好全了她的面子。畢竟在座這些年輕人裡，當數年少成名的顧池生最了不得，如此也不算辱了姚小姐。

「疏桐不過是小學問，諸位請顧解元來答，實在太抬舉她了，況且，顧解元必然是有更妙的意象的。」

顧池生本想推辭，聽了姚貴妃這話反倒不好說了，只得起身拱手道：「貴妃娘娘莫要折煞了小生，小生也不過小學問罷了。只是恰巧，小生心中所想意象與納蘭小姐並無二致，恐怕作不出什麼大文章來。」

納蘭崢心裡一梗，顧池生也忒抬舉她了吧！

這孩子真是不懂得拐彎，跟愣頭青似的，她是為維護魏國公府的顏面才得罪了貴人，他這麼說又是為哪般？哪怕真與她所想一致，隨手換個意象對他來說還不容易，何必也跟著得罪貴人去？

姚貴妃聽顧池生這麼說，心裡顯然很不高興，卻還是硬著頭皮笑。「無妨，你說便是。」

「小生以為，這聯子的上片可以是：綠水本無憂，因風皺面（注）。」

文人們聽罷都相看點頭。雖是簡單意象，卻寥寥幾字，便將一幅綠水青山圖勾勒得唯妙唯肖，令人如臨其境。

納蘭崢也在心底感嘆顧池生的才氣。他從小就壓她風頭，她還是公儀珠時，父親布置學問給他們，她若在他後面才上交文章，必要被貶得一文不值。輸給一個牙都沒換齊的孩子，真叫她覺得丟臉極了。

姚貴妃誇讚了顧池生幾句，給姚疏桐一個安慰的眼色。

只是她眼下哪能被安慰到，今日這齣原本是想在太孫跟前表現表現的，豈料到頭來給她人做了嫁裳。她原本就是扶風弱柳的身姿，眼下白著臉坐在那裡，顯得更惹人憐了。

這邊湛妤卻是心情大好，又與納蘭崢聊起別的來。

第一隔間裡的湛明珩時不時就往兩人那頭瞥一眼，眼神悻悻。

這女娃這般討皇姑姑歡心，真不曉得她哪裡好了？人前倒是副伶俐的模樣，竟還跟人家解元對一樣的聯子，怎不拿這點聰明勁去解他的棋局呢？

她解不出，是因為壓根沒用心，不將他放在眼裡吧！

他越想越覺得氣悶，忍了一會兒沒忍住，就跟姚貴妃拜辭了，說要跟魏國公府的小世子出去散散心。

納蘭崢眼睜睜看著湛明珩故技重施帶走了弟弟，覺得這人陰晴不定、莫名其妙，登時氣得不行，連湛妤問她話都沒聽清。

湛妤瞧了這情狀就明白過來，過一會兒也跟姚貴妃拜辭，帶走了納蘭崢。

納蘭崢跟她出了怡和殿才見她笑道：「我就不跟妳往外去了，他們應該還沒走遠，這兒就一條道，妳往前就是了。」

「公主，您這是叫我去找弟弟？」

「明珩約莫是生了咱們方才嚼他舌根的氣才會提早離席。他啊，的確是小孩子心性，不過也是捏準了妳會在意嶸世子，才故意做給妳看，實則並不會仗勢欺人。我看妳魂不守舍的，想妳怕也在宴席上待得無趣了，不如去找他們玩。」

納蘭崢雖對湛妤替湛明珩辯解的那幾句話不敢苟同，卻是打心底感激她。「好公主真真是極好的人！」

她謝過湛好就去找弟弟了，只是原本就落了好大一截，又邁著兩條小短腿，雖說路不會錯，卻哪還瞧得見湛明珩和納蘭嶸的影子？她又對這行宮四處不甚熟悉，走了好一會兒，看前頭仍是無人，就愁眉苦臉起來，心道若非方才那情形不允許，好歹該帶上綠松和藍田的。

正停下來猶豫時，十分空曠寂靜的宮道上響起了一陣腳步聲。納蘭崢回過頭去，看見來人，忍不住睜大了眼睛。

怎麼會是顧池生？納蘭崢直直望著他走近，有些摸不著頭腦了。

十五歲的少年清瘦挺拔，面容俊秀，眉眼淺淡疏離，目色沈靜得好似一泊明澈的水，因輪廓柔和，即便不笑也叫人如沐春風，比起長相頗有些凌厲的湛明珩，顧池生給人的感覺十分良善。

從前亦步亦趨跟在她身後，只及她腰高的孩童如今已長成參天模樣，反倒是她越活越回去，只到人家腰高了。

顧池生走到納蘭崢跟前，見她如此出神有些奇怪，只是守著禮數不便詢問，向她謙恭頷首道：「納蘭小姐。」

論身分地位，顧池生確實該給她行禮，儘管從兩人的年紀和身長看，這幕場景實在有些彆扭。

納蘭崢回過神來，仰著臉朝顧池生點點頭，想了想稱：「顧解元，你怎地也離席了？」

她不信這是巧合，卻又想不出顧池生找她做什麼，畢竟她已經不是公儀珠。

顧池生向她笑了一下，從袖中取出一方巾帕遞過去。「我是來物歸原主的。」

納蘭崢並不認得他手中的巾帕，卻見裡頭似乎裹了什麼東西，就接過了攤開看，這才奇怪道：「我的鐲子怎會……」她問到一半忽似明白過來。「是公儀夫人請人替我撈起來的嗎？」

她前頭跟季氏提過這事。

顧池生默了默，猶豫一會兒還是實話道：「救妳的時候就撈起來了。」

只是那日情況緊急，他沒來得及將鐲子還給她，事後又因老師的訓誡，想著別再與她有所牽扯。他原本以為國公府小姐是不會缺這等首飾的，前幾日卻無意聽聞，納蘭崢當初正是因這鐲子才落湖的，便想其中恐怕有什麼不尋常的意義，還是該將它歸還。

納蘭崢聽了這話倒是一愣。當日救她的人果然並非徐嬤嬤，只是原來顧池生並沒有要隱瞞此事，這麼說來，那是他的老師、她前世的父親公儀歇的意思了。

她笑起來。「顧解元真是有心了！阿崢不懂事，失了禮數，都未曾向你當面言謝。」若非公儀府對此事一副諱莫如深的態度，她自然該主動向他道謝，畢竟那可是救命的恩情。

顧池生卻說：「納蘭小姐不必掛心。」一也絲毫不提及自己被老師責罰的事。

納蘭崢想了想，猶豫道：「顧解元，方才席上的事也要多謝你，只是你該討好些貴人才對，你將來可是要做官的！」

她已盡可能將想表達的意思說得稚氣了，顧池生卻難免還是有些意外，心道這七歲女娃很有副小大人的模樣，不過也沒多解釋，只是笑著說：「多謝納蘭小姐提點。」

兩人你謝我來我謝你，他說罷覺得自己逗留得久了些，又因納蘭崢身邊未有丫鬟跟著，如此與她獨處到底不大適合，就向她告辭了。

納蘭崢點點頭，在他回頭時卻又記起一樁事，上前一步叫住了他。「顧解元。」

顧池生回過身來看著她。

「顧解元，你沒參加今年的春闈嗎？」

「的確沒有。納蘭小姐如何知曉？」

她笑起來。「顧解元要是參加了春闈，那會元的名頭怎會落在別人手上啊！」她若沒記錯的話，今年春闈摘得會元榮銜的是杜家的二公子杜才齡。這人才學如何她不清楚，卻著實不欣賞他的品性。

她怎麼就知道，他一定會是會元？杜才齡也不差的。

顧池生不知緣何心底一軟，只是很快又中規中矩道：「是老師覺得我的文章尚欠火候，想讓我再多歷練歷練。」

他話音剛落，不遠處忽然響起一陣咕嚕嚕的車軲轆聲。

納蘭崢回頭看去，就見是湛允揮著鞭子朝這向來了，待馬車行至二人跟前，他信手一勒韁繩，朝她略一頷首。「納蘭小姐，太孫有請。」

她是猜到了馬車裡頭坐著誰，卻有些疑惑湛明珩怎會走回頭路，一時沒做出反應。

不過遲了那麼一小會兒，車裡的人就發了話：「本太孫很沒耐心的，嶸世子，你說是吧？」

納蘭嶸的聲音聽起來怯怯的，朝外道了一句：「姊姊，太孫殿下說要將我帶去臥雲山……」他沒敢將後頭的「餵老虎」三個字說完，他怕手裡執著弩、臉色很難看的太孫在帶他去餵老虎前先一箭結果了他。

太孫早就知道姊姊會跟出來，因而一直在前頭拐角候著，卻遠遠看見姊姊與顧解元聊得十分投機。他原本預備好好瞧瞧他們究竟能聊多久，卻實在忍不下去了。

納蘭崢強忍怒意，朝顧池生福了福身。「顧解元，先行告辭了。」

顧池生初見太孫車駕時便恭敬立在一旁行默禮，此時也不好說話，朝她點點頭就算別過。

他頷首站在路旁聽著她離開的腳步聲，輕皺了下眉頭。

那七歲的女娃今日一直稱他「顧解元」，她可是不記得了，他將她救上岸時，她曾像抓著根救命稻草般緊攥著他的衣襟，盯著他的臉囁嚅過一句什麼。

在他聽來，那模糊的字眼……像是「池生」。很像是「池生」。

納蘭崢進到裡頭還未坐穩，馬車就晃了晃一溜煙飛馳了出去。虧她早知湛明珩不懷好意，牢牢扶穩了車內的小几才沒跌倒。

她狠狠瞪了一眼悠悠坐在上首研究手中弩箭的人，決計不向他行禮了。在湛明珩這等只會欺負弱女子的無賴面前，要什麼溫良恭儉讓啊！

「太孫殿下這是要帶我們姊弟二人去哪？」她不開口還好，一開口，這發衝的語氣與方才和顧池生講話時謙遜有禮的女孩家姿態兩相對比，叫湛明珩立刻就不舒服了。

他擱下弩，冷冷道：「拿來。」

納蘭崢一頭霧水。「拿什麼？」

湛明珩遙遙一指她的左手。

她低頭看了一眼手腕上套著的那只白玉鐲子。方才顧池生還給她後，她嫌拿著礙事就順手戴上了。

這是從前姨娘請玉匠替她打的，他要這個做什麼？

湛明珩見她一副不肯給的樣子，一時有強奪的意思，手伸出去卻記起昨日那樁逾越的事，想了想還是沒有動，繼續耐著性子道：「這是旨意。」

納蘭崢被氣笑，這下子敬稱也沒了。「好公主還道你不是那種仗勢欺人的人，照我看，你不是誰是？」

湛明珩眉頭一皺，脾氣上來也顧不得這麼多，一把抓過她的手就去捋鐲子。

納蘭嶸大驚，忙上前去攔，情急之下也沒了敬稱。「你不許欺負姊姊！」

湛明珩畢竟沒白多吃五年米糧，力氣實在比納蘭嶸大上許多，不過稍稍一掰就將他撇開了。

納蘭崢活了兩世也不曾見過這樣的潑皮無賴，她素是個吃軟不吃硬的性子，見他這般反倒愈加不肯給了，一面躲一面急聲道：「湛明珩，你無賴！」

他是多久不曾聽見有人敢這樣直呼他全名了啊，氣極反笑起來。「納蘭崢，妳好大的膽子！」說罷便沒再留餘力，將她縮在身後的手死死往外一拽，順勢捋下了那只鐲子。

注：「綠水本無憂，因風皺面。青山原不老，為雪白頭。」此句非作者原創，據說出自南宋學者沈義甫。

第十章

納蘭崢被他弄疼，忍不住「嘶」了一聲。

納蘭嶸見姊姊被欺負成這副模樣就差哭了，哪還管得上什麼尊卑禮數，眉頭一皺就朝湛明珩狠狠撞了過去。

這一下可使了大力，雖不足以撞倒湛明珩，卻叫他的手偏了那麼一偏，也因此「噹」一聲清響，他捏在手裡的鐲子掉了下去。

車內霎時靜了下來，三人齊齊朝躺在地上的鐲子看去，只見白玉的表面多了一處細密的裂痕，顯然是碎了。

納蘭崢記起這鐲子的來歷，顧不得手腕火辣辣的疼，忙去撿來看，這一看卻愣住了。

白玉確是碎了無疑，可那細痕處分明顯出了兩個字——

洄洄。

那是她的小名。

七年前，她與弟弟的降生解了魏國公府多年無男丁的大患，納蘭遠一高興，提筆揮墨寫下了大氣磅礴的「崢嶸」二字，以此給姊弟倆取了名。

繁盛之意不可拆，因而納蘭崢就隨了弟弟的山字輩，可她的生母阮氏卻希望她能像個普通女孩家那樣平凡度日，免於紛爭，便給她補了個水字輩的小名。

阮氏識不得幾個字，納蘭崢還在襁褓裡的時候，聽她有一日問身邊的嬤嬤，說可有水字旁加「回」的字？

那嬤嬤說是有的，後來她就叫她「洄洄」了。

納蘭崢曾想告訴阮氏，所謂「溯洄從之」，「洄」字包含「逆流而上」之意，它可一點都不普通。

可她卻一直沒能說出口。阮氏不曉得「洄」字之意，卻認得「回」字，她想，阮氏一定是期盼什麼東西能夠回來吧，就沒忍心破壞這份希冀。

這一世，她也曾得到過母親的疼愛，起碼那時候的阮氏真的待她很好，可是後來，她瘋了。

她五歲那年，阮氏掐著她的脖子，質問她為何要搶弟弟的慧根，罵她怎麼不是個男孩，說自己恨極了她，就這樣險些將她弄死在青山居裡。

她被毒打得渾身是傷，若非如此，也不會過到主母謝氏的名下，兩年來被勒令不可踏進青山居一步。她的丫鬟們都說，小姐這是因禍得福了。

當真是禍嗎？

她垂眼瞧著手裡的白玉鐲子，實在很難相信，一個將心思藏得如此絕妙的母親，會那樣記恨自己的孩子。

究竟是多不能開口的情意，非要碎了才叫人看見呢？納蘭崢想。

她一下下緩緩眨著眼，記起那個眉眼動人、曾抱她在懷溫柔哄她入睡的女子，只覺心間酸楚極了，眼眶裡盈滿的淚玉珠似的落下來。

納蘭嶸和湛明珩瞪大了眼，雙雙傻在那裡。

納蘭崢這年紀的女孩皮膚嬌嫩，因而手腕被捋起的那處紅痕許久都褪不去，反倒越顯猙獰了。

湛明珩下手不知輕重，垂眼就看見自己幹的「好事」，又瞧她緊緊攥著白玉鐲子，眼淚像不要銀錢似的撲簌簌往下掉，一時也犯了難。

他哪裡想得到這平日張牙舞爪，得理不饒人，不得理也不饒人的女娃還會被惹哭，又何曾見過女孩家哭。

從前倒有毛頭小嬰在他懷裡鬧過，彼時皇祖母教他搖一搖波浪鼓、拍一拍嬰孩的背，再顛抱幾下，就哄好了。

可這女娃都七歲了，那樣成不成啊？

不成吧……

納蘭崢這種不出聲的悲泣簡直比毛頭小嬰大喊大叫的哭法還讓湛明珩覺得鬧人，他渾身都似爬了蟲般癢起來，乾咳幾聲道：「我……賠妳一個成不成？」他當然以為，納蘭崢是因為鐲子碎了才哭的。

見她不搭理自己，他再道：「這樣的鐲子宮裡多了去，妳要十個都成！一百個……」他思考了一下。「一百個也成吧，我跟皇祖父說一聲就是。」

他這態度還算端正，可納蘭崢似乎聽都沒聽見。

納蘭嶸長這麼大還不曾見姊姊這般過，實在嚇壞了，怯怯地去揪她的衣袖。「姊姊，妳別難過了……這是姨娘送妳的鐲子嗎？」

湛明珩聞言愣了愣。這玩意兒不是顧家那位解元給她的嗎？

又見納蘭嶸攀著姊姊的肩湊過去，細細瞧了一會兒鐲子，道：「姊姊，這是妳的小名嗎？我好像聽姨娘這樣叫過妳。」見她仍不答應，他撇撇嘴竟也快哭了。「姊姊，妳別哭了……」

納蘭崢聽見弟弟的哭腔才回過神來，知道此番是自己失態，就揩揩淚示意她不哭了。

湛明珩礙於面子不好跟納蘭嶸一樣湊過去，卻又實在好奇那所謂的小名，就假意端坐不動，斜睨著去瞅，直將眼珠子都瞪累了才遠遠辨認出那兩個疊字。

他明白了究竟，忽然覺得不大舒服，這種不舒服與先前不同，素來目無餘子的太孫殿下後知後覺地發現，自己好像有點羞愧。

可俗話說，不知者無罪，他還道納蘭崢小小年紀就不明不白跟男子私相授受，哪裡曉得這鐲子背後的淵源。

湛明珩自顧自掙扎了一小會兒，覺得這女娃既然不稀罕搭理他，還是不要白費力氣道歉的好，大不了他回頭跟魏國公府那位姨娘說一聲，讓她再送納蘭崢一副鐲子就是。

他打定主意就理直氣壯起來，若無其事拿起弩繼續研究，只是已經不能專心了，時不時就要往納蘭崢那邊瞥一眼，看她好些了沒？

納蘭嶸一個勁地安慰姊姊，納蘭崢見弟弟乖順，也好受了些。鐲子確實裂了幾道細痕，卻好歹是在內裡，不大礙事，況且也算陰差陽錯，叫她知曉了裡頭的秘密。

她畢竟險些在生母手裡丟了性命，從前不是沒有怨怪過阮氏，否則以她的性子，哪至於被勒令不能去青山居就當真不去了，又哪至於因了公儀家諱莫如深的態度就省了麻煩不去將鐲子討回？如今見到刻字卻是內疚起來。

她忽然想到，會不會姨娘根本就沒有瘋？

納蘭崢打定主意回府後走一趟青山居，就牽著弟弟端正坐好，只是也沒搭理湛明珩。

湛明珩見她似乎好了，乾咳了一聲，想找個話頭，卻又不曉得說什麼，只好再乾咳了一聲，倒像彰顯存在似的。

納蘭崢在心底冷哼一聲，目視前方不動搖，認了死理，就是不準備應他。

這回是湛明珩理虧，他再怎麼脾氣大也忍了，又好奇姊弟倆口中的「姨娘」，就好聲好氣跟納蘭嶸套話。「怎地此前未曾聽嶸世子說起過家中的姨娘？」

納蘭嶸見他一個人默默搗鼓弩箭也怪寂寞的，張了張嘴要答，話到嘴邊又記起他方才欺負姊姊的凶狠模樣，最終往納蘭崢那側挪了挪，示意姊姊不理的人他也不理。

湛明珩深吸一口氣，繼續忍。

馬車轆轆行了許久，直到湛允勒了韁繩，回頭道：「主子，臥雲山到了，只是陛下與諸位公侯伯爺約莫在山林深處，車子不方便進。」

湛明珩當先掀開車簾下去。「要進山做什麼？我又不是來找皇祖父的。」

湛允有些摸不透自家這位想一齣是一齣的小主子。「那您這是？」

他張張嘴，半晌沒吐出話來，最終只憋出兩個字：「賞景！」

那女娃剛哭完，他總不至於說自己原本是打算拿餵老虎這茬來嚇唬她那寶貝弟弟的吧！

湛允看一眼滿山的枝椏亂石，心道真是幅好景致啊！面上則不敢違拗，恭敬道：「主子，那您想怎麼賞？莫不如我給您搬張杌子來，您坐這兒？」

納蘭姊弟跟著下了馬車，俱都一副不肯說話的高傲模樣，看得湛明珩牙癢癢，也沒答湛允的話。

這麼一安靜，忽聞一陣撲棱響聲，幾人抬頭一看，卻見是隻通體墨黑的鷹隼。湛明珩努了努下巴示意湛允去處理。

湛允抬手接過鷹隼，取了綁在腳踝上的信條一看，臉色一變。「主子，是行宮來的消息。照禮制，宴畢後的儀典是您須得在場的，午正便是吉時，眼下姚貴妃到處找不到您，正大發雷霆呢！」

「她有什麼好大發雷霆的。」湛明珩瞥他一眼。「離午正還有多久？」

湛允有些感動，小主子好歹懂事了些，曉得顧全大局了，忙伸出兩根指頭答：「約莫兩炷香。」

卻聽他「哦」了一聲。「反正來不及，那就算了。」

還是感動得太早了……

湛允苦著張臉，猶豫一會兒，視死如歸地勸道：「主子，容屬下多一句嘴，您遲些時候到總比不到好，還是回去為妙。您不將姚貴妃放在眼裡無妨，可若是在公侯伯之後跟前失了身分，陛下可得動怒，到時受罰的不還是您自己嘛？」

湛明珩白他一眼。「你這是多了一句嘴？」

他登時不敢再說，乾嚥下一口口水，垂眼看向了納蘭崢。

納蘭崢仰頭就見湛允求救的眼神，知道他是希望自己能幫著一起勸勸，可她還在氣頭上呢，哪說得出什麼好聽的話，陰陽怪氣道：「太孫殿下，您自己找罵我管不著，可別連累了魏國公府陪您一道受罰。」

說罷又看向湛允。「我是勸過你家主子的，到時陛下若怪罪下來，你可別睜眼說瞎話。」

這女娃心裡真是只裝了她那好國公府！

湛明珩手指著納蘭崢，氣得牙都險些咬碎了，臉色鐵青了半晌，最終大步流星走了。

湛允見他不是往馬車方向去的，就急著追了上去。「主子，您當真不回去？」

「誰愛回去誰回去。」

「那儀典該如何善後？此番春獵隨行從簡，行宮裡頭可沒留什麼您信得過又說得上話的人。」

湛明珩聞言停下步子。「你先回去善後。」說罷又補充。「馬車留下。」

湛允：「……」

這雞不生蛋、鳥不拉屎的地界，可憐的允護衛也不曉得想了什麼法子回去，臨走前還苦著臉囑咐湛明珩千萬別亂跑，又招來一隻鷹隼，給駐守在山腳附近的皇家侍衛送去消息，讓他們派人前來接應太孫。

納蘭崢見湛允年紀輕輕卻行事妥帖，滴水不漏，不免生出「卿本佳人，奈何從賊」的感慨來，當然，這話她沒敢說。畢竟眼下這荒郊野嶺只剩他們三人，湛明珩若生氣了動個粗，那可真是叫天天不應，叫地地不靈。

湛明珩還不曉得自己在納蘭崢心目中儼然成了豺狼虎豹。其實起初說要來臥雲山不過是嚇唬嚇唬納蘭嶸，後來撞見納蘭崢和顧池生那一幕才叫他當真氣悶得想出來走走，只是真到了臥雲山卻又不知從何走起了，畢竟此地除了狩獵，確實沒什麼能做的。

至於賞景？反正他沒賞出什麼好景來。

三人在原地等了好半天也不見有誰來接應，湛明珩沒了耐心，就帶著納蘭姊弟沿著山緣往東去了。

納蘭崢一面跟上，一面瞥瞥前頭的人，沒好氣道：「太孫殿下，您認得路？」
湛明珩頭也不回，理直氣壯道：「不認得。」
「那您亂跑什麼？何不聽允護衛的話，好好待在原地。」
「妳沒聽過一句話叫『山不來就我，我去就山』？」他冷哼一聲。「鷹隼也難免有折翼時，照這等法，天黑了也回不去。還是說，妳這國公府小姐還會駕車？」
不然她想叫他堂堂皇太孫駕車送他們姊弟倆回去不成？
納蘭崢被噎著，不說話了。算他這句還有些道理。
為確保聖上安危與圍獵順利，山裡的林子早被錦衣衛們裡裡外外搜了無數遍，圈出了無險的地帶。只是春季的野獸異常凶猛，隨便碰上個什麼就夠折騰了，湛明珩倒還會點功夫，卻想到納蘭姊弟弱氣得很，因而不打算冒險入林，預備沿著山緣尋侍衛隊的蹤跡。
他一面觀察地勢一面走，納蘭姊弟就跟在他後頭。
納蘭崢暗暗腹誹了一路，心道要不是湛明珩死要面子，脾氣又大，也不至於落到眼下這狼狽局面，只是他自己活該就罷了，偏還連累她和弟弟。
就她這小短腿，要跟上他真是太費力了。
走了好一會兒，納蘭崢著實累了，又不願示弱叫湛明珩走慢些，正垂頭苦悶著，忽見前頭人一個急停。
她也跟著急急收了步子，差一點就撞上他背脊，剛欲開口問話，卻聽湛明珩低低道：

「別動。」

納蘭崢聽他語氣格外嚴肅，一時也愣住了，沒敢再講話。這麼一安靜，就聽前頭不遠處傳來一陣極其低沈又極其粗重的喘息聲，連風裡都夾雜了一股難聞的腥氣，叫人汗毛直豎！

這好像……好像是某種龐大的野物。

姊弟兩個子矮，視線都被站在前頭的湛明珩擋了大半。納蘭崢牽住弟弟的手，悄悄將他往自己身後挪了挪，以極小的幅度探出腦袋。

這一眼望去，卻險些腿一軟栽倒在地。

那是……那是一隻足有好幾個成年男子大的老虎啊！

第十一章

此地為臥雲山東頭，雖相比西面草木要更茂盛些，卻有幾道前人開闢過的小徑，行走還算順暢，不至於被草刺或荊棘劃傷，這也是湛允駕車到東頭的緣由。

而湛明珩脾氣再大也有分寸，可不會拿自己與納蘭姊弟的性命開玩笑，因此這一路都揀著山緣走，未曾靠近過林子半分。

眼前是一片無遮無蔽的矮草地，照理說，那隻老虎實在不該躥出來的。納蘭姊弟或許沒有看清，湛明珩卻瞧明白了，老虎的眼睛微微發紅，喘息格外粗重，狂暴得有些不大尋常。

這是衝他來的。

納蘭嶸被姊姊護在身後，緊攥著她的手，絲毫不敢動；納蘭崢只覺兩條腿都軟得不像是自己的，連帶呼吸也不順暢起來，眼前一陣陣發黑。

她腦袋裡勉強還能裝下幾個念頭。譬如父親曾教過她，遇見老虎不得低頭彎身或跑走，否則只會令牠更快撲來，又譬如湛明珩可能會點功夫，只是怕得有十個他才能敵過這頭龐然大物。

她的小命今日怕是要交代在這裡了……

躲過了二月的水禍，卻躲不過三月的虎事，她怎如此命途多舛，竟世世都要死於非命！

湛明珩擋在姊弟倆身前，沈默一會兒便快而冷靜道：「看我朝前走三步，你們就開始數數，數到五往回跑，別回頭。」

納蘭崢因為心中膽顫，耳邊嗡嗡作響，幾乎快聽不清他的聲音，分辨了好半晌才小聲道：「不……不能跑的……」

「照做就是了。」他截斷她的話。「看好。」

納蘭崢還未來得及反應，就見他一步步朝前走去，繼而蹲身打了一個撿石子的手勢。

她大驚想要阻止，卻覺喉嚨發乾，張了張口什麼都沒能喊出來。

這時一股濃郁的腥氣被風捲起，老虎朝湛明珩撲過去了。

她覺得自己有一瞬間好像什麼也聽不見。

納蘭嶸也是落了豆大的汗珠，見姊姊還白著臉發愣，忙攥起她的手道：「姊……姊姊，快跑！」只是他到底也手腳發軟，根本沒能拽得動她。

五個數到了嗎？她壓根沒記得數。

她被弟弟掐得回過神來，就見湛明珩恰好一個翻身從老虎嘴邊險險溜過。

「我們跑了，太孫怎麼辦！」他能在老虎嘴下撐多久！

納蘭嶸只得使勁拖著她往回跑，倒是難得比姊姊清醒，勸道：「姊姊，馬車裡有弩，我們去拿！」

她被弟弟一路拖跑得磕磕絆絆，吹了風就落下一層淋漓的冷汗，好歹有些緩過勁來。

自己和弟弟留在那裡確實無用，卻也不能丟下湛明珩不管，那可是當朝皇太孫啊！

弩是要拿沒錯，可除了弩，還得想別的法子。

她逼自己鎮定下來。湛明珩雖不曉得侍衛隊在何處，方才卻一直朝著一個方向走，既然如此，其中必然有什麼規律。

她回想了一番沿途的景致，拿定了主意，停下來扶著弟弟的肩道：「姊姊認得回去的路，我去拿弩，你去搬救兵。」說罷指向遠處一片茂密的矮灌木叢。「你往那個方向一直跑，該能見著水源，倘若是淺水就渡過去，繼續往草木茂盛的地方跑，直到尋著下一處水源，倘若是深水，周圍理應駐紮了侍衛隊！」

納蘭嶸拚命點頭。「姊姊，我明白了，妳千萬當心！」

她喘得說不出話來，擺擺手示意他快去，也不敢逗留原地歇息，腳不沾地的順著來時路奔去。

不說湛明珩前頭如何欺負了她，生死關頭他可沒有含糊了她和弟弟！他是皇太孫，是大穆王朝國業的繼承人，日後的天下之主，說得實在些，她和弟弟兩人的性命加起來也絕沒有他的要緊！

他赤手空拳如何能敵得過老虎，她是一定要趕回去的！

納蘭崢跑得竭力，可惜不會騎馬，取了弩還得一股腦往回奔。弩是純銅打造，表面還塗了層金，虧那並非正規兵械，只是太孫的玩物，長不過成年男子小臂六分，因而還算輕便。

她因著腿軟跌了許多跤，衣裳都破了好幾處，皮肉也滲出血來。好不容易回到先前遇著老虎的那片矮草地，卻什麼也沒見著。

沒有老虎，也沒有湛明珩，只有方及抽芽的嫩綠短草被染上的殷殷血色。

她緊緊攥著手中的弩，心怦怦直跳起來。是她來晚了嗎？湛明珩若因為她與弟弟死在這裡，可叫她如何有臉回去？

心急如焚之下，忽聽一聲震天動地的低吼，納蘭崢猛地回頭看去，就見是湛明珩拿著一塊棱形的石塊戳著了老虎的一隻眼睛。

她不曉得自己怎麼了，忽然盈出熱淚來，許是絕望過後見著希望，喜極而泣。

老虎的右眼血肉模糊，湛明珩也被濺了一身的殷紅，這場面著實猙獰驚心，納蘭崢卻壓根忘了害怕，大瞪著眼，想確認湛明珩可有受傷？

老虎被激怒，提爪就向他抓去，他見狀飛快倒滑而出，險險躲過已然逼近鼻梁骨的鋒利爪牙，繼而一個翻身順勢騎上了虎背，死命揪住牠脖頸上的皮，一面揮拳，一面用餘光瞥了瞥納蘭崢那頭。

這女娃回來做什麼，不要命了！

納蘭崢口乾舌燥得喊不出話來，見湛明珩注意到自己，忙舉起手中的弩，示意是否要丟給他？

湛明珩落下的拳頭細密如雨，一聲比一聲響，百忙中回道：「我離牠太近，不管用！」

她霎時明白過來，弩是遠程兵械，沒法貼著目標射，恐怕……恐怕這東西得讓她來才行！可她連匕首都不曾握過，哪裡會使弩？

納蘭崢慌忙低頭察看手中弩箭的構造，虧得方才在馬車裡，她看似不搭理湛明珩，實則也用餘光瞥過他幾次，隱約記得他是將弩顛倒了個兒在擺弄的。

她翻來覆去搗鼓了幾下，記起從前為了弟弟讀過的兵械圖解，回想了一番一般弩箭的使法，半晌終於找準一個搭扣，使勁掰了一掰。

「啊嗒」一下清響，弩鎖開了，與此同時湛明珩那邊傳來一聲悶哼。她顧不得被這搭扣弄得生疼的手，忙抬頭去看，見他不知何時落了下風，被老虎踩著了肩膀，那張血盆大口很快逼近了他的喉嚨。

他的肩膀被爪牙刺穿了一半，正鮮血狂湧。

納蘭崢著實嚇得不輕，情急之下顧不上太多，費力舉起手中的弩就對準了老虎，又是「啊嗒」一聲響，箭上了弦。

她舉起弩那會兒尚且未有思量，真到了一觸即發時，手卻禁不住顫抖起來。

她從未使過弩，能射得準嗎？

萬一射偏了，沒射中老虎，反倒射中了湛明珩怎麼辦？

湛明珩被老虎反制，顧不得肩上劇痛，攥起一塊細長的石條死死抵住了牠的口齒，勉強與之僵持了下去。只是與虎搏鬥哪是那麼容易，他畢竟也年幼，力氣早就使了個精光，實在撐不了多久。

可聽見納蘭崢那頭接連傳來兩聲「啰嗒」，他還是氣得想罵人！這女娃怎地偏就在該笨的時候聰明，該聰明的時候笨！

她也不想想，就她那三腳貓的功夫哪能射得中老虎？他死在老虎嘴裡是無甚要緊的，若死在她的弩箭下，她的罪責還怎麼得了，魏國公府又怎麼得了！

她不是向來將魏國公府看得比什麼都要緊嗎？

「納蘭崢，妳給我放下！」

她的手本就抖得厲害，被他這一吼，整個人都顫了一顫。她骨子裡也老大不小的人了，眼下竟是快急哭了。「可是……可是你會死的啊！」

他氣極反笑。「我寧願死在老虎嘴裡也不想死在妳手裡！」

她又不真是七歲小孩，哪會不明白他這話真正用意，急聲喊道：「我……我總得死馬當活馬醫！你若真死在我手裡，大不了……大不了我就自盡了事，絕不拖累弟弟和魏國公府！」

她在胡言亂語些什麼！

湛明珩那頭沒了聲響，想來也實在力竭，顧不上回答她了。

納蘭崢心下一狠，咬了咬牙，使勁拿穩了機弩。老虎大湛明珩許多，總歸是射中前者的機率大，她若一味憂心自保，他就當真必死無疑了！

想到這裡，她再不猶豫，小手死命一掰將箭射了出去。

銅箭破空，「哧」一下入肉，繼而響起一聲低沈可怖的大吼，直震得人心肝都要碎裂。

真是走運射中了老虎！

納蘭崢這一下用力過猛，手都險些脫了臼。她歡喜得脫力，腿一軟就栽到了地上。

湛明珩趁勢一個橫身滾出了老虎的攻擊範圍，勉力朝她恨恨道：「納蘭崢，妳是想氣死我！」

她還想回嘴，忽聞一陣馬蹄聲震，腳下的大地都跟著發起顫來。聽那風雷之勢，策馬的速度似快到了極點。

兩人齊齊抬眼朝遠處望去，就見那頭草伏塵揚，大片大片的人馬朝這邊湧了過來。

看這陣勢，好像不只侍衛隊，而是聖上與一眾公侯伯爺們都來了。

納蘭崢吁出一大口氣，腦袋裡繃緊的弦一鬆，耳邊什麼響動都聽不著了。

她看見誰人挽弓搭箭，揚手射穿了殘喘著的老虎的喉嚨，又看見誰人翻身下馬，朝湛明珩那頭趕了過去，再看見誰人朝她奔來，似乎喊著她的名字。

只是這些所有都成了一幅沒有聲響的畫景，她的頭太暈了，幾欲嘔吐，眼前冒著一點點烏黑的星子，晃了晃就昏了過去。

小室柔和的燭光映照著臥榻上鋪開的一面雲紋錦被，一隻細嫩的小手緊攥著被褥的一角，像抓著了救命稻草似的打著顫。

趴在腳蹬子邊的綠松抬起頭來，揉了揉惺忪的睡眼，暗罵自己怎麼睡過去了，眼見小姐蹙著眉頭，呼吸發緊，額頭也冒細汗，想是夢著了什麼不好的東西，忙去洗了帕子來。

興許是幼年過得艱辛，小姐怕黑怕水，夜裡常常作噩夢，每每睡不安穩時總喜歡往床角蜷，看著怪可憐的，今日又遭了這樣要命的事，實在難為了她。

她洗了帕子回來，想給小姐揩汗，誰知手剛遞出去，納蘭崢就醒了。

她倒醒得嚇人的，也沒個徵兆，驀地就坐了起來，要不是綠松退得快，兩人就得大腦袋撞小腦袋。

「小姐，您可算醒了！」她歡喜得帕子都險些掉了。「您今兒個真是嚇壞奴婢了！」

納蘭崢愣了好一會兒才緩過神來。「我怎麼回來的？嶸兒和太孫呢？」

「小姐，您是被老爺抱回來的。小少爺無甚大礙，前頭還來瞧過您一次，被老爺趕去睡了。至於太孫……這個奴婢就不清楚了。」

這裡是內宮，綠松不清楚太孫的消息情有可原，納蘭崢倒覺得自己有些「病急亂投醫」了；她回想起方才夢裡血肉模糊的場景，實在覺得膽戰心驚，只是記憶裡，湛明珩在她昏過去前還中氣十足罵了她一句，理應沒有大礙才是。

綠松見她走神，怯怯道：「小姐，您可要梳妝？陛下在隔間裡頭等您呢……」

納蘭崢大驚，望向一牆之隔的外間，心道難不成自己又得罪貴人了？「陛下在外頭，妳怎地也不早些叫醒我！」

「是陛下吩咐奴婢莫吵您，待您醒了再去面見便可。」

納蘭崢被噎著。她是何德何能叫皇老爺等，這天莫不是要變了吧？

她一刻不敢耽擱，慌忙下床，卻不意牽動了傷處，膝蓋與小臂好幾塊皮子都跟撕裂了似的，惹得她「嘶嘶」直抽冷氣。

雖都是小擦傷，可皮膚畢竟嬌嫩，又怕留疤下足了藥本，眼下正是發疼的時辰。綠松見狀忙去侍候，又喚了宮裡的婢女來，匆匆給納蘭崢拾掇了一番。

面見聖上可不是小事，得仔細殿前失儀的。

外間正中上首位置坐著明黃袍子的昭盛帝。納蘭崢兩世為人，這還是頭一回瞧天子爺，年過半百的老皇帝不過看了她一眼，就叫她緊張得喘不過氣來。

這威嚴可不是說著玩笑的。

當今聖上那些厲害的事蹟，她在閨中時也略有聽聞。譬如先帝時期，大穆王朝曾設大都督府，昭盛帝繼位不久，為分權制衡，廢大都督府改設五軍都督府，這都督一職從一位成了五位，自然勢弱一截，沒那麼叫人忌憚了。

納蘭崢暗暗捏了把袖子，垂眼走上前去，俯身行了個大禮。

只是禮還沒行到底又牽動了傷處，她疼得皺了下眉頭，昭盛帝忙作了個手勢制止她。

「不必拘禮了，起來吧。」

她聞言悄悄看一眼下首位置的父親，見他朝自己點了點頭，就安下心來站好不動。

昭盛帝給她賜了座，又詢問她幾句傷勢。

她老老實實答了，一面偷偷瞧天子爺，發覺湛明珩的五官竟是隨了他皇祖父的，難怪聖上不曾新立太子，反倒力排眾議，冊立這位長孫。

昭盛帝見她不像初始那般拘謹了，甚至還敢抬眼看他，便朝納蘭遠笑道：「你家這女孩膽子倒真不小。」

納蘭遠也跟著笑起來。「許是看陛下親切之故。」

昭盛帝知道自己長得凶相，板著臉時尤其可怕，哪可能親切，卻也不置可否，看向納蘭嵘道：「明珩還未醒，朕想先問問妳當時的情形。」

納蘭嵘不敢怠慢，趕緊道：「陛下請問。」

他剛要開口，趙公公卻從外頭進來，急急稟道：「陛下，小太孫醒了，聽聞您在內宮就往這兒來了，攔都攔不住！」

小太孫傷得不輕，這會兒該靜養，趙公公還道陛下會發怒，卻見他竟笑了起來。「這小子，朕又不會吃了納蘭家的女娃！」

納蘭嵘還沒反應過來這話的意思，就聽見一個十足發衝的聲音——

「皇祖父！」

第十二章

她回頭看去，見湛明珩殺氣騰騰地衝了進來。他的衣襟都沒來得及疊齊整，脖子和肩膀都纏了一圈厚實的繃帶，白紗裡頭還滲著血，氣色著實不大妙，唇瓣都是蒼白的。

這樣子怪可怖的，納蘭崢卻有些想笑，她拚命忍著，忍了一會兒到底沒能忍住，只好死命埋下頭去。

湛明珩看見她這神情，氣得路都走歪了一步。

他怕皇祖父誤會了納蘭崢，硬塞個罪名給她，這才一睜眼就趕來這裡，一路上足足踢走了數十個攔他的宮人，惹得渾身痠痛，她卻這樣嘲笑自己？

記起白日裡的事，他咬咬牙忍了，看向昭盛帝。「皇祖父，您要問什麼問孫兒就是了，來內宮做什麼？」

昭盛帝頓時又好氣又好笑。「你這小子也是膽大包天，這宮裡頭一磚一瓦都是朕的，朕還得拘著自己了？」

湛明珩被問得一噎。

昭盛帝見狀搖了搖頭。「朕尋思著朕還不老，不至於辨不清是非，你倒擔心上了。來，你坐這兒問問國公爺，朕欺負他家女孩了嗎？」

納蘭崢張了張嘴有些訝異，湛明珩竟是為這個來的？

湛明珩這才看見魏國公也在一旁，再瞧這場面怎麼也不是審犯人的模樣，就曉得自己誤會了，尷尬地咳了幾聲，強自作出一副理直氣壯的模樣，在納蘭崢對面坐下。「我哪是擔心皇祖父不明事理，我是怕這女娃扭曲事實，擾亂了您的視聽。」

納蘭崢聞言抬起頭來，剜了他一眼。

昭盛帝大笑，裝作信了他的鬼話，完了道：「既然你來了，朕就一道問了，總歸魏國公府也是自家人。」

魏國公府的地位自老國公過世後便一直處在不上不下的尷尬境地，比起手握重權的晉國公府實在算徒有虛名，而納蘭遠也的確比老國公平庸幾分，官職始終不溫不火，如今聽陛下這樣說倒有些惶恐了。

「大致的情形朕已聽嶸世子說了，只是你二人才與老虎交過手，朕想知道，其中可有端倪？」

納蘭崢聞言看了對面人一眼。她也猜到事有蹊蹺，但並不敢輕下結論。

「自然有端倪。」湛明珩淡淡說了句，嘴角甚至還有幾分笑意。「皇祖父明白孫兒的意思就可以了。」

昭盛帝斂了神色，又問：「你此去臥雲山可有提前計畫？」

「倒是臨時起意。」

「既如此，又何以隻身留在那裡？」

納蘭崢心道聖上就是聖上，一連三個問題都正正切中要害。

湛明珩將儀典的事原原本本講了，昭盛帝聽完沈默了一會兒才道：「明珩，你想自己查明此事嗎？」

「交給皇祖父就好了，我有什麼可查的？」他笑得一臉無所謂。「當然，您也可以不必給我交代，就像父親的死一樣。」

納蘭崢驚得眼皮都跳了跳，眼觀鼻，鼻觀心，大氣不敢出。

太子不是病逝的嗎？她莫不是聽著了什麼不該聽的宮闈秘事吧……

昭盛帝看他一眼，似乎終歸不好在這場合說太隱秘的事，最終暗示道：「皇祖父答應過你，該是你的，一樣也不會少。」

湛明珩點點頭，一副滿不在乎的樣子，轉了話頭道：「皇祖父，湛允真是父親留下的心腹嗎？」

眼觀鼻、鼻觀心的納蘭崢臉都皺起來了。這對爺孫倆怎地如此旁若無人，這種私話就不能留待回去後在小黑屋慢慢講嗎？她可不想哪天因為知曉太多秘辛而被滅了口。

「明珩，人心是世間最複雜的東西，皇祖父只能告訴你，他的確曾對你父親非常忠誠，否則，你父親不至於將他留給你。」

「孫兒明白了。」

納蘭崢聽到這裡咬了咬唇。她是不願多摻和這些，可既是被捲入了今日的禍事，總得將曉得的給說明白，免得錯冤了好人。因此小心翼翼插話道：「太孫殿下，可弩確是在馬車裡找到的無疑，我回去的時候，馬也還在那兒呢。」

她這話雖說得隱晦，在場三人卻都聽明白了。若湛允是奸細，完全能將弩與馬都弄走，倘使那樣，怕湛明珩還真難逃此劫。

湛明珩分明也知道她的顧慮有幾分道理，卻忍不住笑了一聲。「妳這女娃又曉得什麼？」

納蘭崢再有十個膽子也不敢在陛下跟前造次，只得忍耐著恭敬道：「雖說人心難測，卻怕太孫殿下冤枉了好人，寒了手下人的心。」

這話真不像七歲女娃的口吻，聽得昭盛帝側目過來，看她的眼色頗有些異樣。

納蘭遠見陛下這個眼色，怕他往偏了想，就替納蘭崢解釋道：「陛下切莫見怪，臣時常這般教養小女，她年紀雖小，卻素來懂的多。」

昭盛帝點點頭，知道納蘭遠誤解了，他並沒有懷疑這女娃的意思。他身居高位這麼些年，孰是孰非一眼便瞧得明白，只是無奈政局複雜，牽一髮而動全身，有些刀子，一時動不得罷了。

他笑著指指納蘭崢。「妳這女孩的確聰穎過人，朕聽嶸世子講，是妳交代他去何處尋朕的？」

納蘭崢點點頭，又搖搖頭。「回陛下的話，也不全是。我只是想，天氣熱了，將士們駐守在山腳總要喝水，那就很可能會在水源附近了。又見兵書裡說過，若日照相等，靠近水源的地方往往草木更茂盛，就這麼交代嶸兒了。誰想他運道好，竟一下子找著了陛下您。」

昭盛帝露出點意外的神色，看向納蘭遠。「你府上的小姐竟也學兵法？」

納蘭遠笑起來。「就她這一個女娃，還是瞞著臣偷偷唸的。」

「嗯？」昭盛帝挑眉，看向納蘭崢。「妳這女娃將來想當女將？」

納蘭崢慌忙擺手。「阿崢哪敢擺弄打打殺殺的活計，只想幫著些弟弟。」

「哦？那妳說說，妳都唸了什麼書？」

湛明珩聞言，冷哼了一聲。「皇祖父，您就別演了吧，那卷《黃石公三略》可還在您那兒擱著呢！」

在場都是知曉那樁事的人，不過配合著陛下演演戲罷了，卻只有湛明珩敢在外人面前這麼揭穿自己的皇祖父。

昭盛帝登時氣得眉毛都豎了起來。「你這小子，少說幾句沒人瞧不見你！」

納蘭崢覺得好笑，卻又拘著禮不敢笑出聲來，憋得那叫一個辛苦。

湛明珩看她這模樣臉色就青了。「今日既是說起這茬，我可得澄清了，妳那卷書跟我一點干係都沒有，都是明淮那小子多事，偷了拿去給皇祖父看的。」

明淮想討好聖上，自然要盯緊太孫的一舉一動，瞧出了他與納蘭崢的「苗頭」，第一時間就奔進宮去了。

納蘭崢心道難怪呢，她就覺得其中有隱情，只是面上也實在板不住了。「那太孫殿下練字呢？也是明少爺的干係？」

湛明珩被問得噎住，張了張嘴，又張了張嘴，如此幾番過後才說出話來。「妳一個女孩家能偷偷唸兵法，本太孫就做不得閒情逸致的事？」

「是是是，太孫殿下說什麼都對，練字也對。」

昭盛帝見自己素來頑劣的孫兒遇著了對手，大笑起來，完了就提起今夜來的另一個由頭。「納蘭女娃，朕今夜來，是想給妳些賞賜的。」

納蘭崢忙斂了神色。「陛下您……您上回已賞過阿崢了。」

「上回歸上回，此番妳與嶸世子救了明珩的性命，不論受什麼都是夠的。只是這賞賜終歸要賞到人心坎裡去才好，朕問妳，妳想要什麼？」

納蘭崢這下真是受寵若驚了。前頭得了天子爺對自己傷勢的關切已覺了不得，她可沒想得什麼賞賜，畢竟說起來，湛明珩也是為了保護她和弟弟才會落入虎口的，她若見死不救，豈不枉為了人？

她推辭道：「陛下，實在不用賞賜了，您上回給的那些好東西阿崢還用不完呢！我和弟弟只是運道好才能幫上忙，您若真要賞，怕只得賞老天爺去了！」

昭盛帝又笑起來，這回朝納蘭遠道：「你家這女孩著實會說話得很，朕怎就沒那麼個伶俐的女孩？」

納蘭遠聞言也是受寵若驚。「陛下言重了，小女不過精怪些，那點小聰明實在不足為道。」

「納蘭女娃，今日這賞賜說什麼也得給！妳也險些丟了性命，朕絕不能薄了這份恩義，妳若實在一時拿不定主意，便算朕先欠了妳的吧！」

堂堂天子爺要欠她東西？

納蘭崢趕緊擺手，一張小臉皺得跟苦瓜似的。「陛下這話真是折煞我了！您一句欠了阿崢，阿崢怕是從此都沒得好覺睡了！」她說到這裡咬了咬唇，似痛下了決心。「既然陛下非要給賞賜，那倒不如眼下就給了好，阿崢能早些得了陛下的恩典，也不必成日憂心忡忡的。」

這女娃年紀小小，認的詞卻不少，說起話來跟小大人似的一套一套，昭盛帝被逗樂。

「那妳給朕說說，想要什麼東西？」

納蘭崢想了想，默默在心裡斟酌了一下用詞。「阿崢想要的不是東西，卻不知陛下能否准了？」

她說罷，起身行了個儀態標準的跪禮。「阿崢素來希望弟弟能夠出息成才，撐起門庭，可惜弟弟資質平平，並非天生將才。都說勤能補拙，我這做姊姊的也想盡分力，不知陛下能否准許阿崢……以侍讀書童的身分去雲戎書院陪弟弟唸書？」

納蘭崢太清楚自己的處境了，謝氏懷胎已近三月，還不曉得裡頭是男孩還是女孩，若是個聰慧的男孩，難保將來不會動搖到弟弟的地位。

原本也並非須由她一個懵懂的女孩家教弟弟唸書，可父親對孩子們必然一視同仁，將來出世的那位哥兒若得了他的歡喜，嶸哥兒哪還有如今的福可享？

這個家中，只她是一心為弟弟一人的，她非得親自盯緊了他不可。

這個討賞著實出乎昭盛帝的意料，他還當這女娃猶猶豫豫的，是要說出什麼稀世珍寶來。

納蘭遠聞言也是暗暗一驚，立刻嚴肅起來，訓誡道：「崢姐兒，這討賞實在逾越了，雲戎書院可不是妳女孩家兒戲的地方！」說罷起身朝昭盛帝拱手。「陛下，還請您看在小女年幼的分上莫與她計較，臣這女孩與她弟弟同胞而出，素是感情深，這才一時沒了分寸。」

昭盛帝卻似乎全然未聽見這番話，自顧自沈吟起來，有一下沒一下繞撫著右拇指上套的玉扳指。

湛明珩一瞧皇祖父那動作，就曉得他心裡約莫已轉過了好幾道彎，也不知想到哪個天長地遠去了，又因皇祖父想事情時不喜他人打擾，就給納蘭遠使了個眼色，示意他坐回去。

納蘭崢眼見場面不對，剛決心要賠罪，卻聽昭盛帝問旁側的趙公公：「照雲戎書院的學制，男子該是滿十八結業吧？」

湛明珩的臉黑了。皇祖父的算盤果真打得夠遠，這是又在算計什麼了？

趙公公頷首應是，昭盛帝點點頭，過一會兒終於看向納蘭崢。「難為妳小小年紀卻懂得替魏國公府考量，雲戎書院雖是男孩家的地方，卻也並非不能有例外，只是侍讀的身分終歸委屈了妳，妳當真願意？」

納蘭崢聞言，點頭如搗蒜。「就是讓阿崢聽牆角也是願意的！」

昭盛帝大笑起來。

納蘭崢覺得自己不過說了句實話，有什麼好笑的？雲戎書院是什麼地方，她能聽個牆角就得求佛告奶奶了！先帝時期破格在那兒唸書的女孩可是位奇才，七歲就堪與戰功赫赫的老將軍推演沙盤了，哪是她這個以勤補拙的能比的？

昭盛帝留下幾句囑咐就回去了，出了外頭，跟在他後面的趙公公抿嘴笑了起來。「陛下，您既然覺得侍讀的身分委屈了納蘭小姐，何不給她個正經的名頭呢？」

他回頭覷一眼。「朕瞧你是明知故問。」

趙公公笑意更盛。「莫不真如奴才想的那般，陛下瞧納蘭小姐有幾分才氣，怕有了正經名頭真成了什麼事，日後反倒耽擱了嫁人的年紀？」

見昭盛帝不置可否，他就曉得自己說對了，立刻拍起馬屁。「陛下果真高瞻遠矚。」

翌日便是歸期，納蘭崢清早又見了位貴人，是湛明珩那位親姑姑來了。

湛好見她臉色蒼白，可勁問她疼不疼？她最瞭解自己那姪兒的脾氣，昨日料定了他在暗處注意著納蘭崢，才敢將這七歲女娃丟在那裡，後來聽聞兩人出事真是嚇壞了，又得知是納蘭姊弟救了湛明珩，感激得就差將頭上那副價值連城的金絲頭面都摘了送她才好。

納蘭崢昨夜疼得沒怎麼睡，實在累極了，與湛好話別後就躺在馬車裡一路睡回國公府，被婆子抱進桃華居後方才醒來。

她醒來就記起鐲子的事，立刻吩咐綠松和藍田給她梳妝。

兩人一聽她要去青山居，對視了一眼，神色都有些異樣。

藍田咬著唇，猶豫半晌道：「小姐，您才醒，因而不曉得，阮姨娘已不在府裡了。」

納蘭崢大駭。「什麼叫不在府裡了？妳快說明白！」

「您與老爺走的這幾日，青山居出了事，阮姨娘打死了好幾位丫鬟和婆子，弄得家宅不寧。太太與老夫人商量後，將阮姨娘送去近郊的松山寺安頓。」

納蘭崢只覺口舌發乾，渾身都熱了起來。「姨娘許久都不曾發作，哪有這麼巧，我與父親一走，她就……」她說到這裡停下來。「父親呢，父親回來就沒說什麼？」

綠松一面給她順背，一面道：「小姐，當年若非小少爺生母的出身太低傳出去不好聽，老爺哪會給阮姨娘一個名頭？老爺因為阮姨娘的功勞，允了她要將您養在自己膝下的請求，可兩年前您卻險些命喪青山居……老爺那會兒就極不待見阮姨娘了，如今又是鬧得這般，哪還會留什麼情面，自然都隨太太去了。老爺也想圖個清靜呀！小姐，您聽奴婢一句勸，可千萬別插手此事了。」

納蘭崢怎會不明白這話的意思，父親必然曉得事有蹊蹺，很可能是有人陷害了姨娘。可姨娘在一日，國公府就要內鬥一日，七年過去了，他怕也看膩煩了。

左右阮氏不過通房出身，且早便瘋得不識人，母親外家卻是權勢滔天，如今又懷有身孕，如何抉擇，自然明瞭得很。

綠松說得對，這事已沒有商量的餘地。

她緩緩眨著泛紅的眼，望著青山居的方向許久。為今之計只有等，等弟弟成了氣候，在國公府有了說話的分量，到時才能還姨娘一個清白。

她發誓，三年也好、五年也罷，總有一日，她要將阮氏風風光光迎回府。

但望，姨娘能等……

第十三章

實則納蘭崢在心底暗暗起誓時，也的確不曾想見，這個不能與人說道的願望竟當真一藏便是五年之久。

寒來暑往，一晃五載春秋。

穆曆昭盛二十九年，陝西諸郡四至五月不雨，草木既盡，夏收大歉。旱區北至榆林，南至西安，時日民不聊生，餓殍遍野。

朝廷聞訊賑濟救災，下物資，移民就食；免徭賦，開放山澤；停收商稅，以蘇民力。數月來，六部以下俱是焦頭爛額，尤以掌管田地、賦稅等財經事宜的戶部為甚。

直至八月，災情緩和，戶部一干官員因功升遷，昭盛二十四年點的探花郎及昭盛二十七年點的狀元郎亦在其列。

前頭那位是京城杜家二公子、魏國公府的女婿杜才齡，如今升任戶部員外郎，官從五品。後頭那位是公儀閣老的得意門生，江北淮安顧家的庶子顧池生，升任戶部郎中，官至正五品。

京師未遭旱情波及，卻也足足炎熱了兩個月有餘，好不容易熬過三伏天，蟬也總算肯歇息，可直到八月中旬，天仍是出了奇似的涼不下來，直叫人昏昏欲睡。

雲戎書院的講堂內，方先生正說到巧攻之計，忽聞「咚」一聲悶響，似乎是誰的手肘磕到了案面上。

方嚴信鬍鬚一撇，眼睛一瞪，書卷往案几上「啪」地一擱，朝這聲的來向道：「明珩，你來答！」

被點到名的少年一臉沒睡飽的睏倦神色，眼皮都沒能睜全，一面迷糊起身，一面悄悄朝右手邊打個手勢。

他如今十七年紀，身形頎長，站起來十分顯眼，垂在身側的手與隔席侍讀的女孩家相距不過三尺，只是她分明用餘光瞥見了手勢，卻自顧自端坐不動，微垂著腦袋目不斜視。

方嚴信等得沒耐性，又道：「答不上便去外頭罰站！」這不學無術的渾小子答得上來才怪！

湛明珩看一眼鄰座慣是袖手旁觀的那人，幽幽嘆了口氣，開口時嗓音乾澀，一聽便是方才睡醒。「方先生，您這一問實是有些難。」

方嚴信聞言有幾分訝異。這明家老三也老大不小了，要不了多久便該滿十八結業，平日卻素是最不服管教的那個，今日竟肯認栽，真是太陽打西邊出來了。

他這頭還未奇完，又聽湛明珩道：「不過，我曉得有個人能答。」

一旁的納蘭崢聞言，「唰」地一下抬起頭，看了眼右手邊與自己同席、比湛明珩還睡眼惺忪的弟弟。

湛明珩沈著嗓子乾咳了一聲，低低沈吟道：「……是誰來著？」
納蘭崢已經在奮筆疾書了……
不過數刻工夫，一張疊得四四方方的字條飛向三尺外，湛明珩不動聲色彎了彎嘴角，伸出兩指輕巧夾住，慢慢撚開後垂眼一看。
方嚴信站在講堂正前方，偏是離他們太近，反倒瞧不見這些偷偷摸摸的小動作，只蹙眉問：「你倒說說，誰能答？」
湛明珩朝他一笑。「先生，我能答。所謂用兵之法，高陵勿向，背丘勿逆，是為您說的巧攻之計。」
方嚴信眼睛都要瞪出眶子。這小子方才分明在打瞌睡，眼下怎會答得上來！
剛想質問他這答案如何得來，忽聽有人笑著說：「先生，我看見納蘭小姐給明三遞字條了！」
湛明珩和納蘭崢齊齊回過頭去，就見晉國公府姚家十四歲的嫡孫少爺托著腮向他們笑得挑釁。
兩人將頭扭回時對視一眼。納蘭崢眼神凶狠，簡直恨不得刮他一層皮的模樣。
湛明珩聳聳肩。是姚元青多嘴，可不關他的事。
方嚴信見狀，頓時明白過來。「字條呢？交出來！」
湛明珩將一雙手都攤平了給先生看，示意沒有。

他能答上來本就蹊蹺，方嚴信可不信他，又看向納蘭崢，好歹還給女孩家留了點情面，沒喊全名。「納蘭小姐，妳也起來！」

納蘭崢苦著臉起身，滿臉委屈地瞧著先生。

方嚴信卻也是不信這女孩的，在他眼裡，這兩人成日裡沆瀣一氣，誰都不是省油的燈，他早便向掌院提了無數次，納蘭小姐這侍讀身分是聖上御賜，他們底下人趕不得，可好歹該將嶸世子與明三少爺調開座席才是！

上頭卻從未應過他。

他想到這裡就更氣了，也不曉得孫掌院被明家和納蘭家灌了什麼迷魂湯藥！

「你們倆，西院長廊罰站，抄不完《李衛公問對》卷上三至七節不許回來！」

納蘭崢裝可憐無用，只得悻悻拿起筆墨紙硯和書卷，給弟弟使了個「好好聽講」的眼色，灰溜溜步出了講堂。

湛明珩卻似乎心情不錯，步履輕快地跟在她後邊，手裡的筆桿子轉悠得飛快，高興得就差哼個曲兒了。

兩人對去西院長廊罰站這茬實是輕車熟路了。這些年也不曉得並肩患難了多少回，長廊前的那片花田，春天哪月開什麼色的花，冬天哪月結多厚的霜子，俱都了然於心。

不過納蘭崢平日不犯事，只因湛明珩覺著一個人罰站無趣，才非得拖上她或弟弟不可。

今日方先生動了怒，不單要兩人罰站，還叫他們須站著將書抄完，雖說從前也並非不曾過，可眼下這又悶又熱的天哪是納蘭崢這小體格受得住的。她左思右想實在氣不過，一跺腳停了下來，回頭就要去罵湛明珩。

誰想身後的人不知出了哪門子神，竟是連路都沒瞧，偏生還跟她跟得緊，她一回頭就與他撞了個滿懷。

「砰」一聲響，腦門碰肩胛，兩人齊齊疼得齜牙。納蘭崢這下終於不用裝可憐了，她是當真眼冒金星，直想流淚。

湛明珩倒想罵她走路不端正，卻見她疼得生生嗆出了一眶的淚，轉而打趣道：「妳方才要能演得這般出神入化，指不定就不必走這一遭了。」

哪壺不開提哪壺！

納蘭崢不想搭理這無賴，也忘了自己原先預備如何罵他，瞪他一眼就揉著腦門回身繼續往前走。她五年前第一次遇見他就知道他那塊骨頭有多硬，老天實在不用再強調第二回。

好疼。

湛明珩笑著追上去，撇開她捣著腦門的那隻手，換了自己的上去。「就妳這撓癢癢似的揉法，不瘀青才怪。」

兩人畢竟朝夕相處了這麼些年，實則很難當真規規矩矩一條條遵循那些男女之防的嚴苛禮教，不過像這樣有些逾越的接觸卻也是盡可能避免的，因此納蘭崢被他這突如其來的一齣惹得愣了愣。

只是很快，她就沒有了發愣的心思，疼得「嘶嘶」直抽氣。「你輕些，輕些！」

湛明珩聽也不聽，將自己那摞書卷都交到納蘭崢手裡，一手扶著她的後腦勺，一手揉得越發用力。「明日休業，皇姑姑回宮，妳若不想腫著個腦袋去見她就別瞎動。」

納蘭崢聞言有些訝異。「好公主回娘家省親，我也有分嗎？」

湛妤三年前嫁給秦閣老作繼室，因身分貴重，夫家拘不大著，於是這省親就省了一二三四回。

畢竟人家的娘家是皇宮嘛，在權勢面前，規矩都是紙片兒。

湛明珩見揉得差不多了就放開她。「妳也有分。」說罷又強調。「托我的福。」

哪有人這麼用敬詞的？

她冷哼一聲。「好公主喜歡我可跟你沒干係！」

兩人說著就到了長廊，因對頭有嚴厲的管事看著，加之湛明珩的真實身分又是個秘密，也就講不得什麼閒話了。

湛明珩將硯臺擱到美人靠上，又去擺書卷，完了就十分大氣地瞧著蹲在一旁專心磨墨的人問：「妳想抄太宗的部分還是李靖的部分？我就大方些不與妳爭了。」

他還有臉說自己大方？要不是他，她何至於此？

納蘭崢站起來剜了他一眼。「我哪個都不想抄！」

「那可不行，若被先生發現我一人抄了兩份，可得加倍罰妳，這是為妳好。當然，」湛明珩笑笑。「我也沒準備抄兩份。」

「你倒理直氣壯得很！都五年了也沒個長進，除了拿嶸兒威脅我，你可還有新招？」

湛明珩垂眼瞧著她氣結臉紅的模樣，不免覺得好笑。「招數好用就成，只此一招屢試不爽，還要新的做什麼？」

她咬咬牙提筆蘸墨，不想同他繼續理論了。「我抄太宗的。」

她倒聰明，曉得這幾節裡唐太宗的話比李衛公少。

不過湛明珩也無所謂，讓著她些就讓著她些，左右能出來透透氣就行。他自幼體質偏陽，比旁人更受不得這天氣，那講堂裡又悶，實在不是個好睡的地方，還不如外頭舒爽。

他若沒算錯的話，一會兒就會有場雨，這長廊必定涼快，中不了暑氣。

兩人不再鬥嘴，隔著三尺距離，撐著面竹簡抄起書來。

這些年憑藉站著抄書，倒也練了一手的本事。納蘭崢長了腕力，那簪花小楷幾乎寫得與前世不差，甚至還更精進些。

不過湛明珩卻寫不得他那太具有標示性的瘦金體，因此後來就自創了個狂草出來。

哦，此處所謂「狂草」，就是……潦草到先生們誰都看不清，氣得罵這小子太輕狂的字體。

就這種字，納蘭崢寫一個小楷的時辰，他能寫五個。

這天終歸還是悶得叫人昏沈，納蘭崢抄了一會兒就犯起睏來，忍不住將頭埋進了書卷裡，想乘機眯著眼偷偷懶。哪知剛一沒站直，對頭看守他們的管事就咳嗽了幾聲，提醒她不要犯錯。

她苦著臉嘆口氣，連眨了好幾次眼，想叫自己清醒些。

細密的長睫掃著書卷，發出撲簌簌的清響。湛明珩那堪稱非人的耳力竟連這都聽得見，停了筆偏過頭去。

自廊縫裡投下的日光恰好照在納蘭峥那張巴掌點大的精緻小臉，她珠玉似的鼻尖磨蹭著書卷，不知怎地就看得湛明珩心裡一陣酥癢，好像自己成了那一頁紙似的。

杏臉桃腮，延頸秀項，這女娃真是生了副好模樣。他記得她笑起來時，兩頰露一對打著旋兒的梨渦，總叫人忽然很想吃甜食。

他偏頭看了她一會兒，直到聽見管事再一次的咳嗽聲才回過神來，收斂了目光。

也不知自何時起，他在這女娃跟前老有這般失神的時候，他想不大透，心道約莫是這暑熱叫人昏沈的緣故吧。

納蘭峥倒沒看見湛明珩這些小動作，只強打著精神抄書。這麼堅持了一會兒倒是清醒了些，可正抄得起勁呢，卻聽對頭的管事又咳嗽了起來。

她心知自己這回沒犯錯，就扭頭去看湛明珩出了什麼么蛾子，這一看卻是一呆。

咱們的皇太孫竟是站著睡著了！

頎長的人尚且立得筆挺端正，眼瞼卻合了個實，手中的筆桿子像隨時都能掉的樣子。納蘭崢聽著他勻稱的呼吸不禁暗暗欽佩，論罰站的功夫，還是湛明珩更勝一籌，她自愧不如。

正這麼想著，忽聞長廊對頭傳來腳步聲，不用瞅便知是兩名管事來抓湛明珩了。這兩名管事是專管罰的，手裡的權力大，比教書先生還凶狠。

從前遇著這種時候，納蘭崢慣是幸災樂禍的，眼下卻想到明日得進越宮，可不能挑今兒個惹了湛明珩，便小聲叫他的名字。「湛明珩、湛明珩！」

這麼兩聲仍沒能叫醒他，眼見管事都快走到跟前，她只好裝作繼續寫字的模樣，繼而手一抖，「哎呀」了一聲。

湛明珩這下可算醒了，睜眼就見納蘭崢的筆掉在地上，兩名管事恰好走到兩人跟前，一副要吃人的模樣。

當先一名張姓管事看向納蘭崢。「納蘭小姐，您這筆掉得可真是時候！」

納蘭崢苦著臉去撿筆，一本正經道：「可不是嘛，恰是抄到諸葛先生的八行石陣時手軟了，真真對不住咱們智慧天縱的老祖宗！」

湛明珩一眼就看明白，很滿意納蘭崢這番不知跟誰學來的無賴功夫，一彎嘴角準備看她如何收場。

那張管事卻是個膽大的，當下就怒了。「納蘭小姐，您在外頭是玉葉金柯的國公府小姐無疑，可在這雲戎書院裡卻是侍讀身分，須得好生警醒著！就上個月，忠毅伯府的世子爺還因了您與晉國公府的姚少爺鬧了好大一場，您若再不懂得收斂，怕就得傳出不好的名聲去了！」

另一名管事聞言嚇了一跳，拚命去扯他衣袖，示意他莫要口不擇言。

這張管事的確背後有人，平日行事可謂少有顧忌，可人家國公府小姐的名聲豈是他能置喙，這話說的，像當面指責納蘭小姐紅顏禍水，將書院鬧得烏煙瘴氣似的！

納蘭崢被這衝口的話說得愣住，還沒反應過來就聽身旁湛明珩陰惻惻地笑了笑。「張管事倒是個心直口快的奴才，這舌根都嚼到主子跟前來了，想來前頭書院裡那些不乾不淨的傳言也是您的手筆了。」

他這語氣瘆人，絲毫沒了先前未睡醒的倦怠神色，眉峰都跟著凌厲起來，叫張管事不免心尖一顫，忍不住心虛地低下頭去。

只是這頭一低，他又覺自己忒怕事了些。陛下親口交代了，書院就得有書院的規矩，不論在外頭是什麼身分，到這裡就得服從先生和管事的管教，且他還有晉國公撐腰，怕什麼！

想到這裡他又抬起頭來。「明三少爺，無規矩不成方圓，照這雲戎書院的規矩，便是由奴才管主子的。」

湛明珩好像聽見什麼好笑的話。「您也說了，無規矩不成方圓，您照書院的規矩責罰我等的確沒錯，只是爛嚼舌根這等行徑卻也壞了奴才的規矩，您不如將方才的話原原本本向掌院說一遍，且看孫大人是繼續叫您當管主子的奴才，還是將您剁碎了丟去餵狗！」

這話說的，好像湛明珩已經在扒他皮、抽他筋、剁他骨、碎他肉了。

張管事臉一陣一陣白，也不知是嚇的還是氣的。

這明三少爺平日素是懶散的性子，便是有人往他身上「潑髒水」也不願費力計較，臉皮厚得跟堵牆似的，因而他才敢多說這幾句，誰想今日卻竟如此牙尖嘴利，分毫不讓。

納蘭崢雖三天兩頭與湛明珩吵嘴，也常常將他氣得臉色發青，卻少見他如眼下這般動真怒。她瞅瞅湛明珩那鐫得極深的眉眼，才曉得他真生氣了原來是這麼個瘮人的模樣，回想了一番，就發覺他平日壓根沒跟她計較。

張管事顫著嘴皮子，僵持著不說話。

納蘭崢倒不至於為了丁點流言就覺得委屈，只是女孩家的名聲多要緊哪，她的一舉一動關係著弟弟和身後的魏國公府，哪能給這樣不明是非的小人抹黑？

想到這裡，她嚴肅道：「張管事，您今日的話我可都記著了。在這雲戎書院裡，我是要服從您管教的，可出了這道門，您就得小心著些了！」

湛明珩覷她一眼。這女娃威脅起人來倒是一套一套的，聽得他都有些怕。

張管事渾身抖得厲害，最終被另一名管事給拖走了。兩人回到長廊對頭，權當什麼事都未曾有過。

納蘭崢和湛明珩也繼續抄書，不知是因這天起了風，還是被方才那一通鬧的，起先的睏意此時消散得無影無蹤。

湛明珩嗅到風裡夾雜的青草味，怕是他事前算準的雨該來了，果不其然，不一會兒就是

「噼哩啪啦」一陣響。

他是算準了有雨，卻沒算到雨勢會大到這等境地，且原先颳的南風竟半道裡成了西風，直將雨珠子往長廊裡頭送。

納蘭崢被突如其來的大雨驚得一懵，反應過來後立時低呼一聲，奔上前去救自己抄了好些個時辰的書卷。可還沒來得及拿起來，風就將美人靠上擺的東西都吹了個東倒西歪，宣紙也跟著飛散開來，被硯臺裡的墨水濺了個花。

她簡直要哭了！

湛明珩也沒得閒，忙著挽救自己的那幾份，眼疾手快挑挑揀揀，一看是納蘭崢的字跡，就讓開了手理也不理，趕緊轉頭救別張。

小氣！

納蘭崢哭笑不得，苦著臉指向一張飛到他手邊的宣紙喊道：「那張……那張我的！」

第十四章

湛明珩雙手都騰不出空，連筆桿子都打橫了咬在嘴裡，聽見這話就咕噥了一句「麻煩」，一面忙著收拾，一面將嘴湊過去，用筆尾杵了杵那張紙，將它送到納蘭峥手邊去。

誰想這一杵就給戳出一個洞，納蘭峥氣到不行，紙也乾脆不要了。

「湛——！」她剛出口就曉得自己嘴快失言了，虧得對頭的管事也聽不懂這個字，頓了頓就繼續將沒喊完的喊完。「明珩！」

雲戎書院上自先生，下到學生，皆當「明珩」是湛明珩的全名，自然這樣稱呼他，可納蘭峥卻忽覺哪裡不大對勁，心下竟像漏了那麼一拍。

湛明珩收拾完自己的分就抱著大疊的東西往後退去，回頭看她還手忙腳亂蹲在前頭美人靠邊，只得嘆口氣再走上前。

原想幫她一道收的，上前卻見她大半個肩頭都被飄入廊子的雨給打濕，額角鬢髮還淌著水珠子，念頭一轉就站在她斜前方提了袖子替她擋雨，這下子，雨花全濺到了湛明珩身上。

納蘭峥好歹收拾完東西起身，卻見對面那人忽然抱著肚子笑起來。

她皺皺眉，不曉得這潑皮無賴又出了什麼么蛾子，奇怪道：「你笑什麼？」

「沒鏡子給妳照臉。」湛明珩笑著伸出一根食指，往她左臉蘸了一下，又往她右臉劃了一道。「這樣好看，對稱。」

納蘭崢一眼看見他指尖的墨跡，就曉得自己眼下定是成了大花貓，頓時氣不打一處來，提起手裡的筆桿子就往他臉上戳去。

湛明珩猝不及防偏過頭去，卻不料這女娃早料準他要躲，本就是奔著他偏頭的方向去，他這一躲，反倒讓她得逞了。

沁涼的墨汁蘸上臉頰，愛乾淨到連衣角沾點泥巴都要扔掉整件衣裳再不穿的皇太孫，臉黑得跟那團墨跡一模一樣。

「納蘭崢！」他立時去揪笑著轉身逃奔的那人，伸手卻抓了個空。「妳給我站住！」

長廊對頭階下，一身紺青色月紋直裰的十六歲少年遙遙望著追鬧的兩人，豔麗的薄唇抿成細細一線，默默立在雨裡。

他身後，替他撐傘的書童皺著眉頭，低低道：「那明三少爺除了長得俊俏些，究竟哪裡好？便是宣遠侯府的位階比咱們忠毅伯府高，可您是世子爺的身分，將來要繼承家業的，他一個庶出子又能撈著什麼？納蘭小姐怎就偏生與他處得好，虧您還看天下了西風雨，怕她淋著，不顧先生責罵來送傘！」

衛洵沒有接話，眨了眨那雙形似桃花的眼，半晌緩緩轉過身去，往回走了。

另一頭的張管事微眯著眼遠遠瞧他，嘴角露出些陰鷙的笑意。

照雲戎書院三講一休的學制，翌日恰逢休業。大清早，魏國公府裡最得力能幹的丫鬟和婆子俱都圍攏在桃華居，籠統六套人，每套配一名婆子、兩名丫鬟。

十八名下人擠在納蘭崢的閨房裡，盡心竭力給她梳妝打扮，活像嫁小姐似的。

納蘭崢瞠目結舌。她不過是受好公主之邀入宮玩一趟罷了，從前也不是沒去過，有綠松和藍田幫襯足矣，哪用得著這等陣仗？

三年前長姊納蘭汀出嫁時，似乎也不比眼下這場面隆重幾分。

她逮了個婆子細問，對方答，這些排場都是老太太吩咐的，她們做下人的也違背不得。

她這下她倒不納悶了，只是越發哭笑不得。祖母又想到哪去了？

她也不是不懂老人家的心思。祖母從前一直不待見她，覺得龍鳳同出，是她搶了弟弟的慧根，才叫弟弟這般弱氣。可自五年前皇家春獵過後，祖母對她就跟變了個人似的，從前常與母親謝氏站一邊的老太太竟開始維護她了。

納蘭崢覺得，虧得父親遵從皇命，瞞下了太孫也在雲戎書院的事，否則祖母豈不要將她日日都打扮得花枝招展？

須知便是如今十五及笄的二姊納蘭沁也還未訂下親事，老太太怎就如此瞧得起她這還未長全的小女娃？再說了，她和湛明珩哪是那樣的干係啊！

婦人們總愛亂點鴛鴦譜，好公主也是。

兩名丫鬟服侍著納蘭崢將頭髮披散下來就著迎枕鋪開，以玉梳子一絲一縷打順暢，給她綰髮髻。又有四名丫鬟將幾身衣裳和幾套首飾遞到她眼下，問她喜歡哪些？

納蘭崢歪著腦袋瞧得眼花繚亂。這些豔如桃李的著色，她實在是哪個都不喜歡啊！

正苦著臉呢，忽聽房門外下人恭敬道：「給太太請早。」

她「唰」一下爬起來。救星來了！

剛坐起就見那穿了秋香色遍地金薄緞褙子的婦人緩步進來，一身珠飾行頭粲然生輝，竟是堪比宮裡的貴妃。

她身後一小截跟著的女孩粉黛薄施，上身是件玫瑰金的織錦短襖，下著蔥白底繡紅梅束腰長裙，鬢角一支白玉響鈴簪多了幾分俏美。

納蘭崢下榻給母親和二姊請安。

謝氏的臉色卻沒好看多少，朝一屋子丫鬟婆子環顧了一圈後冷笑道：「崢姐兒如今派頭倒是大！」

納蘭崢一點都不意外謝氏的態度。

五年前皇家春獵那會兒，謝氏可算徹底除去本就對她未有幾分威脅的阮氏，同年十月又順利誕下了一名男嬰。三年前，膝下長女納蘭汀也嫁進京城有頭有臉的書香門第杜家，配的還是杜家那位前途無量的探花郎杜才齡，說出去也算長臉。

謝氏如是這般過得順風順水，為人自然越發趾高氣揚，她沒立刻將這一屋子人轟出去都算不錯的了。

納蘭崢可不生氣，若要為這點小事動怒，她恐怕早被氣死千百回了。

她只是很好脾氣地笑。「母親，阿崢也覺著實在太過，只是祖母的好意卻不好回絕，您若瞧著不適合，就替阿崢打發了她們吧。」

這丫頭倒伶俐，一樁話說得滴水不漏，還叫她得罪老太太去？

謝氏端著個架子道：「打發就不必了，都是老太太一番苦心。只是這些個衣飾也太貴重了些，妳才多大的女孩？」說罷朝身後道：「將我給四小姐準備的行頭拿來。」

納蘭崢吁出一口氣。樸素點好，真要花枝招展的，可不得被好公主誤會了。

有位婆子見狀遲疑道：「太太，老太太吩咐了，今日四小姐須打扮得明豔些才是。」

謝氏剜了她一眼。「崢姐兒喜歡素淨，叫她穿這些衣裳，她連手腳都邁不開去！老太太那兒我自會說明，你們眼下照辦就是。」

一屋子的人齊齊噤聲，不敢再有異。又見謝氏揀了上首的烏木長背椅坐下來道：「崢姐兒年紀尚小，進宮怕是沒分寸，叫妳二姊隨妳一道去，也好幫襯著些。」

衣襟方才合了一半的納蘭崢聞言，訝異偏過頭來。「母親，可好公主……」她說到這裡忽然停住，不再繼續了。

幫襯什麼？

謝氏當然曉得好公主只邀她一人，也曉得叫納蘭沁跟去於禮不合，可若是納蘭崢「希望」姊姊與她一道，人家又有什麼話可講？

謝氏的算盤打得太妙，也太明顯了，便她真是個十二歲的女孩，也該看出了苗頭來。

納蘭崢瞧了眼打扮得天仙兒似的納蘭沁，朝她一笑。「那就麻煩二姊與妹妹走這趟了。」

納蘭沁聞言睨了睨她。

真不曉得該說她這妹妹的出身是幸還是不幸。說幸吧，總歸比不得她這實打實的嫡小姐；說不幸吧，偏又繼承了那美婢阮氏的姿色。

從前她還是小豆丁時尚且瞧不大出來，多不過可愛伶俐些，這幾年卻出落得越發明麗，竟連她也時常覺得驚心，怕這女孩真長成了得是個什麼絕色。

想到這裡，她神色冷了幾分，回過頭去繼續給母親捶背，過一會兒才皮笑肉不笑道：「四妹妹不必跟姊姊客套。」

魏國公府的馬車甫一駛入皇宮便被一干宮人簇擁進來，有婢女替兩位小姐換了乘輕便的轎子，差人好生抬著往昭陽宮去。

納蘭沁坐在裡頭恪守著禮儀，腰板端得筆挺。

自長姊出嫁，謝氏就將一門心思都花在她身上，悄悄托謝皇后請了宮中資格極老的嬤嬤專門管教她，叫她很是收斂了幼年時鋒芒畢露的性子。

而納蘭沁十歲那會兒就對皇太孫所謂的「天人之姿」仰慕在心，自然肯吃苦頭，如今舉手投足都是一套極標準的宮廷禮。

不過她雖端著，餘光倒也留意旁處，畢竟這是她頭一遭進宮。只見皇宮裡瓊樓玉宇氣派至極，朱金兩色相輝映，雕樑畫棟處處奢靡，當真一百個國公府也比不了裡頭一角。

記起她那位嫁了個書香世家還引以為傲的長姊，不免覺得好笑起來。跟皇宮比，那不過是清貧破落戶而已。

母親說了，舅舅稱聖上早有意讓太孫與國公府結親，以此穩固勢力。去年冬，晉國公府的嫡孫小姐姚疏桐給豫王爺做了繼室，如此，她們魏國公府自然成了最最上乘之選。

而在國公府裡，就數她與太孫的年紀最相當相配。

納蘭崢可不曉得與自己一尺相隔的姊姊已然是在以這皇宮未來的女主人自居了，她在想別樁事。

妤公主嫁的那位秦閣老出身十分傳奇，他父親是開國六公之一的越國公，卻得了他這麼一位從文的嫡長子。秦祐當初不倚靠父親勢力，科考入仕，一路爬上如今的位置。陛下愛重他，破格准許他繼承爵位，著降等保留，叫他成了大穆王朝歷史上唯一一位被封侯的文官，且將愛女許配給他的同時未削他的權，足可見對他的信任有多深。

不過，納蘭崢曉得，老皇帝這些繞來繞去的彎，說到底都是為了湛明珩。

妤公主今日會帶小侯世子一道來，她還記得頭一回跟湛明珩一道去建安侯府時，那方才足月的毛頭小嬰尿了湛明珩一手，將他氣得臉色鐵青的事。

皇宮占地廣，轎子足足抬了三刻鐘方才入昭陽宮。納蘭崢有些等不及想見小世子，卻奈何二姊的步子邁得緩，幾乎端莊過了頭，只好耐著性子陪她一道優雅。

兩人被宮人一路引領來到迤春園，遠遠就瞧見亭下一方漢白玉石桌旁坐了個玉冠束髮的少年，一身月白暗雲紋窄袖長袍，分明該是風清月朗的行頭，卻偏是被這人過分出挑的氣質襯出王霸之氣來。

湛明珩在書院低調行事，因而衣飾向來從簡，服色也多素雅，久而久之成了習慣，休業時也是如此。

納蘭崢瞧見他這一身，低頭看了眼自己月白繡長枝的薄緞紗衫，心道還真是巧了。

納蘭沁卻壓根沒察覺這兩人著了同色，她出了個大神，連呼吸都找不著在哪了。

那是在她尚且不懂何謂男女之情時就先懂得了仰望的人。劍眉星目，龍章鳳姿，顧盼間神采飛揚，他一筆一劃眉眼，神工鬼斧難能琢，妙手丹青不可繪。

她甚至覺得，天底下沒有哪個妙齡女子能逃得過這樣的男兒，何況他還有一個足可叫人驚羨的身分。

湛明珩偏過頭來，先掠了納蘭崢一眼，繼而瞧起了納蘭沁。

納蘭崢覺得他看姊姊的目光有些不對頭。她與他朝夕相處五年多，可從未見他這般認真打量過什麼人。

再瞧身邊的姊姊，竟是被看得低下頭去，兩頰都染上了紅暈。

她有些懵。難道兩人這就一見傾心了？

正是這你瞧我來我瞧你之時，忽聞一個奶聲奶氣的聲音響起。「肥肥，肥肥！」

納蘭崢向聲音來處望去，就見妃色蘇繡百襇裙的湛妤和一個婆子站在簷下，婆子的懷裡兜了個朝她張牙舞爪的小胖娃。

她回過神來，和納蘭沁一道給湛明珩和湛妤分別福身行過禮，當先走到小胖娃跟前，一點他腦門。「你這娃娃，叫我什麼呢？」

小胖娃噘著嘴，拿肉嘟嘟的小手去撓她衣襟，嘟囔道：「就是肥肥，肥肥！」

小胖娃是個嬌氣的，走沒幾步便要人抱，湛妤瞧納蘭崢的衣襟都被撓縐了，就將他從婆子手中接過來顛抱了幾下。「瓚哥兒，阿崢與娘親同輩，你該喊她一聲小姨。」

名喚秦瓚的兩歲男娃不服氣地低哼一聲。「明珩哥哥叫肥肥的！」

納蘭崢的臉黑了。

都怪湛明珩！當年因為那只白玉鐲子曉得了她的乳名，平日常拿來喚她，恰被彼時咿咿呀呀學說話的瓚哥兒聽去，小胖娃口齒不清楚，就將「洄洄」學成了「肥肥」。

她也就小時候臉上肉了些，如今哪裡肥了！

湛明珩聞言，朝這向大步流星走來。「皇姑姑，妳家這娃可聰明，丁點大就學會禍水東引了。」說著湊近納蘭崢，負著雙手俯身向她笑道：「洄洄，妳說是吧？」

第十五章

納蘭崢剜他一眼。「你不許叫我這個了，沒得帶壞了瓚哥兒！」

湛好笑著對懷裡的娃兒道：「是了，真要論起輩分，你明珩哥哥也該喊阿崢一聲『姨姑』的，你可不能像他這般不懂事！」說罷又看向納蘭崢。「我還道瓚哥兒與妳一年未見，該是不記得妳，不想方才竟一眼認了出來。」

湛明珩看了眼逗弄著秦瓚的納蘭崢，彎著唇角道：「她自己就跟小孩似的，自然能惹小孩親近。」

納蘭崢停下手回頭看他。「總比你凶巴巴的好，仔細瓚哥兒再尿你一手！」

秦瓚聞言，小臉一紅。「阿瓚早就不尿了！」

納蘭沁早在起先便跟了過來，只是一直找不著插嘴的話頭，眼下可總算能端著副優雅的架子對納蘭崢道：「四妹妹如此可不像樣子，怎能這般與太孫殿下說話？」不等納蘭崢有反應，又看向湛明珩。「太孫殿下，是我這做姊姊的管教無方了。」

湛明珩聞言收了笑意，略一挑眉，沒有說話。

納蘭沁可不曉得自家四妹與太孫早就熟得沒規矩了，還道她不過曾與湛明珩有過幾面之緣，否則也不至於說這樣的話。

納蘭崢見湛明珩不搭理她，怕她被駁了面子後回頭反將這筆帳記在自己頭上，就想給她個臺階下。「二姊教訓的是，是阿崢魯莽了。」

湛明珩見慣了納蘭崢分毫不肯吃虧的模樣，哪想得到她還有這般低眉順眼的時候。他記起她那位托庇松山寺不得歸家的姨娘，記起這些年從納蘭嶸嘴裡聽過的，他們姊弟二人在國公府舉步維艱的處境，忽然皺了皺眉頭。

面前這位還不過是大她三歲的姊姊而已，魏國公夫人謝氏傲慢善妒，老國公遺孀胡氏為人勢利，如狼似虎，他可都略有耳聞，也不曉得她們平日都是怎麼待她的？

湛妤看湛明珩這神情就了然於心了，不動聲色道：「阿崢，妳來抱抱瓚哥兒。」

納蘭崢可沒想這麼深，不曉得這是湛妤故意要賣她面子，聞言就伸出手。「小娃娃，給姨抱個！」

秦瓚噘著嘴撇過頭去。「阿瓚兩歲了，早就會跑了，不給姨抱！」說完做了個讓步。「給肥肥抱！」

納蘭崢只得妥協。「是是，姨就是肥肥，瓚哥兒乖！」

小胖娃這才肯聽話，扭著身子蹭到了她懷裡。

納蘭崢沒想到兩歲的男娃竟有那麼重，接過孩子就覺臂彎一沈一軟，險些一個不穩要將孩子摜出去。她低呼一聲，卻幸虧早有一雙手等在那裡，穩穩扶住了秦瓚的小肥臀。

湛妤卻沒有驚慌，她早知道納蘭崢抱不穩孩子。她這姪兒就是聰明，使個眼色就懂她的意思。

湛明珩看一眼依舊端得漂亮、彷彿什麼事都沒有的皇姑姑，又對納蘭崢笑道：「連個小孩都抱不好。」

納蘭崢可不知道這對姑姪的詭計，只覺心有餘悸，連回嘴都忘了。

納蘭沁卻是眼珠子都要瞪了出來。太孫的手扶著秦瓚沒錯，可卻是覆在四妹手上的啊！

湛明珩一手穩著秦瓚，一手將納蘭崢往亭子那頭推去。「來，陪我研究個棋局。」

納蘭崢這下發覺不對了，他哪時跟她這般親暱過，難不成是不喜歡二姊，這才故意拿她當靶子使？

他可真會給她找罪受，她才不想回府後被謝氏剜眼刀子！

她偏頭看看他，又看看落在後頭一臉詫異的納蘭沁，就道：「我二姊也會下棋，我抱著瓚哥兒，你與她玩就是了。」

納蘭沁慢幾步跟上，平復了一下，用她那黃鸝鳥似的聲音道：「太孫殿下在研究什麼棋局？」

湛明珩卻壓根沒注意到這叫一般男子聽了都會酥麻的聲音，他一門心思都拿來想：這女娃今兒個怎得了？她連他這個皇太孫都不放在眼裡，卻對別人唯唯諾諾起來？

他不知為何覺得很不是滋味。

行，她不敢得罪的人，他來；她怕回府受罪，他去知會皇祖母給她撐腰。

這天下都姓湛，不過一個謝氏和一個胡氏，這等婦孺之輩，他還不放在眼裡。她若要怕，怕他一個人就夠了。

湛明珩將秦瓚和納蘭崢穩到石凳上，自己也跟著在旁坐下，又朝納蘭沁一伸手道：「二小姐請。」

納蘭沁瞧見他這舉手投足的氣度，心肝都顫起來，轉眼忘了方才的事。又聽他問納蘭崢：「不知妳二姊的棋下得如何？」

納蘭崢中規中矩地答：「比起太孫殿下來自然弗如，只是在女孩家裡頭也算尚可了。」

湛明珩眉毛都挑高了。這女娃稱他「殿下」，是要與他保持距離，劃清界線的意思？

他勉強忍了，看向納蘭沁道：「既然如此，莫不如我與二小姐賭一局。」

「太孫請講。」

「我與二小姐對弈，讓妳三個子，若妳贏了，我便盡這地主之誼，領妳到承乾宮看看。」

納蘭沁聞言呼吸都緊了緊。承乾宮是太孫現如今的居所，哪是一般人進得了的！

納蘭崢卻覺湛明珩是要整么蛾子，見二姊昏了頭，不管三七二十一就要應承，好歹替她問上一句：「若是二姊輸了呢？」

湛明珩摸著下巴想了一會兒。「那也無甚大礙，我總不好欺負了女孩家，就稍示懲罰，叫妳二姊也解解前些日子難住妳的那個棋局吧。」

你不欺負女孩家？你可是每天欺負我！

納蘭崢暗暗腹誹一句，扭頭就見二姊的臉又紅了。

納蘭沁自從見著湛明珩後就一直魂不守舍，眼下聽他嘴裡講出諸如「欺負」、「懲罰」這般字眼都覺別有意味似的，不免心肝又是一顫。

他初見她就盯著她看了許久，說不得這賭局只是個藉口，他就是想帶走自己罷了。於是她垂著頭嬌羞答道：「就依太孫所言。」

納蘭崢見狀摸了摸鼻子。二姊的心思太明顯，連她這局外人都不好意思了。

只是這賭局終歸是他倆的事，不論湛明珩是否存了戲弄的意思，她都沒道理阻攔，否則二姊還不將她千刀萬剮了？

她不做吃力不討好的事，還是陪瓚哥兒玩吧！

湛明珩略一伸手示意納蘭沁先行，隨手端了杯茶喝。

侍立在旁的婢女見狀，去給他與兩位小姐添茶，卻聽太孫道：「四小姐不喝茶，去剝些石榴來。」

納蘭沁剛落了枚子，聞言訝異抬頭，卻見四妹與太孫俱都一副沒事人的模樣。

湛好就坐在不遠處樹蔭下的小几旁吃茶點，不時瞧一瞧亭下三人，見此一幕不免笑起來。

難怪納蘭沁要訝異，她也訝異得很，她這素來心比天高的姪兒何曾將他人的喜好放在心上過？她可不記得。

方才他多看納蘭沁那一眼，實則是她「指使」的，為的是探探納蘭崢的反應，卻不料還沒弄明白那女娃的心思，卻先瞧出了她這姪兒的！

終歸當局者迷，湛明珩似乎絲毫未意識到自己對納蘭崢不同，納蘭崢也早便對這些細枝末節習以為常。

過一會兒，秦瓚瞅見婢女端上一盤顆顆晶瑩紅亮的石榴粒，眼珠子立時瞪大了，一雙小短手拚命往半空抓，就差揪著湛明珩衣袖。「明珩哥哥，阿瓚要！」

納蘭崢一手將小胖娃穩在懷裡，一手去將他卯著勁瞎揮的手給抓回來。「瓚哥兒不鬧，你明珩哥哥下棋呢。」他下棋的時候是喜歡安靜的。

湛明珩原本不打算理會小屁孩，聽見納蘭崢這用詞卻不知緣何覺得十分愜意，心情大好地彎了彎嘴角。「石榴是你小姨的，找她要去。」

「姨！」小胖娃如今最是見風使舵的年紀，也不叫她乳名了，眨著眼巴巴望著她。

「你這娃娃，忘了上回被石榴籽嗆著的事了？」

「阿瓚長大了，可以吃了……石榴好吃！」

她是怕了這調皮蛋了，前頭一歲那會兒吃石榴不曉得吐籽，險些給嗆出命來，就隨口敷衍了個說法。「你的牙嫩著呢，石榴裡頭的籽硬，好吃也吃不得！」

「不管、不管！姨，阿瓚就是要吃！」

湛明珩「啪」一聲落了枚子，不客氣地訓道：「你若想將一嘴的牙都磕了，就儘管吃。」

小傢伙聞言「嘶」了一聲，忙用手摀住嘴，一副好疼的模樣，直瞧得納蘭嶸笑出聲來，朝湛明珩嗔怪道：「哪有你這麼嚇唬小孩的！」

他冷哼一聲。「這還是皇姑姑家的小孩，要換了我的，可不只嚇唬這麼簡單。」

那他還想怎樣，吊打小孩嗎？

納蘭嶸覷他一眼，跟秦瓚說：「你都聽見了，日後你明珩哥哥有娃娃了，你身為娃娃的小叔，可得好好護著他，別讓他給他爹欺負了去！」

秦瓚聞言就笑著拍起手來。「好哇！明珩哥哥什麼時候有娃娃？」

這……她哪知道啊？

納蘭嶸覺得怪曖昧的，可小胖娃哪懂這些，只顧著滿臉希冀地瞧著她。她只好打個擦邊球，偷換個概念道：「生娃娃是婦人家的事，你明珩哥哥可不行的。」

誰想秦瓚聞言就皺起了小眉頭，深想了一會兒道：「那小姨幫明珩哥哥生！」

湛明珩捏在手裡的茶盞一抖，茶水「嘩啦」一下灑到了棋罐邊。

納蘭嶸：「……」

秦瓚可瞧不出大人們的心思，只管拽著納蘭嶸的衣襟嘟囔：「生嘛、生嘛！」

湛明珩掩著嘴乾咳幾聲，連玉子都下歪了一格，好不容易定了神，才看向那不叫人省心的娃兒。「你這小兔崽子把手放好！」

小小年紀怎麼就養了個愛拽女孩家衣襟的破習慣！

小胖娃是怕他的，委屈地放下手來，瞧了眼小姨縐巴巴的衣襟，想抬頭看看她有沒有生氣，忽然驚嘆道：「小姨，妳的臉好紅哇！」

童言無忌這詞真不假，納蘭崢只差哭了……

她朝案几上瞅一眼，掰了一小塊玫瑰糕塞進秦瓚喋喋不休的嘴裡。

堵著吧你！

後半局棋裡，幾人俱都如坐針氈。納蘭崢是尷尬的，納蘭沁是氣的，湛明珩是不曉得為什麼的。

他自覺坐不住了，也就沒留情面，「唰唰」幾著將原本也毫無勝算的納蘭沁殺得片甲不留，不待對面人反應過來又起身從納蘭崢懷裡接過秦瓚，朝不遠處的湛妤道：「皇姑姑，我帶這小子去承乾宮了。」

湛明珩年紀不小，自然有分寸，湛妤也不擔心，示意他去就是。又見他走出幾步，回頭朝納蘭崢居高臨下命令道：「給妳二姊擺棋局，完了跟我走。」

納蘭沁的臉一陣青一陣白，僵硬得眼角都抽搐起來。她被耍了！

納蘭崢被秦瓚前頭那番話惹得整個人都遲鈍了幾分，當真聽了湛明珩的話去擺棋局，待意識到不對，人已在他轎子裡了。

她渾身一僵。「完了完了！」

湛明珩對小孩沒什麼耐性，擺花瓶似的將秦瓚擱到兩人中間，繼而偏頭覷她一眼。「完個什麼？」

她嘆一聲，一臉的追悔莫及。「忘了給二姊放水了！」這下她回府可有得遭白眼了！

「就她那棋藝，妳再怎麼放水也沒用。」湛明珩摸了摸下巴思考一會兒。「我今日才曉得，原來妳這水平在女孩家裡不算糟糕的，前頭嫌棄妳的那些話，倒是可以考慮收回。」

納蘭崢正一門心思想著該如何善後才好，聞言回過神來。「你那棋局我才想了五日，再有十天半個月準能解出來，你就等著看好了。」

湛明珩似乎心情不錯，也沒計較她這態度。「不急，妳想個三、五年也成。」

「你明年就結業了，要真過了三、五年，我還巴巴地跑到承乾宮找你下棋不成？」

她這話是未經思量脫口而出，說完卻不知戳著了什麼要緊的茬，竟叫兩人齊齊一窒。是了，不說五年，便是三年，他們也都該各自成家，尤其身分特殊的湛明珩。

湛明珩一下子沒接上話，待再想說點什麼就有些突兀了，乾脆沒再開口。

納蘭崢不曉得這古怪的氣氛是怎麼回事，也垂了眼不敢吱聲。

過一會兒，轎子晃了晃停了下來。納蘭崢覺得奇怪，抬眼去看，就見前頭竟有人攔了皇太孫的轎子。

倒並非旁人，正是湛明珩那位親信護衛，湛允。

早些年她曾因好奇問過湛明珩，可有查清湛允這個人，彼時他答：「凡事無絕對，只是疑人不用，用人不疑。退一萬步講，我若因了個奸細就被拉下馬，也實在不必做這皇太孫了。」

納蘭崢那時就想，其實湛明珩也不全然是不學無術之人。

她回過神來，見身旁人臉黑得厲害，朝來人怒道：「湛允，你吃了熊心豹子膽了！」

湛允如今也有二十四了，聞言卻是屁顛屁顛跑上來。「主子，不是屬下吃了熊心豹子膽，是衛家那世子爺吃了！」

「嗯？」湛明珩聽見這人名字，似乎來了興趣。「你說。」

「屬下方才得到消息，如妃娘娘眼下正往昭陽宮去。」

這句話看似簡單，實則卻拐了好幾道彎，湛明珩的臉色立刻就不好看了。

納蘭崢也皺了皺眉頭。

照大穆王朝的封爵制度，諸位公侯伯爺家中嫡長子皆有機會被封世子，當年納蘭嶸甫一出世便得此殊榮，乃是因為彼時正值朝局動盪，魏國公府多年未有繼承人稍顯頹勢，連帶太子一系也受到威脅，聖上希望以此來安朝臣的心。

這是天時地利運道好的例子並非人人都能碰上，譬如宣遠侯明家嫡長子明淮就沒得這等榮光。

還有一種就是門戶夠硬。就像秦瓚托了他娘親的福，又像忠毅伯衛家的洵世子托了他嫡姊如妃的福。

只是納蘭崢曉得，這位如妃在好公主還未出嫁時，也與她無甚交情往來，如今卻不知打了什麼算盤？

她偏頭看了看湛明珩陰沈的臉色，底氣不足地問：「這事不會跟我有什麼干係吧？」

湛明珩語氣發衝。「跟妳沒干係還跟誰有？」

納蘭崢有些委屈。「就算是，那還能怪得了我啊？」

他倒想說，要不是她模樣生得好，卻還不對那些如狼似虎的公子哥設防，能惹上這等事嗎？雲戎書院裡，對她有心思的可不只衛洵，只不過就數那個心思最深而已！

他可瞧得出那幫登徒子看她的眼色！

話到嘴邊又記起前頭張管事那番含沙射影的話，就忍了沒說，轉而道：「是了，怪不得妳，也是衛家那位眼瞎，瞧上妳這哪都沒長全的小女娃。」

不過眼瞎歸眼瞎，本事倒有幾分，這麼快就找了皇祖父的枕邊人去替他吹風，還想趁納蘭崢今日進宮一探虛實。

他好大的膽子！

湛明珩的眉頭蹙得厲害。納蘭崢才多大就有人動起這等心思，如此歪風邪氣，若是在朝中盛行開來，豈不要毀了湛家的國業！

想到這裡，湛明珩冷哼一聲，涼颼颼道：「回頭，堵人！」

他覺得自己身為皇太孫，有責任阻止這一切。

第十六章

轎子悠悠轉個向，復又起了，納蘭崢卻還在意著湛明珩前頭那句話。

她慣是喜歡與他拌嘴的，可這回垂眼瞧了瞧自己那「一馬平川」的胸脯，卻辯駁不得。

他說得沒錯啊，她是當真沒長全。

她嘆了口氣。幾個月前有一回洵世子教了弟弟一門題，叫他免了先生的責罰，她聽說後就去跟人家道了個謝，哪知從此沾惹了一朵桃花，竟是如何也擺脫不了。

她若早曉得後事，寧可失禮些也不會多那幾句嘴。

過一會兒，轎子穩穩當當停下來，湛明珩將秦瓚留在轎中，當先彎身下去，站定後回頭朝納蘭崢遞去一隻手。

納蘭崢看一眼不遠處被攔了轎子、一臉茫然的如妃娘娘，張著小嘴愣在原地。

他的指尖不偏不倚朝向她的心口，手指微微往裡蜷起。這個手勢，在她看來竟有幾分鄭重。

那隻手很寬大，與一般文氣的男子不同，因常年與兵械打交道，手掌虎口處留了無論如何也磨不去的繭子，倘若翻過來，手背也可見淡淡青筋脈絡。

這是一隻算不得白皙，卻看上去很有力的手。

納蘭崢忽然意識到，一晃五年，他早已不是當年那個彆扭又任性的孩子，他的手，似乎足夠拿得起這個天下了。

只是將來，這雙手裡除卻天下可還會攥有他物？當他接受百官臣民的跪儀與朝拜時，她又將站在哪裡看著他？

又或者，是看不見他的。

湛明珩可不曉得這平日最沒心沒肺的女娃，這一眨眼都想到天南海北去了，見她似乎神色懨懨，很不願將手給他的模樣，就沒了耐性，往前一把拽過了她。

納蘭崢魂兒都沒來得及歸位，低呼一聲，被迫踉蹌著下了轎，卻又很快被他穩住了胳膊。

他就這麼理直氣壯地牽著她朝前走去，向大驚失色的如妃含笑道：「宮道如此寬敞，不知何故偏生與如妃娘娘的轎子撞上了，實在是奇。瞧娘娘行色匆匆，這是要去哪？」

他話裡話外都陰惻惻的，顯見得不是真在笑。如妃尚且不明白自己如何惹了位高權重的皇太孫，見狀極力定下神色，朝他福身恭敬道：「是嬪妾的人未有看路，衝撞了太孫您。嬪妾聽聞好公主今日回宮，便與陛下討了個恩典，想去昭陽宮向好公主請教製香事宜。」

湛明珩點點頭。「皇姑姑確是深諳製香之道的。」說罷似想起什麼，看向納蘭崢。「洄洄，這位是忠毅伯府出身的如妃娘娘。」

納蘭崢聽到這裡，哪還會不曉得湛明珩的用意，只得行禮道：「見過如妃娘娘。」

湛明珩早料準了她不會配合，彎了彎嘴角，這回是真笑了。「妳這規矩倒是好！」又朝如妃道：「這位是魏國公府的四小姐，實在年紀小不懂事，才未向娘娘自報家門，您就莫與她計較了。」

納蘭崢可不是小到不懂規矩的年紀，他這話也就是客氣客氣而已，只是他愈客氣，如妃就愈惶恐。

她是未曾見過納蘭崢的，起先還不曉得這女孩的身分，聽見這話眼皮子都跳了跳，再看一眼太孫的手，心知大事不妙，卻還得故作鎮定道：「太孫客氣了。」

湛明珩看一眼她慘白的臉色，就向她告辭。「如此，我與納蘭小姐先行一步，也不耽擱娘娘正事了。」

如妃頷首行默禮，直到湛明珩的車駕駛遠了再瞧不見，忽然腿一軟，整個人都晃了晃。侍從的婢女連忙扶穩她。「娘娘可是身子不適？莫不如這昭陽宮還是下回再去的好。」

她苦笑一聲。「哪裡有下回，妳還瞧不明白太孫的意思嗎？妳且速速打點一番，回府與洵世子報信去，一刻不要耽擱。」

一身簡裝的婢女出了宮向忠毅伯府去，匆忙趕到正是驕陽似火的時辰，也來不及受杯茶水，一股腦將如妃交代的話都說給世子爺聽。

衛洵聽完，滿眼詫異。「且不說太孫是否當真屬意阿崢，我也不過昨日才找了長姊表意，他何以如此快得到消息，又何以猜到長姊去昭陽宮的真正目的？」

雲戎書院的事，他一個深居東宮的太孫可沒道理曉得！

那婢女也覺此事古怪，思索一會兒道：「奴婢也不甚清楚，奴婢只曉得，納蘭小姐是因五年前救過太孫性命才得以向陛下討賞，去雲戎書院侍讀，只是之後也未與太孫如何往來。可奴婢今日所見，太孫殿下瞧上去似乎與納蘭小姐十分相熟，實在……實在是交情匪淺的樣子。」

衛洵聞言霍然抬首，一個極其古怪又大膽的念頭閃過了他的腦海，他忽然問：「妳方才說，太孫稱阿崢什麼？」

「奴婢聽著似乎是個乳名，叫『洄洄』的。」

洄洄……

他的手慢慢攥成了拳，一雙桃花眼瞇成兩道極細的月牙。

倘使他沒記錯的話，有個人，也是這樣叫她的。

自那日從承乾宮回府，納蘭崢實在愁得發慌。

她的確感激湛明珩替她除桃花，卻不曉得哪一環出了岔子，竟叫當日的事傳遍京城的權貴圈子。

用綠松的話講，可謂是「皇太孫之心，路人皆知」了。

祖母歡喜得給她送來一整套金光燦燦的頭面首飾，父親卻很不高興，說太孫這回做過頭，日後等納蘭崢到了議親的年紀，京城裡還有誰敢上門來？

她覺得父親有理，綠松與祖母的見地都太小了。湛明珩幫忙就幫忙嘛，非得那麼大聲勢做什麼，他倒不用愁，反正想嫁他的玉葉金柯一個個列成隊連起來能繞京城好幾圈，可叫她怎生是好？

當然，人家太孫除卻未考慮她的婚嫁，旁的事倒還計算得精明。

二姊當日是哭著回來的，可謝氏還未來得及找納蘭崢算帳呢，就見謝皇后紆尊降貴來到魏國公府，姊妹倆促膝長談一番後，這事就那麼算了。

納蘭崢甚至隱約感覺到，謝氏對她不再像從前那般處處針對了。

皇后是如何說服謝氏的，她不曉得，卻知道這事一定跟湛明珩脫不了干係。普天之下能請得動當朝皇后替她出馬的人，本就沒有幾個。

更了不得的是，雲戎書院裡的人待她也不一樣了。書院的先生倒是錚錚之輩，對學生素來一視同仁，可耐不住下人們皮子軟，眼見竟是將她當準太孫妃看了。

納蘭崢瞧著依舊成日被訓得灰頭土臉的湛明珩，再看那些對她行禮時都恨不得將頭埋進地裡去的下人，實在哭笑不得。

這些下人看她是準太孫妃，看嶸兒是準國舅爺，拚了命的討好兩人，卻不曉得，人家皇太孫就在他們跟前瞧著哪！

大半個月後一堂兵械課，學生們照例去校場切磋比試，納蘭崢身為侍讀不須舞刀弄槍，卻也是要旁觀的。

天氣入了秋，好歹涼了幾分，日頭也不大，哪知她剛一出廡廊，就見兩名不甚眼熟的丫鬟不知得了誰的囑咐，撐著柄油紙傘、執著面蒲扇朝她走來。

這陣仗，她真想找個地縫鑽了，苦著臉好說歹說才揮退了兩人，卻見走在前頭的湛明珩聽了她這頭的動靜回過身來。

她發覺太孫殿下的臉色很難看。

也難怪，她托了他的福「狐假虎威」，可他身側也忒冷清了些。

她想了想就跟上去，舉起手裡那柄丫鬟非要她留下的青花油紙傘，有點討好似地問：「明三少爺可要遮一遮日頭？」

湛明珩覷她一眼，心道他個大老爺便是下雨也不見得打傘，何況這點日頭？可目光觸及她執傘的手，到嘴邊的回絕卻是微微一滯。

她還不到塗脂抹粉的年紀，指甲蓋也未染顏色，因而更顯得十指如蔥般細嫩，捏在木質的傘柄處十分清爽。

他不知怎地就改口道：「妳來。」

納蘭崢一愣，朝四面看了看。他的意思是，要她當著這麼多人的面替他打傘？

湛明珩皺皺眉頭，看得出已沒耐性了。「難不成我自己來？」

也是，要堂堂皇太孫自己打傘遮日頭，那場面她連想都不敢想，她就不該獻這殷勤才對。猶豫一會兒，她只好撐開油紙傘，揚著手費力舉到他頭頂。

他實在太高了，納蘭崢幾乎伸直了手臂，再要差些就該踮腳了。

周遭那一圈學生的目光立刻奇異起來。

這明家少爺好大派頭，竟拿國公府小姐當丫鬟使！倘使是別的小姐也罷了，這位卻不一樣，他就不怕回頭太孫將他千刀萬剮了？

後邊的衛洵見此一幕微瞇起眼，走快幾步上前，繞到湛明珩另一側方才笑道：「明少爺不懂憐香惜玉便罷了，只是這樣的事，太孫做起來尚且有理，您卻不見得適合吧？」

納蘭崢聞言，眼皮子一跳，偏頭看向湛明珩，果真見他蹙起了眉頭。

這可不是句簡單的話。儘管衛洵或許存了幾分試探的意思，可納蘭崢覺得，他對湛明珩的身分早該猜得八九不離十了，而湛明珩當日所為，就是擺明了告訴他真相去的。

他眼下是在提醒湛明珩，納蘭崢與皇太孫的干係既是人盡皆知，那麼無論如何也不該再與明家三少爺有所牽扯，否則實在有礙她的名聲，畢竟不曉得其中隱情的還大有人在。

納蘭崢和湛明珩太熟悉習慣彼此，實則相處起來很難將兩個身分全然分開來算，因而確實不如一個旁人瞧得明白。

湛明珩會蹙眉，正因為衛洵這話是對的。

他剛要開口，就見衛洵退了半個身位，朝納蘭崢伸出手去。「納蘭小姐，煩請將傘給我吧。」

他的措辭謙遜有禮，納蘭崢聞言先看湛明珩，見他似乎沒有反對的意思才照做。

衛洵從她手中接過傘時刻意錯開一些身子，以避免觸碰到她，完了就撐起來舉到湛明珩的頭頂，含笑道：「明三少爺懼熱，還是由我來的好。」

湛明珩驀然停步，身後也不知是誰沒忍住，倒吸了一口涼氣，納蘭崢則驚得眼珠子都要掉了。

衛洵只比湛明珩小一歲，兩人個頭十分相近，這場面，火藥味未免太濃了。

儘管她對這朵桃花唯恐避之不及，卻也不好眼睜睜看著兩人如此「掐架」，就想當個和事佬。「洵世子，明三少爺不懼熱，是我與他玩笑罷了，你還是將傘收了吧。」

衛洵盯著湛明珩微微一笑。「是嗎，明三少爺？」

湛明珩沒答，皂靴稍稍一轉就與他面對面，忽然沒頭沒尾低聲問出一句：「戶部侍郎嚴笑坤嚴大人似乎與你衛家關係不錯，可是？」

「家父確與嚴大人有幾分官場交情，明少爺這是何意？」衛洵眨了兩下眼，神色無辜。

「陝西貪污案已有眉目，令尊若與嚴大人交好，還是早些替他準備口棺材吧。」

他的語氣輕鬆得不過像是在講今兒個中午吃幾兩飯，納蘭崢卻是吃了不小的一驚。戶部出事了？倘使她沒記錯的話，顧池生就是在戶部任職的，前不久似乎才剛升遷。

衛洵聞言，神色不大明顯地一變，只是很快又跟沒事人似的笑起來。「多謝明少爺提醒，我會轉告家父的。」

湛明珩點點頭，自顧自面無表情大步走開了去。

納蘭崢朝衛洵稍一頷首以示告辭，隨即走快幾步跟上湛明珩，看一眼他的臉色，猶豫一會兒問：「戶部除卻侍郎大人，可還有誰欲待查辦的？」

他輕飄飄瞧她一眼。「妳不如直截了當地問，顧池生可要被摘了腦袋？」這些年偶論政務，這丫頭可沒少對那姓顧的關心。

她只得厚著臉皮繼續問：「那顧池生究竟是否受了牽連？」

「納蘭崢。」他深吸一口氣，極力忍耐的樣子。「顧池生是我叫的，那人比妳年長八歲，如今又是戶部郎中，朝中正五品官員，妳起碼也該稱一聲顧大人才是。」

讓她直截了當問的是他，眼下發脾氣的也是他，這人真是陰晴不定得很！

「左右沒旁人聽見，有什麼干係，你還斤斤計較這個！」她嘟囔一句「小氣」，仰著臉偏頭道：「你答是不答？」

湛明珩臉色鐵青，垂眼卻見她蹙著眉的認真模樣，默了默只好實話道：「嚴笑坤為戶部第二把手，莫說是在官職上直屬於他的顧池生，底下一干官員皆要受到清查。戶部尚書御下無方，亦不能倖免。只是查歸查，但凡坐得端行得正的，也無須怕。」

納蘭崢聞言，若有所思地點點頭，過一會兒笑道：「顧大人是八斗之才的狀元郎出身，他的老師公儀閣老也素來注重德行，對學生十分嚴苛，理應不會有貪污受賄這等失德之行的。」

湛明珩覷她一眼，心道她一個閨閣小姐也不知從哪曉得公儀歇為人，卻終歸看她笑得自信，沒有出言詢問。

兩人身後不遠處，衛洵神情淡漠地望著與湛明珩說笑的納蘭崢，過了一會兒叫了一聲隨行書童的名字，便立刻有人上前來。

「少爺有何吩咐？」

「我記得大半個月前，張管事似乎想見我？」

「的確有那麼一回事，只是您當時說了不見，小的就替您回絕了。」

「去安排一下，校場比試結束後，讓他在衛家馬車裡候著。」

小書童覺得有些奇怪，那位張管事與晉國公府的姚少爺走得近，可少爺卻與後者素來水火不容，因而也不待見張管事，今日卻不知緣何記起要見他？

不過他也就心裡想想，嘴上絲毫不敢質疑，應聲領命下去了。

第十七章

學生們切磋比試的校場就位於雲戎書院的西南角，足足占了整個書院一半大小，自北前門遠眺，竟是一眼望不著頭。校場內又分區塊，諸如跑馬場、蹴鞠場、比武場等。

今日比試的內容為射弋，大抵分立射與騎射兩門。學生們於長條型的射弋場兩側就席，正中上首位置坐著幾名武教頭與記錄考核的文書。當湛明珩和衛洵的名字被當先挨著唸出來時，納蘭崢的神色立刻緊張起來。

實則也難怪她沈不住氣，畢竟那椿數月來被流言渲染得相當難聽的事就是在校場上發生的，她這是一朝被蛇咬，十年怕井繩了。

納蘭崢一直曉得姚家人看不慣她，若要細究原因，一來，姚家與納蘭家是如今唯二保留了一等封爵的開國從龍重臣之後，或許是皇室有心制衡，常叫兩家人政見不和。就像後宮裡卯著勁爭寵的姚貴妃與謝皇后一樣，若非共禦外敵，很難站到一塊去。

二來，納蘭崢又恰在五年前春獵宮宴上得罪了姚家嫡孫女，雖說後來姚疏桐也得了個不錯的出路，嫁予朝中德高望重又儀表堂堂的豫王為繼室，可這梁子卻終歸是結下了。

因而在雲戎書院裡，姚少爺時常針對她和弟弟。

三月前有場考學，姚元青指證納蘭崢幫弟弟作弊，事後雖查明了只是誤會，卻害姊弟倆白白受了罰，也遭了不少冷眼。

衛洵本就與姚元青合不來，又傾心納蘭崢，就在事情水落石出不久的一次校場比武裡，與他動了粗，鬧了好大一場，納蘭崢也因此落了個「紅顏禍水」的名頭。

今日眼見湛明珩與衛洵方才有過不愉快，又被分到同一組比試，她會擔心也實屬正常，畢竟前者可是個一點就著的性子啊！

她揣著顆心望著射弋場，渾身緊繃如坐針氈，大氣不敢出。正緊張著呢，忽聽納蘭嶸湊近她耳邊低笑道：「姊姊，太孫臨上場前與我講，刀劍無眼，叫妳好好掛心他，至於洵世子就不必了。」

納蘭崢這下倒彎起了嘴角。

納蘭嶸見她這模樣，就低聲感慨道：「果真還是太孫最懂姊姊心思。」

是了，他會這般與她玩笑，就說明他今日是不會與衛洵動粗的，這番看似無賴的話，不過是想叫她放心罷了。

實則湛明珩雖脾氣不好，行事卻極有分寸。

偌大一個射弋場，道旁分別矗立了十座箭靶，每座箭靶正中都著一點紅墨。路口身形頎長的兩人俱都一身乾淨俐落的黑衣短打。

第一回合為靜立盲射。兩人被黑布條蒙了眼，聽得武教頭一聲令下，雙雙回身背對，各自從武侍手中接過一面弓，繼而取箭上弦。

四下安靜極了，因而聽得見弓形漸成滿月的緊繃聲響，納蘭崢卻一點也不緊張。湛明珩的箭術相當了得，在雲戎書院幾乎堪稱一絕，便是這些親歷過戰場、經驗老道的武教頭也佩服得很。

指頭一鬆，兩支箭齊齊離弦，破空背向而行，「奪奪」兩聲更似一聲，底下眾學生目不轉睛地盯著，一看兩箭皆正中靶心，忍不住拍手叫好。

蒙教頭點點頭，示意一旁的文書作記錄。

兩人自路口向西移步，十步一射，一路奔靶心而去，剩餘九箭俱都一一命中，無絲毫吃力之色。

第一回合比了個平手。

第二回合為非靜立盲射。射弋場正中為一張碩大的擂臺，其上置有一面同心圓盤，大軸套小軸，其下木軌控制大圓盤呈逆向轉動，小圓盤呈順向轉動，比試者須立在小圓盤上，分別射中擺在大圓盤上的兩座箭靶。

湛明珩未摘布條，卻像絲毫不影響視物似的一步跨上擂臺。

衛洵跟在他身後笑道：「比試規定射中靶子即可，想來明少爺該有餘力才是。」

他彎了彎嘴角，意外和煦道：「倘使洵世子亦有餘力，你我二人便以靶心作數，如何？」

「自然好。」

兩面圓盤軲轆轆轉了起來，速度相當快，又因是對向逆行，看得底下人幾乎都要暈了眼。

湛明珩穩立當中，一動不動側耳聽風辨聲。不過短短五個數工夫，他舉弓回身，將箭頭對準了衛洵肩側往外三寸的位置。

弓成滿月，將將射出。

衛洵立時反應過來，亦取箭上弦，作出同樣的動作。

又是「奪奪」兩聲響。

湛明珩摘也不摘布條，當先信步走回；衛洵抿唇不語，跟著下了擂臺。

納蘭崢托著腮笑起來，神色裡有幾分她自己都沒察覺的驕傲。

實則兩支箭都射中靶心，快慢也不過毫釐之差，然失之毫釐，差之千里，圓盤上的兩座箭靶相對而設，一旦有人當先判斷出其中一座的位置，另一人便可投機，根據他的判斷朝反向張弓。

儘管從考績來看，兩人仍不分伯仲，可她曉得，當先作出判斷的人是湛明珩。

衛洵輸了。

她遠遠瞧著一言不發走下擂臺的人，心道湛明珩只要不黑著臉衝她大呼小叫，確實還挺好看的。旁人被蒙了眼總要失了神韻，他卻恰恰相反，因鋒芒被遮蓋，顯得神情幾分恬淡，連高挺的鼻梁都柔和了起來。

只是那一身王霸之氣卻又如何都掩飾不了，因此長身而立時充滿了極其矛盾的俊朗。就像他手中的那面弓，有張亦有弛。

待納蘭崢回過神來，第三回合就要開始了。她遠遠看見湛明珩高踞馬上，朝一旁的武侍道：「不必摘了，就如此吧。」

衛洵扯在黑布一角的手驀然滯住。

狹長的跑馬道正中設有十數個近半人高的木樁，比試者策馬的速度須足夠越過這些障礙方可。如此疾馳，要一面朝道旁矗立的箭靶射箭本就絕非易事，更不必說是在不能視物的情況下。

衛洵有一瞬幾疑自己聽錯了，以至那隻預備摘下布條的手一直僵硬著沒有動。

蒙教頭也微微訝異。明三的箭術確實了得，但他記得，那少年的性子看似鋒芒畢露，真正到了實處卻十分收斂，尤其每逢校場比武，更是不愛出風頭，今日實在有些反常。

莫不是說，他的箭術果真已到了那等境地，竟連他這做教頭的都不曉得？

在場唯一沒有訝異的怕就只有納蘭崢了，畢竟湛明珩的斤兩她是再清楚不過的。

他的確不愛唸書，也不是坐得住的性子，卻其實學得比誰都好。他信手翻一遍兵法書就通曉的東西，他人卻得花上十倍的氣力。至於武學就更不必說，他為免太過惹眼暴露了身分，實在藏拙已久，不過是不願被先生罵得太慘，才在箭術一門上稍稍嶄露些頭角，實則不論槍法、馬術，乃至劍道，他都極其精通。

納蘭嶸悄悄湊到姊姊耳邊低聲道：「姊姊，太孫這回可與洵世子槓上了。」

納蘭崢點點頭，眉頭一皺。「實在無甚好掛心他的，以他的身分和能力，也就只他欺負別人的分。我倒覺得洵世子可憐，實則他也沒做錯什麼。」

只是使了些小手段想接近她而已，她不理會就是了，衛洵又不是街巷惡霸，沒得硬來的分。湛明珩如此大張旗鼓替她出頭，反倒傷了皇家與忠毅伯府的和氣。

陛下若不高興了，可不還得罰他，他就是個好了傷疤忘了痛的！

「太孫也是為了姊姊好！」納蘭嶸噘著嘴，一副義憤填膺的模樣。

她瞪弟弟一眼。「你倒是翅膀硬了，胳膊肘都往外拐了！」

納蘭嶸這些年長進不少，竟也學會了頂嘴。「姊姊方才那番話，才是胳膊肘往外拐呢！」

納蘭崢哭笑不得。她這弟弟究竟哪來的自信，覺得自己與皇家同氣連枝的！剛要訓他幾句，卻見他神色一變，望著她身後那向訝異道：「姊姊，妳瞧那人是誰？」

她回過頭去，順著弟弟的目光，看見一個高頭大馬的人站在射弋場的護欄外，朝裡探頭探腦，似乎有些焦急的模樣。

她一眼認出來人，心裡不由「咯噔」一下。湛允怎到雲戎書院來了！

真要論起長相，這個人可比湛明珩出名多了，從前還跟著太子時，便被貼上皇家的標籤，後來跟了太孫，也一直做著替主子出面的事。在座這些尚未成年的公侯伯之後，因昭盛帝對湛明珩身分的有意隱瞞，的確未有機會目睹太孫真容，卻有不少人認得湛允的面孔。

湛明珩既是假作明家三少爺，這位人盡皆知的太孫親信就不該出現在雲戎書院裡，這還是五年多來頭一遭。

湛允何其厲害的練家子，納蘭崢這邊略帶探尋的目光往他身上一掃，他便迅速察覺，偏頭看見她似乎鬆了口氣，朝射弋場正門前的守值人遞去一張名帖。

納蘭崢尚且不明狀況，就見守值人行色匆匆走來，將名帖呈給蒙教頭，打斷了即將開始的第三回合比試。

湛明珩朝這邊一望，不由皺了皺眉。

蒙教頭一見名帖，吃驚得眼睛都瞪大了，又聽守值人低聲道：「請魏國公府四小姐。」他不敢怠慢，往學生坐席那頭望去，目光一掠看定了納蘭崢。

納蘭崢這下大概猜到了，湛允要尋湛明珩，為掩人耳目才假借了她的名頭，左右只須叫太孫瞧見這一幕就是了。

她見蒙教頭一副要到她跟前來的模樣，當先起身向他行了個頷首禮，示意他不必麻煩走這趟，繼而快步離席。

其餘幾位坐在上首位置的教頭與文書，瞄見蒙教頭手裡那張明黃的名帖，再一瞧護欄邊的人，很快明白過來，自然也沒阻攔納蘭崢。

湛允是會做事的，身邊帶了宮婢，沒壞了禮數規矩，見著納蘭崢就歉意道：「還請納蘭小姐恕屬下唐突，屬下見嶸世子尚未比試，怕耽誤了他的考績，才只得找您幫忙。」

納蘭崢搖搖頭示意無礙。左右她與湛明珩都摘不清了，也沒那麼多顧忌，她更關心的是，湛允行事素來滴水不漏，若非事態緊急絕不會冒險前來，因而忙問：「可是宮裡頭出了什麼事？」

湛允點點頭，示意此地不宜言事，待入了停在外頭的馬車才解釋道：「陛下今早突發中風，雖未有大礙，卻也須靜養一段時日才好。」

納蘭崢聞言驚道：「好端端的，陛下怎會生此惡疾？如此說來，可是到了無法處理朝事的地步？」

他點點頭。「陛下年紀大了，原本也時常有些小病小痛的，尤其近兩年，身子狀況確實大不如前。」

「倘使僅僅這樁事，你怕還不會跑這一趟，可是還有別的麻煩？」

湛允沒想到她一個女孩家竟如此敏銳，愣了愣才答：「是宮裡出了亂子。陛下突發中風，是碩王爺替一名做錯事的官員求情所致，豫王爺聽說後大發雷霆，卻又不好越俎代庖處置碩王爺。眼下事情越鬧越大，朝中不少人都聞訊趕了去，陛下寢殿外頭已聚集了大批官員。」

納蘭崢這些年與湛明珩幾乎堪稱形影，政務上的事多少也耳濡目染了些。她將這些零碎的語句在腦袋裡整理一番，蹙眉道：「聽聞朝裡出了樁貪污案，似乎與前頭的陝西旱情有關，碩王爺可是替戶部侍郎嚴大人求的情？」

湛允沒想到納蘭崢會曉得這個，心道既然太孫都告訴她，便也不隱瞞了，點頭道：「確實如此，嚴大人與碩王爺是頗有些交情。」

他這話說得含蓄，納蘭崢卻聽懂了。

有權力的地方就有爭鬥，如今的朝廷並不如何乾淨，也不乏黨派紛爭，像碩王這樣的權勢人物，手底下必然有不少嫡系官員與暗樁，想來，這位嚴大人就是其中之一了。

身為六部之一戶部的第二把手，將來若升遷順當，還可能入得內閣，確實是個舉足輕重的位置，難怪碩王沒沈住氣。

她沈默一會兒，奇怪道：「即便如此，碩王爺這情求的也太不是時候了，案子方才有點眉目，他就急不可耐，簡直像不打自招似的！我還道碩王爺精明，不至於犯這樣的錯。」

湛允眼皮一跳，似想起什麼，嚴肅道：「理應不至於才對，只是碩王爺這些年勢頭大不如前，興許也是被逼急了，倘使有人在這節骨眼惡意挑唆，確有可能令他一時失察。如此看來，此事似乎沒那麼簡單。」

碩王是眾皇子中難得的將才，早些時候頗為居功自傲，只是近年邊關無戰事，他也備受朝臣打壓。

納蘭崢點點頭以示贊同。「極有可能！我倒覺得，處置碩王事小，揪出這唆使碩王的人才更要緊，莫不如你還是先回宮去看著些。左右方才太孫已瞧見你來，總會找藉口離席的，我在這裡等他。」

湛允思索一會兒，道：「那就拜託納蘭小姐了。」

沒過一炷香，湛明珩就溜了出來。

納蘭崢將湛允的話原原本本說了一遍，還道湛明珩會立刻叫走馬車，卻不想他反倒安靜下來，面無表情將手肘枕在窗樞邊緣，一句話都沒講。

她見慣了他發脾氣，見慣了他臉色鐵青的樣子，卻少看他如眼下這般沈默，看上去似乎有些空落。他眨眼的速度十分緩慢，只是每眨一下，都叫她瞧見那眼底多了一點黯然。

納蘭崢在長輩面前素是嘴甜，很會討人歡喜，每每父親遇著了煩心事，總能在邊上說幾句逗他開心，可面對湛明珩竟一時不知該說什麼，半晌才遲疑著使了一套最沒水準的話：「陛下吉人自有天相，不會有大礙的。」

湛明珩聞言回過神來，覷她一眼道：「我沒在想這個。」說罷轉頭朝外。「先送納蘭小姐回魏國公府。」

納蘭崢倒有心問他在想什麼，聽見這話只得先說：「國公府與皇宮又不順路，送我回去還耽誤你的事。」說罷吩咐車夫。「我不回魏國公府，先去皇宮。」

車夫聞言抹了把汗。前頭就是岔路口，一條道朝皇宮，一條道朝國公府，他究竟該往哪走？太孫是萬萬不能得罪的，不然還是假裝沒聽見納蘭小姐的話吧。

湛明珩聞言一笑，及時解救了急得滿頭大汗的車夫。「就聽納蘭小姐的吧。」

第十八章

馬車轆轆朝皇宮駛去。

實則雲戎書院確是處好地界，就建在一干公侯伯府衙的正中地帶，學生們平日上下學都極其方便，只是離皇宮卻不近，因而獨獨麻煩了湛明珩。

據納蘭崢所知，他因往來費時，常常寅正不到便得起，且在馬車裡頭也不閒著，尤其這兩年逐漸接手了政務，日日都有閱不盡的公文，也難怪總要在書院打瞌睡了。

老皇帝心思深，這是在磨他的性子。

不過有課業的日子，他也並非總往來於皇宮與書院，為圖省事，時而就近去宮外的居所。皇太孫成年後不須開府建牙，那府邸就權當私院使了。

納蘭崢倒不曾去過他那兒，只聽說很氣派。

車內出奇的安靜，她與湛明珩吵嘴吵慣了，如此反倒有些不適應，卻又怕擾了他的心事，只好說些無傷大雅的話。「方才我沒瞧見，第三回合比試考績如何？」

湛明珩的確在想事情，聽見她的話就偏過頭來。「妳以為呢？」

「我又沒有神通。」她嗔怪一句。「左右你不會輸就是了。」

他摸了摸下巴，似乎很有些自得。「衛洵也非庸者，妳如何就篤定我不會輸？」

納蘭崢被他問得一噎。她倒想到好些理由，諸如他箭術了得，諸如他馬術超絕，諸如以他的性子絕不會打無把握之仗，可她不想誇他，免得他得瑟得尾巴都朝天翹，就打了個擦邊球。「我哪有篤定。」

湛明珩見她不承認，也難得不與她爭，笑著答了她前頭的問題。「還能如何，難不成有比射中十個靶心更好的考績？那我倒想試試。」

她暗暗腹誹一句不要臉皮，又問：「那洵世子呢？」

「一樣十個靶心，只是摘了布條。」

納蘭崢忍不住嘆息道：「與你作對的人果真都沒有好下場。」她如今才曉得，對心高氣傲的男兒來說，多的是比唇槍舌劍更叫人下不了檯的法子，湛明珩承諾了不會動怒，卻沒說不預備給衛洵點顏色瞧瞧。她早該料到他是個黑心的！

湛明珩卻似乎不大認同。「真照這說法，妳第一個就該倒楣，明白嗎？」

納蘭崢被他說得無言以對，竟覺有些汗顏，半晌才強自倔道：「那就多謝太孫殿下不殺之恩了。」

「既然曉得是恩，來日記得回報。」

「你自己算算，這些年我籠統與你傳了多少張字條、替你答了多少問題，哪裡還有不夠還的？」

他似笑非笑地瞧著她，眸色深得厲害，俊挺的鼻梁投了點影子在車壁上，瞧得人一陣窒息恍惚。「夠不夠得恩主說了算，妳看是不是這個理？」

實則湛明珩每每問起話來總有股迫人的氣勢，像那些問句原本就有答案似的，卻偏也只納蘭崢敢說：「這世上可沒這麼多道理好講！」

「原來妳也曉得自己有多不講理！」

納蘭崢說不過他，剜他一眼就不理他了。

她不高興的時候慣是噘著嘴，湛明珩偏頭瞥見那櫻紅兩瓣，竟不知緣何呼吸一緊，忽覺有些口乾舌燥。他動了動喉結，將那一絲異樣給壓下去，忙撇過頭去看車壁，這下竟連前頭的心事都不記得了。

馬車駛入皇宮。

湛允早便安排了接應，湛明珩下去後剛要吩咐車夫送納蘭崢回府，就聽他上前道：「主子，陛下宣了納蘭小姐入殿。」說罷又補充。「是秘宣。」

他原本還想問個緣由，一聽「秘宣」就知問不出究竟，便放納蘭崢走了，自己則上了另一乘轎子。

納蘭崢實在有些訝異。莫說陛下如今並未病重，便是病重也該宣繼承人入殿，叫她一個國公府小姐去跟前做什麼？

因是秘宣，她也沒換轎子，一路從偏門悄悄入了昭盛帝起居的太甯宮。下去後就低垂著腦袋，眼觀鼻鼻觀心地猜測陛下的用意。

上回面聖還是在五年前臥雲山行宮裡，那之後她雖也入過幾次宮，卻都是受好公主所邀，與陛下沒大干係，此番不能不說有些緊張。

畢竟父親七日前奉命去西南解決匪患，如今還未歸來，可沒人像上回那樣替她的一言一行把關。

納蘭崢揣著顆心走進昭盛帝的寢殿，去給仰靠著紫檀木龍頭交椅的天子爺請安，心裡十分奇怪。看陛下這模樣，雖精神不濟了些，卻也不曾臥床，哪裡像方才突發過中風。

中風可不是這麼輕鬆的毛病。

昭盛帝給她賜了座，和氣道：「納蘭女娃，妳可是在奇怪，朕怎地沒病重？」

納蘭崢的屁股剛沾著座椅，聽見這話就跟打了滑似的滾下來了，惶恐得就差伏到地上去。陛下這是什麼話，難不成覺得她盼著他病重嗎？

她忙苦著臉答：「陛下，阿崢哪敢吶！阿崢盼著您身體康健、長命百歲才好，若是叫太孫殿下一輩子都只是個小太孫，那就更好了！」

昭盛帝被逗笑，一旁的趙公公也掩著嘴樂不可支的模樣。

納蘭崢見賣對了乖，鬆口氣，聽天子爺道：「坐回去吧。」又見他看向趙公公。「朕瞧這女娃實在精怪有趣得很，朕也老了，沒幾年福好享，你說可有什麼法子，能叫她時常來逗朕高興？」

趙公公自然曉得昭盛帝不是真在問他，只是心有感慨罷了，就眯著眼笑道：「陛下這是哪的話，您可還要等著抱曾孫的，怎就沒幾年福好享了？這『往後的日子』可還長著哪！」

納蘭崢被兩人的啞謎弄得一頭霧水。昭盛帝尋她來，該不是為了叫她逗他高興的吧？

昭盛帝笑過之後，不動聲色將目光一移，看向殿中那面紫檀雕雲龍紋嵌玉石座屏風，只是很快又轉開眼去。「納蘭女娃，朕今日宣妳來是想問妳一些事。朕聽聞，方才是妳叫湛允先行回宮的，妳可能對此說出一二緣由來？」

果真是有正經事要問。

納蘭崢點點頭，老老實實地答：「都說求人須得求在眼上，阿崢覺得碩王爺不是笨人，哪會不懂連我一個女孩家都曉得的道理？就擔心事有蹊蹺，斗膽叫允護衛回來瞧著。」

這番話說得中規中矩，倒也符合她這年紀的心智，昭盛帝聞言點點頭。「那妳可知，這蹊蹺裡頭的究竟？」

「這個阿崢就不曉得了。」

「妳想曉得嗎？」

納蘭崢聞言小嘴微張，有幾分訝異。陛下這是安哪門子心思，這些一看就有古怪的朝堂事，哪是她該曉得的？

屏風後邊一角黑色衣料動了動，昭盛帝往那向瞥了一眼，斂色低咳一聲，轉頭見納蘭崢好像嚇傻了，就換了個話頭。

「七日前，朕命妳父親躬身下一趟西南，督辦剿匪事宜，妳或許不曉得，這裡頭也有蹊蹺。」

因牽扯到父親，她不得不問：「陛下何出此言？」

「妳方才瞧見朕這太甯宮外聚集的官員大臣了吧？這些人，一部分是別有所圖的惡人，一部分是真心實意憂心朕的忠臣，可不論是哪種人，他們今後都不會有太好的下場，妳可能懂？」

納蘭崢不明白昭盛帝為何要跟她一個閨閣小姐說這些，登時連大氣也不敢出了，只是終歸腦袋還勉強保持清醒。

惡人與忠臣自然不會在腦門上貼標籤，今日聞訊趕來的這些官員都是有問題的，便是忠臣，也是行事衝動沈不住氣，頭腦不夠靈活，不堪重任，總歸一樣都要倒楣。

居上位者，不僅需要忠臣，更需要聰明的忠臣。她的父親是武將，資質又遠不如亡故的祖父，忠心歸忠心，卻沒有文臣那般活絡的心思，倘使未去西南，今日也必是那些人裡的一個。

她想通了這些環節，立刻誠懇道：「阿崢先代家父謝過陛下了，陛下今日的恩情，魏國公府必不敢忘。」

「朕可不是來向妳邀功的。」昭盛帝笑了笑。「朕是想讓妳曉得，如今朝中諸多不安分，朕也存了整治的心思，卻沒想過要動魏國公府。」

昭盛帝身為一朝天子，成日面對的都是些心思深沈、老謀深算的人，實則是從不會將話說得這般直接，只因想到納蘭崢終歸年幼，才少繞了彎子。

納蘭崢也覺得繞彎子十分疲累，她又不像那些巧舌如簧的官員，有那種話說三分、意入九分的口才，就直言道：「陛下是想要扶植魏國公府嗎？」

昭盛帝不知她是初生牛犢不怕虎，還是骨子裡當真有幾分膽氣，聞言倒覺欣賞。「可以這麼說。」

「陛下欲扶植魏國公府，阿崢自然高興，卻實在想不明白，陛下為何要與我說這些？」她一介女流之輩，將來又不可能撐起門庭，做魏國公府的主事，陛下究竟打什麼算盤，才要與她說這些話？分明該與父親商議才是。

「妳父親那裡，朕自然也有說法，只是朕今日也須得問妳一句，朝廷與皇家有許多蹊蹺古怪，今日是碩王，明日興許還有其他，這裡頭的究竟，妳想曉得嗎？」

昭盛帝說了這半晌，為的竟還是起始叫納蘭崢答不上來的那一問。

她聞言忍不住攥緊了衣袖，又聽他換了個詞重複道：「朕問的不是魏國公府，而是妳。妳敢曉得嗎？」

偌大一個仁熹殿裡，金銅獸耳三足爐裡靜靜焚著安息香，紫檀雕雲龍紋嵌玉石座屏風後，誰人的呼吸不由跟著緊了緊。

這最後幾字問得納蘭崢心下一顫。

湛明珩周身那股迫人的氣勢實則大半都承自他的皇祖父，只是後者畢竟已身居高位數十年，她在前者跟前還能勉強提上來的底氣，到這兒就消散無蹤了。

被這樣的目光盯住，她的心忍不住「怦怦」跳起來。這天子爺實在不是好糊弄的主，她平日那些打擦邊球的招數不知可還堪用？

她猶豫半晌，囁嚅道：「陛下，我……我聽不明白。」

昭盛帝顯然聽見了她的回答，卻一瞬不瞬盯著她的眼，好似在判斷她是真沒明白，還是明白了卻裝傻。

納蘭崢險些就被瞧得敗下陣來，要承認自己裝傻了，心一橫咬了咬牙才沒開口，憋著股勁硬著頭皮迎上那叫人心膽俱裂的目光。

整個大穆王朝，又有幾人敢這般直視帝王的眼？

昭盛帝似乎也有幾分訝異，終於停下繞撫玉扳指的手，望向她身後那道屏風。「罷了。」

納蘭崢剛鬆了口氣，卻聽他繼續道：「左右為時過早，妳慢慢想便是，想明白了再來告訴朕，總歸朕還能活個幾年。」

她一口氣有得出沒得進，直覺得呼吸都不順暢了。他們湛家人怎都如此難對付！也不曉得陛下究竟有沒有看出她說謊？她忽然有點後悔，自己不會攤上欺君重罪了吧？

昭盛帝倒是若無其事的模樣，與她聊了幾句雲戎書院的家常便放她離開了。

她前腳剛走，湛明珩後腳就跟著從屏風後頭出來。

他原本的確乘了轎子離開，半道裡卻越想越不對勁，這才折返回來，若非皇祖父一直盯著屏風以示警告，他早沈不住氣了。

昭盛帝抿了口茶，淡淡覷他一眼。「你小子總算要比五年前有長進。」當年他宣納蘭崢面聖時，他就曾不管不顧闖了進來，如今好歹學會了聽牆腳。

湛明珩的確不那麼莽撞了，只是臉色也不大好看。「皇祖父，您跟她說這些做什麼？」

昭盛帝一挑眉。「朕以為，你見著朕第一句該是詢問朕的病情。」

「得了吧，皇祖父，旁人不曉得您，我還能不曉得？您又使詐了。」

昭盛帝擱下茶盞，虛虛點住他。「須知兵不厭詐。」

「那您詐詐朝臣也便罷，怎還詐上納蘭崢了？」他眉頭蹙得厲害。「您方才那席話，莫不真是我想的意思？」

閨閣小姐哪有資格涉足朝爭的，除非她嫁入皇家……嫁給他。

「嗯？」昭盛帝詐完了朝臣，詐完了納蘭崢，似乎還預備詐一詐自己的寶貝太孫。「你倒說說，你以為朕是什麼意思？」

湛明珩被問得一噎，張了張嘴卻覺說不出口，半晌才道：「反正您不是那個意思便好！」

他聞言大笑起來，完了道：「朕如何不是那個意思？你可知你父親十六便娶了你母親？」

「可納蘭崢才多大啊！」湛明珩幾乎脫口而出，說完瞧見趙公公的曖昧神色才發覺被詐了，氣得話都沒能講索利。「父親……父親歸父親，我與我朝一般男子那樣，成年娶妻就是了！您這些話，且過三年再與我講！」

趙公公瞇著眼，掩著嘴小聲跟昭盛帝道：「陛下您瞧，再過三年，納蘭小姐恰好十五及笄，太孫殿下實則心裡都是算計明白了的。」

湛明珩聽見這話臉色就青了。他可沒算計過這個，不過三年後也恰好弱冠罷了！

「明珩，你且慢著回絕朕。你仔細考量考量，倘使朕想與魏國公府結親，叫你從納蘭家如今待字閨中的三位小姐裡挑一個納妃，你預備挑誰？」

湛明珩青著臉想了一會兒。「皇祖父，孫兒不答假設性問題。」

喲，規矩還挺大。

昭盛帝撇撇嘴，竟似一副無賴樣。「那朕去掉『倘使』二字就是。」

論臉皮，他還是厚不過皇祖父，只得實話道：「孫兒不想與陌生女子過相敬如賓的憋悶日子。」

昭盛帝聞言，笑意更盛。「就依你所言。」

還未意識到自己隨口一句話作了什麼要緊決定的太孫殿下，就這樣被他那黑心黑肚腸的皇祖父，趕去處理太甯宮外頭的爛攤子了。

第十九章

待他人一走，趙公公就彎下腰問：「陛下，身為皇室繼承人，弱冠年紀成家確實晚了些，您就這麼縱著小太孫？」

昭盛帝似乎不大認同。「倘使朕當真覺得晚，自然另擇適當人選，抑或不顧納蘭女娃年幼，先且賜婚。偏生朕卻以為，對明珩而言晚些成家是好事。朕不怕他不收心，反倒憂心他年幼成家，早早變得內斂起來，與他父親一樣。你莫看明珩似乎像朕，實則那性子也有隨了他父親的。他骨子裡並不如何積極，鋒芒與浮氣不過是表象罷了，否則你以為，他能在雲戎書院裡待得住，拿著個落魄身分一憋就是五個年頭？」

他說到這裡嘆了口氣。「朕還記得，五年前皇家春獵，朕問他可要自己處置那樁事，他卻說『交給皇祖父就好了，我有什麼可查的』。朕永遠記得他的神情，像極了他那個遇事十分悲觀的父親，且他竟還問朕，湛允可真是他父親的心腹？一般孩子在他那年紀，哪會這般疑心人，何況人還是朕親自替他查明白了的。

「太子妃生他時落了病根，因而去得早，他自幼沒了生母，後來又有了他父親那樁事……明珩這孩子，絕不像表面看來那般輕忽，朕這才格外寵著他，不想叫他覺得自己不被重視，以至步了他父親的後塵。」

趙公公雖為天子近侍，卻也少聽昭盛帝掏心窩子講這許多話，一句句仔細記好了，又道：「陛下用心良苦，小太孫總有一日會明白的。」

「可不是用心良苦？就連納蘭女娃，朕也替他『籌備』了多年。你不曉得，朕當初一見明淮拿來的那卷《黃石公三略》就有了這心思，虧她真沒叫朕失望！」

趙公公掩著嘴笑起來。「奴才就說嘛，陛下有意扶植魏國公府是一面，可更要緊的卻是另一面，您是替小太孫相中了魏國公府的四小姐哪！這位四小姐與小太孫投緣，腦袋靈光不說，又奈何得了小太孫，小太孫若真納了名與他相敬如賓的妻室，怕就從此悶氣了。還是像納蘭小姐這般的好，有她在，這宮裡頭都熱鬧些。」

「你可說到點子上了，朕就是想讓明珩有個拌嘴的人！」他說著似是喜極了嗆著，忽然咳嗽起來。

趙公公忙去替他順背。「陛下，奴才合計著，您該告訴小太孫實話的。」

昭盛帝咳了好一會兒才停下。「朕可沒扯謊，朕好端端的。」

「那中風之症確是您使的詐，可您瞧您咳得這般厲害，不與旁人說也罷了，怎地連小太孫也瞞著呢？」

「人老不中用，秋日裡燥得很，咳過一季便好，不必叫他替朕煩心，外頭還有一團亂子等著他。」

趙公公聞言暗暗嘆了口氣。陛下從前是多不服老的人，如今竟也一口一個「不中用」，歲月當真饒不得誰啊！

納蘭崢裝傻充愣回了府，翌日照常去雲戎書院，聽聞湛明珩足足請一個月的課假，竟下意識鬆了口氣。

她昨夜沒睡好，夢見陛下拿刀子追她，一面喊：「妳這女娃竟敢裝傻欺瞞於朕，看朕不拔了妳的舌頭！」

又或者是：「妳若不當朕的孫媳婦，朕就抄了妳的家！」

她在夢裡驚出一身冷汗，醒來後哭笑不得。這夢倒有幾分真實，她回府後仔細考量過，天子爺看似通情達理，實則哪裡給她回絕的餘地。

他就是逼著她當他的孫媳婦嘛！否則何至於提及扶植魏國公府的事，她若一個「不嫁」惹了他不高興，那說好的扶植可不就變成打壓了！

這些年雖有祖母明裡暗裡張羅著她與湛明珩的事，可她從來都覺得那是祖母的一廂情願，壓根沒往那茬子想過，反倒因祖母的過分積極生出了些許抵觸。

她畢竟才十二年紀，任哪家女孩都不會高興家人這般急著將自己潑出去的。

如今天子爺一言，卻叫她當真不得不比旁的女孩早考慮這些了。

只是她昨兒個心裡頭一通噼哩啪啦亂炸，眼下若見了湛明珩，必然有些難以自處，如今他因代理朝政好一陣子來不得書院，可算是老天幫了她一個大忙。

如是這般清靜了整整一個月，該是湛明珩歸期的那日，納蘭崢在學堂謄寫一卷書。

納蘭嶸好奇地湊過去，見是漢代董仲舒撰寫的《春秋繁露》，跟著一字一頓唸道：「故君子閑欲止惡以平意，平意以靜神，靜神以養氣，氣多而治，則養身之大者得矣。」

他唸完有些奇怪。「姊姊，妳近日裡老謄寫這些做什麼？」

納蘭崢坐得筆挺端正，一本正經答道：「靜氣凝神。」

「姊姊可是有什麼煩心事？」她平日分明最是坐得住的。

納蘭崢聽罷，皺了一下眉頭，繼續下筆。「你年紀小不懂，這叫秋燥。」

年紀……不就差了小半個時辰嗎？

納蘭嶸低低「哦」一聲，又耿直道：「那姊姊寫個字就往太孫的席面瞅一眼，是在瞅什麼呢？」

納蘭崢筆下一捺落歪，深吸一口氣。「我是想著，他的課假到了，今日若還不來，可不得替他收拾爛攤子？」

「姊姊了不得，竟將日子算得這般準，先生們恐怕都不記得呢！」

納蘭崢寫不下去了，擱了筆以「你不說話沒人當你是啞巴」的眼色看了弟弟一眼。她最近這日子過得清靜，心裡頭可不清淨，哪有他這麼專挑人心事戳的？

她這弟弟，這些年跟湛明珩混得是越發不叫她省心了！

翌日恰逢納蘭遠自西南歸京，謝氏替他備了接風宴，一家人和和氣氣同桌吃飯。席間談笑，謝氏一個勁兒地與胡氏誇讚親生子峻哥兒的課業。她如今不好太針對納蘭崢，總得尋些旁的事做，譬如叫峻哥兒與嶸哥兒爭爭寵。

納蘭遠聽了自然高興，隨口考問兩個孩子幾句，一個問詩文，一個問兵法，聽他們俱都答得上來倒也欣慰。完了偏頭見納蘭崢將那卵白釉碗裡的蝦仁蒸蛋吃得一粒沫子不剩，就笑道：「我看崢姐兒倒淨想著吃了。」

納蘭崢還未來得及回話，就聽祖母笑咪咪地說：「你管她這個做什麼，女孩家沒心事，愛吃是好事。」

謝氏也道：「可不是，崢姐兒如今正是長身子的時候，該多吃些的，瞧這身板瘦的。」說罷又看向納蘭沁跟前那碗尚未動過筷的蝦仁蒸蛋。「沁姐兒，妳妹妹愛吃這個，將妳這碗給她遞了去。」

這一個個的……好了，她知道自己不長胸了，能不能別逼她了！

一口還吃不成個胖子呢，那長胸的事是一蹴而就的嗎？她才十二，癸水都沒來呢。

納蘭崢拒絕道：「祖母、母親，我吃不下了，二姊也要長身子的。」

她本以為納蘭沁被謝氏那話說得該不高興了，哪知她一點眉頭沒皺，反而笑道：「母親說的是，四妹妹多吃些，我是不愛蝦仁的。」完了就叫身邊的丫鬟將碗遞了來。

她嘴角笑意太盛，眼底卻分明是冷淡的。納蘭崢覺得她古怪，可這蝦仁蒸蛋裡又不會有毒，她想不出哪裡有問題，只好暫且不理會。

話完家常，胡氏偏頭與納蘭遠道：「你不在的這些日子，京城裡生了不少事，連我一個內宅婦人都聽聞，說是陛下病了，皇太孫代理朝政，將戶部侍郎以貪污罪問斬，還清查了許多官員。你看，咱們國公府可有什麼牽連？」

納蘭家的飯席上很少涉及政事，納蘭遠也不會與婦人家說道這個，卻看胡氏似乎十分憂心，竟等不到私下尋他就急迫著問了，只好斟酌一番道：「母親，您放心，兒子行得端、坐得正，不會受那些牽連。」

胡氏點點頭。「我也是聽人說的，說太孫年輕氣盛，行事魯莽，此番剛一接手政事便斬了這許多官員，實在過頭了。」

納蘭崢聽見這話一愣，有些奇怪祖母都是從哪聽來這些顛倒是非的話？又見父親搖了搖頭。「母親，您莫聽旁人瞎說，太孫的能力朝臣們都看在眼裡，連兒子也心悅誠服。此番陛下臥病，若非太孫力挽狂瀾，哪能如此快就將那些貪官連根拔起？」

胡氏這才放下心來。「左右你回府前已先面見過聖上，想來是沒有大礙，是我多心了。你也算將西南匪患處置得不錯，陛下可有嘉賞？」

納蘭遠心裡已有些不悅，卻又不好當著這麼多小輩的面違拗母親，就不大自然地笑起來。「母親，沒得您這麼心急的，陛下身子尚未痊癒，這些事都交給太孫在做呢。」

「那太孫就沒說些什麼？」

納蘭崢聽了這半晌，記起一個月前陛下說要扶植魏國公府的事，實在覺得汗顏，心道陛下若曉得他們納蘭家這般勢利，可不得寒了心，還扶植個什麼勁呢。

況且照陛下的說法，命父親下西南本就是對魏國公府的嘉獎，祖母不曉得，若是沒有這一趟，父親可得遭殃了。

她咬著筷子，心知這些事不能說出來，卻又憂心祖母哪天與外人說道這些，傳到天子爺耳朵裡去，因而明知會得罪人也不得不婉言提醒道：「祖母。」

長輩談事，小輩不好插嘴，她只先叫了一聲，待得了祖母首肯才繼續道：「阿崢覺著，父親在右軍都督府裡頭當差，西南那地界的事本就是咱們魏國公府該管的，沒什麼嘉獎不嘉獎，若匪患不解決，生了亂子，才有得受罰呢。」

胡氏聽見這話就皺了眉。「崢姐兒這是什麼話，妳可是我納蘭家的孩子！」

她這是拐著彎責罵納蘭崢向著皇家，胳膊肘往外拐了。納蘭崢不知該怎麼解釋其中緣故，虧得納蘭遠是見過陛下的，自然也曉得實情，便安撫道：「母親，您別生氣，崢姐兒說得不錯，這些都是兒子的本分。陛下是愛重我們國公府的，只是時機未到罷了。」

胡氏一聽「時機」二字暗示就明白過來，臉色好看了些，倒是納蘭崢憋悶了一肚子的不舒爽，也不知自己這是怎麼了？

一直到宴席散了，納蘭遠才喚她去書房。

她跟著父親進到裡屋，見他屏退下人，闔緊了門窗才同她道：「崢姐兒，父親去過宮裡，都曉得了。」
她不大明白父親的「曉得」是指什麼，是陛下沒病裝病，還是陛下預備扶植魏國公府，抑或是陛下有意撮合她與湛明珩呢？
這三樁事沒一樁小的，她怕父親詐她，咬著唇問：「父親，您都曉得什麼了？」
納蘭遠霎時又好氣又好笑。「不是妳祖母說妳，我看妳確是胳膊肘往外拐了。怎地，妳連父親也信不過了？」
「阿崢也是憂心咱們國公府罷了！」她爭辯起來。「反正論起繞彎子的本事，我可比不過你們大人，我也是被陛下詐怕了，如今父親說是什麼就是什麼吧！」
瞧這女娃伶牙俐齒的，誰能說得過她？
納蘭遠搖著頭笑笑。「好，父親不與妳繞彎子，只是妳以為，陛下還指望妳一個女娃口風能有多緊？既是將話講給妳聽，便也沒有要瞞我這國公的意思，妳曉得的那些父親自然都曉得了。」他說著朝納蘭崢招手，叫她坐到自己身邊來。「陛下的病情且先放著不說。我問妳，妳可有意做這太孫妃？」
她叫父親別繞彎子，這下好了，太直接了。
納蘭崢攥著衣袖斟酌起來。
她並非是喜歡逃避的性子，恰恰相反，一旦心底有了模稜的事，便會忍不住幾次三番考量，甚至自己與自己鑽起牛角尖來，否則她這一個月也不會如此心浮氣躁。

她前世深居閨閣，識人頗少，婚嫁事宜也備得晚，到死都未有眉目，因而並不十分懂得男女間的事，她只覺得，自己是不討厭湛明珩的，甚至當真捨不得他結業。

她太習慣他的存在，習慣了他小事上欺負她、與她拌嘴，也習慣了他大事上護著她、替她出頭。五年朝夕並非玩笑，便說這一個月，他忙著處理朝政，她就總覺身旁少了些什麼，唸書都難靜心。

可不捨歸不捨，倘使那唯一的法子是嫁給湛明珩，她就忍不住要退卻。

他不是什麼明家三少爺，而是皇太孫。她若做了太孫妃，將來指不定就是皇后，可皇宮是什麼地方？那是龍潭虎穴！

她見過謝皇后與姚貴妃口蜜腹劍、笑裡藏刀的樣子；見過那後宮佳麗三千人，個個都是人精裡的人精。她們一輩子過得膽戰心驚，稍不留神便要被居心叵測的人咬上一口。

她不想做第二個謝皇后。

她本非無憂無慮長大的閨閣小姐，在內宅謀算斡旋這麼些年已是疲憊至極，她未曾想過婚嫁該當如何，可倘使真要考量，她希望自己不要那麼疲憊了。

她默了半晌道：「父親，太孫很好，我也不討厭太孫……可我不想做太孫妃。」

納蘭遠竟然吁出一口氣來，點頭道：「父親知道了。」

她也跟著吐了口氣。可算說出來了，只是卻並未因此輕鬆幾分。她不想吃茶可以不吃，難不成不想嫁人也可以不嫁嗎？

那可是當今聖上的主意。

納蘭遠沈默一會兒，忽然道：「妳可知陛下與父親為何多問妳這一句？」

她誠懇搖頭。「阿崢不知。父母之命，媒妁之言，倘使您與陛下，抑或僅僅陛下希望我做這太孫妃，我也沒得選擇，我是如何想的又有什麼要緊？不如關切太孫如何想的才是。」

「妳這話卻是說錯了。妳以為，陛下只是單單意圖與魏國公府結親嗎？」

「父親這話是什麼意思？」

「倘使陛下擇的是魏國公府，大可不必過問妳的意願，且妳還有兩位姊姊，從年紀看，她們哪一個都比妳適合，可偏偏陛下擇的卻是妳。」他斟酌了一會兒才道：「妳可知，古來幾位太孫能得善終？妳也讀過史書，仔細算算，想來屈指可數。」

納蘭崢的眼皮驀然一跳。

「陛下擇了妳，是認為妳對太孫登基乃至治國將有助益，因而才問妳願不願意，妳能明白父親的意思嗎？」

納蘭崢不說話了。

她忽然記起五年前臥雲山的那樁事，記起了太子奇怪的死，記起了前不久碩王與戶部侍郎間的古怪。

「父親，太孫如今還岌岌可危嗎？可我一個閨閣女子，也不懂得許多，陛下又如何認定我對太孫將有助益？」

「那就是陛下的考量了。父親以為，陛下身居高位多年，最是精明，絕不會識錯了人。」

「如此說來，父親也希望我做太孫妃嗎？」

納蘭遠搖了搖頭。「父親說了，古來幾位太孫能得善終？即便此番所見，咱們的太孫的確魄力非凡，卻也須知他的四周多的是豺狼虎豹，但凡一著不慎，便是滿盤皆輸。成為王，敗為寇，那個位置太高了，要麼坐上去，坐穩當了，要麼摔下來，摔得粉身碎骨。」

納蘭崢忽然覺得喉嚨底有些乾澀。

「妳祖母總巴不得妳嫁給皇家，父親也曾那樣想過，只是五年前臥雲山那樁事後卻沒了這念頭。咱們魏國公府的富貴，不須妳一個女孩家來成全，父親不求權勢，但望你們幾個孩子都能安穩順遂一生。」

她點點頭，垂著眼想了一會兒。「父親，方才是我答得太快了些，此事還得容我……容我好好想想。」

納蘭遠聞言倒是訝異，伸手刮了一下她的鼻尖。「我還道我的崢姐兒是一言既出，駟馬難追的，怎地，妳這就改了主意？」

「阿崢還是不想做太孫妃的！只是……」

她憋了半晌，臉都脹紅了，卻是沒能說出個所以然來。納蘭遠面上望著她笑，心裡頭卻暗暗長嘆一聲。

方才那番確是他心裡話不假，可也是陛下要他講給這女娃聽的，想是陛下早算準了他家崢姐兒的心思，曉得如何能叫她心甘情願做了他的孫媳婦。

天子爺老謀深算，勢在必得，拿恩義來綁他家崢姐兒，他這嘴硬心軟的女孩又如何逃得了那皇家的手掌心啊？

為人臣子，亦是諸多無奈。他想了想道：「罷了！」

納蘭崢疑惑地抬眼。「父親？」

「父親對這樁事不贊同亦不反對，左右陛下疼愛妳，給了妳機會抉擇，妳便好好考量，想明白了再答。此外，陛下還有句話叫父親轉達，說是太孫賴在那東宮不肯回書院唸書，問妳可有法子治他？」

納蘭崢一愣。她能怎麼治他啊……

第二十章

翌日休業，綠松一早便來問納蘭崢可要去松山寺？

小姐這些年放心不下姨娘，與老爺央求了每季都去探望她一回，前些天入了十月，算來就該是近日了。

納蘭崢卻搖搖頭說：「看這天色午後怕是有雨，近郊車行不便，待下回休業再去。」接著又問：「綠松，我的金葉子妳給我擱哪兒了？」

「小姐問的可是五年前陛下賞您的那枚？」她說罷就取了鑰匙去開首飾盒，三兩下揀出一枚半個手掌大小、通體金色的葉形飾物。「奴婢好生藏著呢，您瞧。」

納蘭崢接過後在手心掂量了一番。「妳與藍田替我拾掇拾掇，我今日要入趟宮。」

綠松與藍田十分驚訝小姐這番舉動。這枚金葉子擱在首飾盒裡五年之久，若非純金打的早該生鏽了，小姐卻是頭一回取出來用。

兩人被勒令不許及早將這事告訴老太太，又聽小姐的吩咐，替她拾掇了一身素淨衣裳，也沒用什麼貴重首飾。

胡氏待納蘭崢人到府門方才曉得她預備入宮，登時氣得不行，想逮她回來重新梳妝。

她沒料到這般還行不通，只好跟胡氏說：「祖母，阿崢曉得您的意思，只是太孫就喜歡素淨的女孩。」

胡氏這才將信將疑地放走了她。

她進到馬車裡頓覺哭笑不得。湛明珩喜歡什麼樣的女孩她可不曉得，即便曉得了也必然不會投他所好，唱反調還來不及！

陛下昨日開了金口，納蘭崢不敢不從，想著多不過費些口舌，再不然揪著湛明珩耳朵拎他去書院就是。

她心裡盤算著先拿這金葉子去面見聖上，再請聖上允她走一趟承乾宮，只是待入了宮門、遞了金葉子，換上乘銀絲帳蔽身的轎輦，卻發覺那路不對勁，似乎不是去太甯宮的。

她偏頭問轎中隨侍的宮婢。「這位姊姊，我沒大認得宮裡的路，不曉得這是要去哪？」

宮婢十分恭順，朝她頷首道：「回納蘭小姐的話，這是去承乾宮的路。」

她一愣。「陛下眼下在承乾宮嗎？」

那宮婢心裡奇怪了一下，面上卻仍不動聲色。「興許是奴婢想錯了，納蘭小姐要尋的是陛下，而非太孫殿下？如此，奴婢這就去替您安排。」

納蘭崢忙攔住她。「且等等！」說罷似想通什麼，攥起手中的金葉子。「妳的意思是……這金葉子是太孫的信物？」

「是的，納蘭小姐。」

「那咱們就去承乾宮。」

納蘭崢朝她一笑，心底卻暗暗腹誹起來。

好哇好，敢情陛下早便動了那般心思，當年竟還一本正經與她說，何時想進宮耍了就拿著這葉子來。

耍什麼耍，幸好沒耍，否則可不早耍成了他的孫媳婦！

今日這齣所謂的「逮人」，怕也是他的詭計吧！湛明珩都多大了，哪裡還會賴學！

轎子穩穩當當行了一路，在金鑾殿正門前的大階下方停住。納蘭崢抬眼就見一長串緋青綠三色官袍的人從裡頭走出，三兩個一群談論著什麼。

宮婢見狀，忙與她解釋：「納蘭小姐，眼下恰是趕上了散朝的時辰，您看是叫您的轎子先行，還是等大人們走了再上前去？」

納蘭崢自然不願惹人注目，又想既是方才散朝，湛明珩該也沒那麼快回承乾宮，左右她去早了也得等，便道：「等大人們先行吧。」

宮婢頷首應是，吩咐宮人將轎子移去道旁的樹蔭下。

納蘭崢倒守著禮數沒東張西望，可那人潮恰是往她跟前來的，她就奔著不瞧白不瞧的心思瞥了幾眼。

這一瞥便先認出了一個人。

那人一身緋色盤領右衽袍，公服花樣是符合二品規制的小獨科花，行止間大氣自成，器宇軒昂，哪怕跟武將比也絲毫不差。

那是她前世的父親，如今的內閣首輔兼刑部尚書，公儀歇。

這是她十二年來頭一回見他。

大穆王朝的江山是太祖皇一寸寸打下來的，因而建朝以來始終武重文輕，昭盛帝為防武將亂政，這些年刻意提高文臣的地位，企圖以文制武，如今身為文臣第一人的公儀歇也是一句話頂一片天的人物了。

納蘭崢遠遠瞧見公儀歇身後追了幾名官員，看似有事相求的模樣，可他理也不曾理會，就這樣大步流星地走了。

她這位父親還如當年那般，一點不怕得罪人。

一旁的宮婢見納蘭崢眼神發直，還道她是在尋太孫，便道：「太孫殿下散了朝都會與幾位元輔臣去內閣議事，只是不走這條路，怕得叫您在承乾宮多等一會兒了。」

納蘭崢回過神來，也沒多解釋，朝她點點頭，心裡卻想起了另一樁事：怎沒瞧見顧池生？弱冠年紀的戶部郎中，想來該是前程似錦，沒道理不參與朝議的。

正奇怪著，就見旁側大道上走來兩名青袍官員，其中一名與另一名感慨道：「公儀閣老不愧深得陛下信任，瞧這清正廉明的作風，自己一手帶大的學生下獄了，非但不救上一救，反倒還親自審訊用刑，實在叫人唏噓。」

「話雖如此，依我看，閣老也是回天乏術，畢竟罪證確鑿，說顧大人與那嚴老賊沒得沆瀣一氣，誰信？閣老再怎麼心疼學生，也未必能將黑的說成白的吧？」

「當真人不可貌相，我瞧顧大人實在不像那等……」

兩人漸漸走遠，再聽不見下文，只是也夠了，這些零碎的話已讓納蘭崢明白了事情的原委。她訝異地張著嘴，連重新起轎了都未發現。

顧池生下獄了，是因與已被問斬的嚴笑坤勾結之故，這如何可能呢？

那算是她從小看大的孩子，她記得他幼時的卑微與謹慎，記得那雙將她從湖底深淵一點點拉上去，修長白皙、骨節分明的手，記得他朝她遞來鐲子時和煦溫潤、清朗無邊的笑。

即便五年前臥雲山行宮一別，她再未見過他，卻從旁人嘴裡聽過他太多事蹟。十四歲的少年解元，十八歲摘得狀元桂冠，短短二載便走出翰林院，得了平庸之輩須花十年不止才有的成就。

杜家那早他三年入仕的探花郎，納蘭崢如今的長姊夫，全然不比他的卓絕才能，很快就遠遠落在後頭，如今反要聽從他的差遣。

那樣的一個人，怎會與佞臣勾結，做貪污苟且、自毀前程之事？

她曉得公儀歇的性情，便是當年他在她跟前始終是慈父做派，實則卻心性狠戾。以他對學生的嚴苛程度，必然不會對顧池生留情面，甚至還可能加倍用刑。

恐怕這罪名，他認是死，不認是生不如死。

納蘭崢乘著轎子入了承乾宮，心內百感交集。她奇怪著，倘使顧池生真與嚴笑坤勾結，何以這樁事直到後者被問斬才浮出水面？照案發日子看，顧池生下獄似乎是湛明珩的意思，他對此就沒有分毫懷疑嗎？

她這是心不在焉、全然忘我了，直到聽見一個陰惻惻的聲音響起：「納蘭崢。」

她驀然抬首，就見一身外罩九縫烏紗皮弁服的湛明珩，臉色陰沈地坐在上首那張紫檀木案桌邊望著她。

她下意識「啊」了一聲，抬頭朝四面望了望。

她什麼時候進到湛明珩書房的？還有，不是說他這會兒該去內閣議事嗎？

站在湛明珩身後的湛允拚命向一臉懵懂的納蘭崢擠眉弄眼，似乎想提醒她什麼，奈何她還未反應過來，人家太孫就先發話了。

「妳曉得自己進來多久了嗎？」

她不曉得。

湛允悄悄給她打了個手勢，示意答案為半盞茶。

納蘭崢有些艱難地吞了一口口水。

他就這樣瞧了她半盞茶嗎？難怪要生氣了。

實則她也並非粗心的女孩家，不過想是與湛明珩打交道才沒那麼多顧忌，要換作去太甯宮，她便是想事情想得再入神，也不會瞧不見天子爺的。

湛允在心底默默哀嘆一聲。主子下了朝原本是要去內閣議事的，聽說納蘭小姐不請自來，思忖著左右無甚大事，就將等在內閣的輔臣都趕了走，匆匆回了承乾宮，甚至還比納蘭小姐早到了那麼一些。

哪知納蘭小姐被宮人領進來時跟行屍走肉似的，也不知在想如何要緊的事，竟連主子那麼大個活人都沒瞧見。

莫說主子本就脾氣不好，這樣的事，就是脾氣再好的人也要生氣，連他都覺得殘忍極了！

納蘭崢耷拉著小臉看向湛明珩，實在找不著藉口，只好咬著唇實話道：「是我想事情太入神了……」

這語速相當緩慢，態度也算難得誠懇。湛明珩聞言覷她一眼，暫且忍了，朝椅背仰靠了去。「妳倒說出個究竟給我聽。」聽完了再決定要不要與她計較。

納蘭崢覺得一個月不見，湛明珩周身迫人的氣勢似乎又強烈了幾分。實則也難怪，這短短一個月對羽翼初初長成的皇太孫而言，實在是很磨礪人的，只是他並未看她，而將目光投在遠處，她就曉得，自己非得說出個令他滿意的答案方能叫他氣消。

隨意編個無足輕重的理由他自然不會信，可她被那股迫人的氣勢惹得壓根沒法細細思量，一時間哪想得到好說辭，況且人命關天，偏他又是最清楚顧池生那樁案情的人，因此她猶豫過後還是說了實話。

「我聽說……戶部郎中顧大人下獄了？」

果不其然，湛明珩的臉立時黑了。他甚至一點也不想忍，唰一下站起來，一雙手撐著案面，微眯著眼冷笑道：「納蘭崢，妳似乎不是頭一次這般關心我的朝臣了。」

納蘭崢也猜到他會生氣，畢竟她瞧得出來，他不知何故似乎一直不大喜歡顧池生，卻沒料到他能發如此大的火。

她可從未見過他這般針對自己。

她被嚇得也唰一下站起來，站完了又覺得不對。

她這是要和他掐架嗎？她可不是這個意思啊。

果然見湛明珩的臉色更陰沈了，盯著她掩在袖中的手說了兩個字：「拿來。」

她一愣，攤開手心就看見了那枚金葉子。

書房的窗子未闔，有淡淡的日光照進來，映得那枚金葉子熠熠生輝，耀得人眼都發暈。

湛明珩見她遲遲未有動作，自然不會魯莽到如五年前那般強取豪奪，只淡淡朝湛允道：「既然納蘭小姐關心顧大人安危，你就替她去牢裡瞧瞧，好好拿銅鞭慰問一下人家。」

納蘭崢霎時瞪大了眼。

湛允亦大駭，結巴道：「主……主子，此話當真？」

他看也不看如遭雷劈的兩人，緩緩道：「我說出口的話，何時作過假？」

湛允倒也並非有意拆主子的台，實在是覺得不妥才多勸了一句。「主子，今日朝議時替顧大人求情的官員實是太多了，且顧大人也已足足受了三日的刑，再要如此，怕鐵打的人也扛不住啊！屬下的意思，您還是先給朝臣們一個說法較為妥當。」

「我的話就是說法，你再慢上一步，連你一道罰。」

湛允不敢再有疑，匆匆領命去了。

納蘭崢起初還道湛明珩說氣話呢，看到這裡卻忍不了了，上前一步道：「湛明珩，且不說顧池生是否當真有罪，你這般草菅人命也實在有失明德了吧！」

他隔著一方窄窄的案桌俯身向她，看那眼神足能冒出火來，咬著牙一字一句道：「妳再替他多說一句，信不信我連全屍都不給他留？」

兩人離得太近了，納蘭崢被氣得胸脯一起一伏，連帶出口的熱氣都噴到了湛明珩唇上，叫他忽然有些呼吸發緊。

只是她很快就朝後退開，點著頭冷笑道：「好、好！湛明珩，你真是好極了！」她說這話時下意識攥緊了拳頭，察覺手心裡什麼東西硌得慌，低頭一看，就將那枚金葉子扔了過去。

「還你！」說罷頭也不回地走了。

湛明珩在原地僵立了許久，直到納蘭崢沒了影才回過神來，半晌動了動喉結，乾澀道：「湛允。」

立刻有人聞聲進來，正是本該去往天牢的湛允。此前轉身那剎，他得了主子的眼色，只做了個假動作，悄悄候在拐角。

湛允進來後見主子臉色發白，猶豫一會兒道：「主子，納蘭小姐還未走遠。」見他似乎沒有要追的意思，又問：「您為何不告訴納蘭小姐，顧大人的案子的確存有疑點，您表面上按兵不動，實則卻早早開始查證了？」

湛明珩深吸一口氣，仰靠著椅背坐下來，閉上眼冷靜一會兒，再睜開時，眸底那點渾濁已然不見，神色亦恢復了清明。「將此前搜集的證據都交給三法司，最遲明日，我要看見案子的最新進展。」

湛允頷首領命而去，方才轉身又聽他道：「午後有雨，派一隊錦衣衛去看著她，看到她回到魏國公府為止。」

納蘭崢這回當真是被氣懵了，直至回到國公府後臉都還白著，又將自己關在房中足足整日，誰說話也不搭理，是夜裡父親回來方才開了口，詢問了顧池生的事。

不論如何，那個孩子她是不能不管的，她可還沒來得及還他恩情。

倘使他當真有罪，她無話可說，可前提是須得叫真相水落石出。她不信那些替他求情的官員都是瞎了眼的，湛明珩實在太胡來了！

納蘭遠不曉得承乾宮裡頭的事，只是見納蘭崢那模樣約莫也猜到幾分，寬慰了她幾句，稱會替她留意，就趕她回房去睡了。

納蘭崢卻一夜未歇好，翌日起早見院中下人們舉止異常拘謹就有些後悔了。她昨兒個反應太大，怕是整個魏國公府都曉得她與太孫吵架了。

下人們擔心她還在氣頭上，因此都警著神呢，虧得她今日要去書院，才免了被祖母逮去訓話。照祖母那性子，必然不管三七二十一就認定是她惹惱了太孫。

反正千錯萬錯都不是貴人的錯。

納蘭崢憋著口氣，在書院有聽沒聽上了幾堂課，準備打道回府時，忽然得了孫掌院的傳喚。

她為此不免奇怪。孫掌院平日雖常在書院，卻素不與學生們直來直往打交道，此番叫她一個侍讀去做什麼？

她想了想就叫弟弟先去馬車裡頭等，自己則隨兩名丫鬟去了孫祁山的書房。

丫鬟們領她到房門口就頷首退下，她抬手剛要叩門，就聽裡頭傳來不低的談話聲。

先開口的那個聲音她不認得，聽著約莫是個三、四十年紀的中年男子。「孫掌院可聽說了戶部郎中顧大人那樁事？」

接下來開口的是孫祁山。「朝裡鬧得沸沸揚揚，說是今早案情忽然有了反轉，顧大人似是被冤枉的。」

「是了，太孫已命三司重審此案了。」

納蘭崢聞言呼吸一緊，隨即就聽裡頭孫祁山道：「什麼人在外頭？」

她忙恭敬頷首站好。「孫掌院，是我，納蘭崢。」

孫祁山倒也沒責怪她聽人牆腳的事，請她進來後問了她幾句納蘭嶸的課業。

她規規矩矩答了，又謝過掌院關切，就見他朝她笑道：「時候不早，納蘭小姐回府吧。」

她點點頭轉身出去，就見原本空無一人的書房外立好了守值的小廝。

納蘭崢撇了撇嘴，冷哼了一聲。

想道歉還非得使這等拐七繞八的法子，拉不下臉自己登門，就麻煩人家三品掌院。人家可是正經八百的朝廷命官，管他哪門子家長裡短的事啊！

想到這裡她又皺了皺眉頭，深吸了一口氣。誰跟他家長裡短了！

第二十一章

顧池生的案情有了反轉，納蘭崢雖未幫上忙，卻也著實鬆了口氣。她回府不久後就從父親口中又聽了一遍這樁事，說是快則明日，慢則後日，約莫就能無罪釋放了。完了就向她問起如此關切顧池生的緣由。

納蘭崢七歲那年落水的事，公儀家給魏國公府的說法是，小女娃為了撿鐲子失足落湖，被府上徐嬤嬤所救；而納蘭崢因為季氏諱莫如深的態度隱瞞了真相，連父親都未曾告訴。因此納蘭遠覺得奇怪，自家女孩何以會在意一名與之素不相識的朝廷命官？

納蘭崢左思右想一番，在父親險些生氣前決計坦白，將五年前落水被救的真相說了出來。左右父親的口風緊，也不會到處與人說，瞞著他，她反倒覺得內疚。

誰知納蘭遠聽完就肅了起臉。「這公儀閣老倒是個奇怪人，左右那會妳年紀尚小，我魏國公府還能因這點肌膚之親就不講道理，非要顧家公子對妳負起責任不成？再說了，他那門生五年前不過是位解元，能與我國公府的姐兒訂親是八輩子也修不來的福，他卻還嫌棄上了？」

納蘭崢曉得自己前世今生的兩位元父親平日的關係十分平淡，倒也不願他們互生嫌隙，免得妨礙了政事，便勸道：「父親，總歸兩相得宜，沒什麼好置氣的，且顧大人對我的救命恩情也是真真切切的。」

納蘭遠點點頭。「這孩子倒未有做錯，公儀閣老雖不願我魏國公府明著謝恩，來日上朝遇見了，父親還是得與顧大人說道幾句的。」

她點點頭，又聽父親道：「如此說來，妳與太孫是因這事起了爭執？實則父親不願過多插手你倆的事，只是今日聽聞了椿消息，想來還是告訴妳較為妥當。」

「您說，父親。」

「照三司的意思，對顧大人有利的那些證據，可都是太孫幾日來細細搜羅的。」

納蘭崢聽罷有幾分訝異，想了一會兒還是皺起眉，點點頭。「我知道了，父親。」

納蘭遠瞧她這不鹹不淡的模樣就嗔怪道：「妳這女娃如今脾氣倒是大了，怎地，還未氣消？」

她噘起嘴，半晌低哼了聲。「就是不消！」說罷向父親告辭，回房去了。

實則納蘭崢也不曉得自己何以到這地步還不消氣，畢竟說起來，是她誤會了湛明珩，他雖態度惡劣了些，卻也拐著彎向她道歉了，可她心裡仍很不舒服。

也是這會兒她才意識到，原來她生氣，不光是因為顧池生，更是因了被湛明珩要回去的那枚金葉子。

他究竟曉不曉得，給人的信物絕無要回的道理，一旦要回，那就是一刀兩斷的意思啊！

又過兩日輪著休業，納蘭崢得了空就預備去松山寺看望阮姨娘。

松山寺地處京城偏郊，來回籠統須花費近三個時辰，她畢竟是閨閣小姐，跑雲戎書院也便罷了，沒道理老去外頭，因而好說歹說才得了父親的首肯，能夠一季去一趟。

納蘭遠身為堂堂國公爺，絕無到外頭探望妾室的道理，納蘭崢又怕帶弟弟同去會惹了謝氏的眼，叫她再對姨娘動手腳，因此每逢這日，她總是一個人來去。

京城治安雖好，偏郊卻有些冷清，納蘭遠每每都替她配上一隊七人府兵隨行。她雖覺得這陣仗大了些，也不好回絕，左右都是父親的心意。

這日，她照常帶了兩盒親手做的點心，叫上綠松與藍田一道，只是甫一邁出桃華居的月門，便見納蘭涓與她的兩名丫鬟朝這邊走來。

這個姊姊，說來是國公府裡頭與納蘭崢處得最融洽的了。從前納蘭汀與納蘭沁對她冷嘲熱諷時，納蘭涓只是沒法子才跟在她們身後，實則是不想那般對她的。

納蘭崢因心性年長，時常不自覺便將膽怯畏縮、文文氣氣的納蘭涓當妹妹待，此番見了她就當先迎上去。「三姊今日怎會來我這桃華居？」

納蘭涓瞅一眼她身後綠松與藍田人手一個的花梨木八寶食盒，稍有訝異道：「我見今日天色陰沈，一會兒怕是有雨，四妹妹這是要出門去？」

她點點頭。「我去松山寺。近日裡常有雨，我又非日日都得空，再拖可就不知得到何時了，下雨也是要去的。妳尋我可有要緊事？」

「並非要緊事。」納蘭涓說罷垂下眼，似乎有些不好意思。「祖母近日胃口不佳，母親叫我與二姊做些點心去孝敬她老人家。四妹妹是極擅做糕點的，我們便思忖著來問問妳，可要一道去小廚房，順帶也表表妳的心意。」

納蘭崢這些天晨昏定省時似乎也未見祖母有恙，因此頗覺得奇怪，只是想了想仍道：「說起來我前幾日惹了祖母不高興，的確該給她老人家賠個禮，只是今日回來怕晚了。莫不如這樣，我將綠松留予妳和二姊，她的糕點比我做得更妙，想來能叫祖母高興的，也算我一份心意了，如何？」

納蘭涓點完頭又面露憂色。「主意是好，只是四妹妹身邊可缺人？」

綠松也在她後邊低聲道：「小姐，您這是要出遠門，奴婢還是跟在您身側照應的好，左右明日再做給老太太吃就是，何必非挑這節骨眼呢？」

納蘭崢覷她一眼。「妳能與我照應什麼，難不成遇上劫匪流寇，妳這文弱身子還能替我擋刀子不成？」

「呸呸……小姐，您說這什麼不吉利的話！」

「行了！」她笑起來。「有藍田在呢，父親又替我配了府兵，多妳一個不多。妳就跟著三姊她們好好去討祖母歡心，莫再與我爭辯，耽擱我的時辰了。」

她說完便帶著藍田離去。

納蘭涓見綠松撇撇嘴跟上了自己，悄悄在心底吁出一口氣。

此番來尋四妹幫忙是二姊的主意，她也是無奈被逼，雖不明白其中有何蹊蹺，卻能肯定二姊決計是沒安好心的。眼下既是綠松跟了自己走，她也算沒成了那「助紂為虐」的惡人。

旁人或許不了解二姊，她卻再清楚不過，她何曾釋懷過與四妹的恩怨？分明仍惦記著人家皇太孫呢，就是昨夜還取出五年前趙公公帶來的那幅字帖，也不知在瞧些什麼，古怪兮兮的。

天空很快就飄起細密的雨絲，到了松山寺附近，藍田當先下了馬車，一手替納蘭崢撐好油傘，一手攙起她的小臂，囑咐她當心路滑。

松山寺因一尊據說十分靈驗的送子觀音佛在京城裡頗有名氣，只是也非家家戶戶都要求子，因而比起因求財求福得了盛名的寺廟，香火也不算多鼎盛；加上又是建在偏郊半山腰，來往不便，這等斜風細雨的日子，來寺廟的香客並不多。

不過，雖沒法將馬車停在寺廟當口，往上的路卻是好走的，一級一級的青石板階羅列得齊整，因嵌了石子，並不怎麼濕滑。

松山寺的建築十分古樸，並非極深重的大金大紅，除卻外牆仍以黃色為主意之莊嚴，內裡卻多採納青色，頗有股遺世獨立的清高意味。

納蘭崢抬眼望見高翹的簷角，忽然記起其實她也並非每每都獨來獨往。

去年秋，有個人陪她一道來過松山寺，那日也飄著西風雨，卻比今兒個涼多了，她凍得直哆嗦，那人就將自己的披氅解下給了她。

披氅寬大，她被包得跟個粽子似的，身後還拖了不短的一截，因而被他嘲笑長不高。

她原本就冷得手僵腳硬的，那樣一來更難走路，那人嫌她走得慢，隔著衣料拽了她的手腕，卻被她惱怒得甩開，然後他就黑著臉警告她：「納蘭崢，荒郊野嶺的，我勸妳還是不要惹怒我的好，妳知道這座山裡最多的是什麼嗎？」

她剜他一眼。「總不見得是老虎！」

他回道：「老虎是沒有的，只是秋日裡有不少狼，不過妳這麼小，也就夠一隻狼吃三口。」

她不服氣，說起碼也能吃四口，他就說要叫她親眼瞧瞧究竟誰對誰錯？於是與她一道見過阮氏後，就帶她去了寺廟的後山。

那後山口兩面都臨懸崖，她瞧見後就退縮了，卻因不甘示弱，強自鎮定地跟著他。

結果自然是半點狼影子沒瞧見，倒意外發現崖壁當中嵌著一個可供人藏身的山洞，裡頭還有炭火的痕跡，想來是哪個不守規矩的僧人常在裡頭宰野物開葷。

納蘭崢想到這裡就笑了笑，倒叫藍田很是不明所以。「小姐，您笑什麼？」

她彎了彎嘴角。「沒什麼，只是忽然不覺得生氣了。」

藍田愣愣地瞧著她。小姐今早生了哪門子氣嗎？

松山寺沒有女僧人，婦人家客居在此並不穩妥，再說阮氏還有幾分顏色在，與僧人們一個屋簷待久了，也不是不可能擾了佛門清修，若非謝氏面子大，方丈決計答應不得。為省去些閒話，阮氏的居所被安排在寺廟後院深處無甚人煙的地方，平日就跟那後山禁地似的，僧人一概不得入內。

那是一排相當簡陋的矮房，只其中幾間供阮氏起居，樸素得壓根分不出什麼正房或耳房。虧得阮氏的兩名丫鬟跟她從青山居一路到這裡，感情很不一般，因而對她也算盡心竭力，將屋子四處都布置得齊整乾淨。而納蘭崢身邊的房嬤嬤對府裡假稱年事已高，告老還鄉，實則也受小姐之托在這裡照顧阮氏五年之久。

納蘭崢進屋時，就見阮氏坐在窗邊望著外頭的細雨。貼身侍候阮氏的那個叫雲央的丫鬟見她來了，便朝她頷首福身，又跟阮氏道：「姨娘，四小姐來看您了。」

阮氏好像隱約曉得雲央是在叫她，懵懵懂懂偏過頭來，只是雙目空洞，像根本不認得納蘭崢似的，只瞥她一眼便復又回過頭去看雨。這回瞧得更認真，竟還一滴滴數著落在窗沿的雨珠子。

納蘭崢捏了把袖子，心中嘆一聲，面上則不表露，笑著吩咐藍田將點心盒遞給雲央。「是我起早做的點心，妳與雲柳也有分。房嬤嬤呢，今日不在？」

雲央慌忙擺手。「小姐客氣了，您親手做的點心該都留給姨娘才是，姨娘雖不認得您，卻喜愛您做的吃食。房嬤嬤今日上街採買，怕要晚些時候才回來。」

納蘭崢點點頭。「妳與我客氣什麼，都是些方便帶的糕點，吃多了不消食的，妳可別拘著禮反倒害了姨娘！」

雲央不好意思地紅了臉，只得頷首應是。

納蘭崢在阮氏身旁坐了下來，像往常那般與她話家常。她雖一副聽不大懂的模樣，仍一面小聲數著窗沿的水珠子，卻也沒大吵大嚷。

她與姨娘講最多的是弟弟，因而雲戎書院的事就占了大半，如此自然免不得要提及湛明珩。她稱他為明家三少爺，從中省去了他欺負捉弄她的話，只講他對姊弟倆如何照顧。

她是想叫姨娘放心些。

見她講得差不多了，雲央就不動聲色地看了仍舊數著數的阮氏一眼，問道：「小姐，您此前曾說，老太太與好公主老喜歡鬧您與太孫的玩笑，那您覺得與明三少爺相比，太孫為人如何？」

納蘭崢被問得一噎。這可是個打死她也答不上來的題，只好故作從容道：「為人自然都是好的，只是各有千秋，我也不曉得如何個比法。」

雲央有些失望地點點頭。「小姐，奴婢記得，去年這會兒似乎是明三少爺陪您來的，您今年沒叫他一道嗎？」

「那是他非要跟來的，牛皮糖似的甩也甩不掉！」

雲央「哦」了一聲。「小姐，那府上如今對您日後的婚嫁是如何看的呢？」

納蘭崢著實忍不了了。「雲央，妳就不能問我些旁的話？連妳也著急我的婚嫁，我可才十二歲啊！」

雲央見狀忙賠罪道：「小姐，都是奴婢逾越，您莫與奴婢置氣，奴婢給您賠禮。」

這「賠禮」二字不過信口之說，納蘭崢自然沒真動氣，見她這慌張模樣就與她說笑道：「妳有什麼稀罕東西賠給我？」

雲央聞言卻當真思索起來，半晌道：「小姐，奴婢沒什麼好東西，只是說來姨娘有一支簪子，是早些年請人替您打的，本想等您及笄了再給您，只是如今……如今怕也不記得了。」

她說罷回身去翻妝匣子，不一會兒取出一支雕工精緻的雙層鎏金點翠蝴蝶簪來。「奴婢也是聽房嬤嬤說起的，小姐，奴婢不敢借花獻佛，卻好歹是知情人，便算替姨娘交給您吧。」

納蘭崢盯著那簪子瞧了半晌才淡淡道：「我這還沒及笄呢，興許等我及笄了，姨娘便記起了呢？莫不如等姨娘親手給我吧！」

雲央聞言一窒，聽那頭阮氏數數的聲音似乎也停了那麼一刻，就慌忙替她蓋了過去，將簪子硬塞到納蘭崢手裡。「小姐，姨娘若記起了，自然也有別的東西給您，您就先拿著吧。」

納蘭崢推脫不得，只好收進衣袖裡，又陪阮氏靜坐了好些時辰才離開。

待納蘭崢走遠，雲央就在阮氏身邊坐下來。「姨娘，這簪子奴婢可算替您送出去了，只是您也聽見了，小姐嘴巴真緊，奴婢實在套不出話。」

阮氏聞言回過頭來，神色已然恢復清明，哪裡還有方才空洞無知的模樣？

她嘆了口氣道：「實則我倒覺得明三少爺更好，前頭他陪洄洄來看望我時，看洄洄的那眼神，我是瞧得出名堂的，卻怕老太太一心想將洄洄嫁到皇家去。」

「姨娘，左右小姐說得不錯，哪有人家的姐兒十二歲就著急婚嫁的，您也莫想太多了。」

「原本自然不急，只是如今太孫也快十八，老太太才趕著要撮合兩人，我卻不希望洄洄嫁給太孫，因而也跟著急了起來，就想倘使明三少爺能與我的洄洄說親該有多好？」她說罷皺了皺眉頭。「只是話說回來，有一點十分奇怪，妳可覺得洄洄每每說起明三少爺與太孫時，那神情態度都相似極了，像說的是同一人似的。」

雲央回想一番。「倒的確是！」完了又笑道：「只是哪可能是同一人呀！」

兩人正說著話，就聽外頭木門「吱呀」一聲，是阮氏的另一名丫鬟雲柳從前院回來了。

她摘了幾束新鮮的文心蘭來，將四方案几上那小瓷瓶裡幾朵有些枯萎的木槿換下，又朝阮氏笑道：「奴婢還道今兒個沒機會見著小姐了，卻走了運道，恰碰著小姐在前頭佛堂拜佛。」

阮氏聞言彎起了嘴角。「洄洄拜的什麼佛？」

「姨娘，是文昌佛，約莫是替小少爺求的。」雲柳答，完了又道：「咱們這兒最出名的該是送子觀音佛，只是小姐用不上，不過奴婢倒瞧見一位貴人今兒個在那裡跪拜，小姐方才還與她打了照面呢。奴婢那會已走遠了未聽明白，卻似乎喊的是『豫王妃』。」

雲央聞言有些訝異。「可是晉國公府姚家出身的豫王妃？這般身分地位的人竟還親自到松山寺求佛，想來也是盼子心切了。」

雲柳點點頭，朝阮氏道：「可不是嘛！還不只這位，今兒個也不知道是什麼日子，奴婢回來路上又撞見了位一眼看去就氣度非凡的大戶人家公子，只是卻不知此人是何等身分了。」

阮氏聽到這裡，神色微變。「雲央、雲柳，妳們可還記得洄洄曾與我說起過那豫王妃？」

「是了，姨娘，可不就是五年前皇家春獵那樁對聯子的事嘛，這位豫王妃想來是不與小姐交好的。」

她默了一會兒，攥著手裡一串佛珠道：「我這眼皮子今兒個總是跳，老覺得不妙。雲央，妳去趟前頭金堂替我拜託方丈大師，請他務必叫僧人盯著洄洄一些，莫出了什麼岔子。」

雲央聞言嚇了一跳，見阮氏神情緊繃，也不敢耽擱多問，忙領首去了。

第二十二章

納蘭崢碰見姚疏桐時，並未一眼認出她來。她已嫁作人婦，且又身分尊貴，自然是冪籬遮身的。

是她先叫住了納蘭崢。

納蘭崢心底有幾分意外，面上則規規矩矩福身道：「阿崢見過豫王妃，王妃萬安。」姚疏桐如今是皇家的人，她的確該行這個禮。

姚疏桐搖著緩步上前，那扶風弱柳的姿態比五年前更婀娜幾分。「有些年不見，納蘭小姐倒出落得越發水靈了，難怪我聽宮裡人說，太孫十分鍾情於妳。」

納蘭崢約莫也曉得她從前對湛明珩的那些心思，只道：「王妃謬讚。」

她不接話，姚疏桐自然也不好再說，便笑道：「倒是巧了，竟在此地遇上。納蘭小姐來松山寺求的是何物？」

家務事自然不好說與外人聽，她恭順地答：「回王妃的話，是替舍弟求文昌佛。」

「倒是有心。」姚疏桐看上去十分嬌弱，不過一陣風吹過便低低咳了起來。「如此，我便先行回府了，來日有機會再與妳吃茶。我今兒個這趟是瞞著王爺出來的，妳可莫與人說見過了我。」

「王妃放心。」納蘭崢點點頭，對此倒也理解。姚疏桐這王妃是做繼室，與同為繼室的妤公主不同，秦閣老前頭唯有一位姐兒，可豫王的長子如今都有十二了。本就是老夫少妻，她又一直未有身孕，如此下去，只怕今後日子也艱難，因而才瞞著豫王偷偷來松山寺求子。

姚疏桐被兩名丫鬟攙著走了，納蘭崢站在原地頷首行默禮，沒多久忽聽前頭傳來一聲尖利短促的驚叫。

她眼皮一跳，霍然抬首看去，就見姚疏桐腳底一個打滑，狼狽跌倒在地，冪籬都跟著散了，露出裡頭的臉容。

兩名丫鬟嚇得趕緊去扶她。

納蘭崢亦大駭，快步朝她走去。眼見佛堂前的青石板階上恰好積了一灘雨水，姚疏桐就是跌在那附近，似乎跌得不輕，一剎工夫臉色便煞白了，額頭也滾下大滴的汗珠，兩名丫鬟竟是如何也扶不起她來。

藍田被納蘭崢吩咐去幫忙，三人合力才勉強將她攙穩。

納蘭崢回想起她方才跌倒的姿勢，又瞧見她緊緊捂在小腹上的手，頓時有了個可怕的念頭，緊張道：「王妃可是有孕了？」

姚疏桐聞言大驚，慘白著臉死死盯住納蘭崢，隨即自己也反應過來——她的月事遲了足足一個月了！

她想到這裡面如死灰，淚珠子跟斷了線似的，整個人呆若木雞。

納蘭崢瞧她嚇傻了，反倒鎮定起來，環顧了一圈不知何故空無一人的佛堂，問兩名茫然到亦不比姚疏桐好幾分的丫鬟。「王妃今日可有隨行醫官？」

其中一人慌忙搖頭。「沒、沒跟來！今日只奴婢二人與一位馬夫隨侍王妃。」

她一面奇怪姚疏桐怎地出門排場比自己還小，一面趕緊道：「後院有排矮房住了女眷，妳二人可暫且將王妃安頓在那處。」又看向藍田。「妳去知會方丈大師，請他托人速速請來大夫，趕緊往豫王府報信。」

姚疏桐聞言，一把攥緊了她的手，勉強斷續道：「不……不能去。」說罷露出些哀求的神色來。「妳、妳替我尋個大夫……別驚動旁人，求妳了……」

姚疏桐平日是端得多清高的人啊，竟說出這等話來。納蘭崢見她都要疼昏了，還似在意著什麼諱莫的事，想來或許真有隱情，只好道：「如此，藍田，妳速速下山，就用咱們府上的馬車去最近的醫館，替王妃尋一名可靠的大夫來。」

藍田點點頭要走，走出兩步又憂心忡忡地回過身來。「那小姐您呢？」

「我先且留在此地。」說罷又看向姚疏桐身邊那兩名丫鬟。「妳倆還不快扶王妃到後院去！倘使不願洩漏身分，報上我的名頭，那裡的人自然會幫妳們！」這豫王府出來的丫鬟也太弱氣了些，攙人攙不牢靠，辦事也辦不妥帖！

兩人慌忙應是，向她道了句謝，扶著姚疏桐走了。

納蘭崢一個人孤零零立在佛堂前，神色頓時冷了幾分。

這樁事實在太古怪了，姚疏桐出門排場小，勉強還能解釋成是為瞞著豫王求子，不得大張旗鼓之故，可她卻偏偏在這叫天天不應、叫地地不靈的情形下出了事，說是巧合，也當真太巧了。

她記得，方才自己在別處佛堂跪拜時，裡頭還有其他香客，佛堂門前也都規規矩矩立著守值的僧人，可眼下目之所及，這送子觀音佛堂前竟是空空蕩蕩，說不是誰人的刻意安排都沒法信。

只是姚疏桐如今為堂堂王妃之尊，誰吃了熊心豹子膽敢暗害她？

納蘭崢雖對此人從前的作態沒有好感，可既是撞見了這樁顯而易見的陰謀，也不能全然不管，畢竟她是皇室的女眷。

以姚疏桐的身分，不宜接觸旁的男子，最好也避免驚動僧人，因而唯一的去處只能是姨娘所在的後院。她沒跟著去，決計先去前頭金堂尋方丈大師探探情形。

松山寺方丈慈悲為懷，對姨娘十分照顧，若非他當初以善惡因果輪迴有報之說勸阻了要將姨娘剃度為尼的謝氏，姨娘的情形怕遠不如眼下。

因此，旁的人她信不過，找這位方丈大師卻是不會錯的。

眼見雨也停了，她拿定主意便朝金堂去，沒走幾步卻見迎面有位僧人步履匆匆行來，看見她似乎鬆了口氣。「女施主且留步。」

納蘭崢有幾分疑惑。「小師父有何見教？」

那僧人合十雙手，垂著眼問：「冒昧請問女施主，名中可有『泂』字？」

納蘭崢聞言一愣，因心內疑惑一時沒答，又聽那僧人繼續道：「後山有位施主托貧僧將一張字條交給一位名中有『泂』之人，照施主所述容貌特徵，似與女施主相近。」

她這才答：「我名中確是有『泂』字。如此，煩勞小師父了。」

僧人從袖中取出一張疊得四方齊整的字條遞給她。「那名施主說，女施主見了裡頭的字跡，便曉得他是誰了。」

這生宣紙使的是她平日在雲戎書院與湛明珩傳字條時慣用的疊法，她輕輕撚開，見其上兩行勁瘦鋒利的字：後山，一盞茶。

的確是湛明珩的筆跡。

要她一盞茶內到後山？她蹙起眉，有幾分訝異。

湛明珩清楚她的去向倒不奇怪，畢竟去年秋他也是這般不請自到地找了來，只是前些天還聽聞他忙得不可開交，連書院都未得回，今兒個怎會得了空？難道是開了竅，特意來與她道歉的不成？

未及想通，又聽那僧人略有幾分緊張道：「女施主還是快些去後山吧，那位施主看模樣怪凶悍的，說是貧僧若找不著女施主，便要拆了這松山寺。」

納蘭崢無奈搖頭，心道果真是他做得出的事，與僧人道謝後便往後山去了。

她自然沒忘了姚疏桐，卻想著先去找湛明珩也好，終歸她算他們皇家一分子，且他身邊該也帶了人手，總比自己一個人像無頭蒼蠅似的瞎忙活好。

一路繞過幾座佛堂與偏房，又走了段石子徑，便到了一處蜿蜒的迴廊。眼見方才停歇的雨復又下起，她一面懊惱走得急忘了拿油傘，一面忍不住在心底咒罵湛明珩，好端端的約在後山做什麼！

想到這裡，她腳下步子驀然一滯，停在離後山口幾步之遙的最後一個拐角。

不對。

那名僧人分明未曾見過字條內容，又何以曉得湛明珩的邀約，出言囑咐她快些去後山？她的心「怦怦」跳了起來。倘使說，姚疏桐在今日這節骨眼出岔子已不大能稱之為巧合，那麼，在姚疏桐出岔子的節骨眼邀約她來後山的湛明珩豈不愈加說不通？

秋霧濛濛的山間，綿密的細雨絲絲縷縷飄入廊子裡，將她的鬢髮一點點潤濕。她低頭複又看了一遍手心裡的字條，霎時臉色慘白。

這是湛明珩的字，也不是湛明珩的字，確切些說，這似乎更像湛明珩五年前的字，相比如今缺了幾分筆力和氣勢。

也就是說，等在後山的人不是湛明珩?!是她對他太過先入為主了！

她忽然有了個極其可怕的念頭。倘使根本無人要害姚疏桐，而從頭到尾都是衝她來的呢？甚至連姚疏桐也可能是計畫中的一環！

如此，前頭那些奇奇怪怪的事便得到解釋了。實則豫王府出來的丫鬟辦事怎能如此不俐落，而姚疏桐也不至於虛弱到見不著那麼一大灘水漬吧？

她直覺不好，扭頭就要走，卻聽一道有些熟悉的聲音在拐角另一頭響起。「我不是他，妳便要走嗎？」

來人說著便越過了拐角。她渾身一顫，垂眼看向那隻搭在自己肩頭的手，知道是走不了了。

那人看似未有使力，可就這麼一個輕飄飄的手勢，便已牢牢掌握了她的琵琶骨，叫她不能動彈分毫。她沒學過功夫，卻也在雲戎書院耳濡目染許多年，十分清楚這種手段。

到得此刻，她反倒不慌張，也不敢慌張了。對方有備而來，計畫縝密，她若再自亂陣腳，就當真無路可走。

短短一剎，她想通了一切環節——從清早納蘭涓帶走綠松起，到姚疏桐落胎，再到她手裡的這張字條。

她閉了閉眼，忽覺這十月的雨叫人發冷。

衛洵放開她，繞到她身前替她撐起一面油傘，擋住廊外的雨花，用那雙脈脈含情的桃花眼直勾勾瞧著她。「兩年前我曾與父親去到重慶府，聽那裡的人稱油傘為『撐花』，那會兒還不大明白緣由，眼下卻懂了這區區油傘何以有那樣美的名字。」

衛洵此人，骨子裡透著的那股風流氣韻是無論如何也掩蓋不了的，小小年紀便能講出這般尋常姑娘家都難以抗拒的情話。

納蘭崢也是這會兒才明白過來，實則他前頭對她有意避免的肌膚觸碰、客客套套的疏遠稱呼，以及看似體貼入微對她名聲的關切，都不過是為與行事少有顧忌的湛明珩較個高下，以此博取她的好感罷了。

她是當真著了他的道，還覺得他為人君子。

想明白這些，她冷笑起來。「我倒不曉得，洵世子如今人脈廣布，竟能差使得了那般身分的幫手了，只是你今日如此大費周章，不該是要與我說傘的吧。」

衛洵也笑了笑。「既然妳喜歡說破，我也不繞彎子了。阿崢，我知妳還小，我原本也不想這麼急的，只是湛明珩他太快了，妳明白嗎？」

她覺得這藉口實在有意思。「不必費心牽扯旁人了，便說你眼下預備如何吧。」

「荒郊野嶺，孤男寡女，妳以為我預備如何呢？」

他說這話時語氣柔情似蜜，連帶笑意也從眼角蔓延到眼尾，暗含水波的眼襯得整個人都有些迷醉。

跟前的嬌小人兒因潤濕了鬢髮，越發鮮嫩得似要透出水來。日日同處一個屋簷下，他早便對她心馳神往，甚至連幫納蘭嶸也是刻意為之。

她興許不自知，她每每用那雙清澄的杏眼瞪人時，非但沒有殺傷力，反叫人心下都似漏了雨，幾分潮濕幾分震顫。

可她瞪的卻從來只有湛明珩而已。

納蘭崢見他眼圈都起了瘮人的紅暈，心下也慌了慌。她便不經人事也該猜到了，男子如此神態，若非情動還能是什麼？

心下慌了，面上卻強自鎮定起來，她的神情一寸寸冷了下去，看得衛洵忍不住道：「阿崢，妳怎地一點也不著急？」他見她被湛明珩氣的時候，都是要急紅臉的。

「我有什麼可急的？」她藏在袖子裡的手一直在顫抖，卻竭力平穩著氣息。「我的丫鬟被支走了，我的府兵也被控制了，松山寺裡俱都是你的布置，難不成眼下還會有誰來救我嗎？」

衛洵聞言眯起了眼。「有個道理妳興許不懂，女孩家性子愈是倔，便愈能勾起男子的意興，不過左右今日妳也會曉得了。」

「既然如此，我已不可能逃了，可好歹你我同窗一場，總該叫我死個明白。」

他皺皺眉。「妳想到哪裡去了？」

「不必計較這說辭，總歸你想做的事與叫我去死並無差別。」她冷冷抬起眼。「只是在那之前，我尚有一樁事想不通。」

衛洵望著跟前如玉石般毫無所動的冷淡人兒，似乎嘆息了一聲。「妳問。」

「豫王妃究竟何故落胎？我有眼睛，辨得清真假，她並非是裝的。」

他聞言垂了眼蹙起眉來。照原計畫，姚疏桐那齣自然是作假的，她可還得來這後山作他與納蘭崢「暗中私會」的見證人，以此坐實兩人關係呢。只是他方才得到消息，稱姚疏桐當真落了胎，怕來不了了。

這一點他也未能想通，且對後事隱隱有些擔憂。

他張了張嘴剛要答，忽見納蘭崢大退一步跳上廊下的美人靠，手心不知何時多了一柄極尖細的鎏金點翠簪，竟直直向著自己的脖子，居高臨下地俯瞰著他。

他霎時明白過來。她從未曾有想不通的事，不過抓住了他眼下心底難解的困惑，以此叫他有了一剎的晃神，好乘機退到他一臂搆不著的高處，對他以死相逼！

攻心之計。

衛洵欲上前阻止，靴尖一抬卻見那簪子也跟著入一分肉，血珠子立刻淌了下來，納蘭崢卻連眉頭都沒皺一下，就那麼筆挺地立在美人靠上。

身後飄來的綿密雨絲覆上了她的背脊，連帶也浸濕脖子上那一點新鮮的傷口。

她的臉很快便白了。

衛洵卻是當真沒敢再動。一個十二歲的女孩家，在這般力量懸殊的情形下，竟能保持如此清醒的頭腦，且絲毫不吝惜自己，說刺就刺了下去，又叫他怎能不忌憚。

她性子裡確有幾分貞烈，不是沒可能下得了手，是他太小瞧她了。

納蘭崢腦袋發暈，咬了咬舌頭才勉強沒昏過去。她渾身緊繃，穩穩當當將簪子刺在那裡，盯著衛洵道：「前些日子先生方才講過，這個位置，一旦入肉半寸，人的血都會在瞬間流個乾淨……你不如算算，眼下還餘幾分？」她說著笑了一聲。「當然，你也可以試著阻止我，便看誰的手更快了！」

她這話說得不錯，倘使她刺的是別處，以衛洵的身手完全有把握攔得下來，可她偏偏一點不差地選中了那個位置，選中了那條要命的頸動脈。一旦那條動脈破了，便是大羅神仙也難將她救回。

而她的簪子，離那裡已沒剩多少了。

他的確有機會，卻不能冒險。

納蘭崢見他神色動搖了幾分，繼續道：「放我走，若我平安歸府，今日一切絕不會與任何人說。」

衛洵皺了皺眉。「阿崢，妳以為，事到如今我還能回頭嗎？」

「既然如此，僵持無意，若是拖得久來了人，瞧見這一幕對你也沒好處，莫不如你我二人各退一步，談個條件。我可以放下簪子，只是你須給我十個數。十個數，我能否跑得了，便憑我的本事，再要落到你手裡，我就認栽。」

「此地沒有人煙，僧人都被我支開了，十個數不夠妳跑回去。」他在提醒她不要異想天開。

「那是我的事。」她卻態度決絕，彷彿此刻受制於人的並非是她。「我給你三個數考慮，那過後你若不應，這簪子可就刺下去了！倘使我死在這裡，你該曉得後果！」

納蘭崢平日乖順時，聲音是有些甜糯的，可這份讓人聽來幾分酥心的甜糯，卻從來不屬於衛洵。他所聽見的，她此刻的聲音，混著淅淅瀝瀝的雨，竟是寒涼至極。

在她數到「三」的時候，他朝後退了一步。「阿崢，我這一生只會被一個人威脅那麼一次。」

納蘭崢聞言，暗暗冷笑。都到這地步了，他還在套她，倘使他是真心對她，怎會聯合她的姊姊與姚家人，使出這般下三濫的手段？她不信他。

她的簪子依舊不偏不倚刺在那裡，也沒去戳穿衛洵這副惺惺作態的模樣。「的確沒有下次了，納蘭崢今日亦敢起誓，這一生絕不會再被人逼到唯以性命為依仗的絕境。衛洵，十個數，我們開始吧。」

她說罷便攥著手心裡的簪子回身躍下美人靠，死命朝後山奔了過去。

她前世已懦弱過一次，今生再不會了！

衛洵霍然抬首，電光石火間察覺到一絲不對勁。納蘭崢要逃到有人煙的地方該往回跑才是，怎地反倒去了對她更為不利的後山？

他在原地愣了會兒，方才過七個數便邁腿追了上去。

納蘭崢拚命跑著。

她很清楚，衛洵絕不會答應她足夠搬到救兵的時辰，而往回那一路，很可能也盡是他的安排，因而她的出路在後山，只能是後山。實則她要的從來不是衛洵放走她，也根本不是十個數。

後山禁地僅有一條小徑可通，而另兩面靠的都是懸崖絕壁，離這迴廊不過十丈距離，她要去那裡。

衛洵的步子的確比她大許多，可七個數也夠拉開一小段距離，況且方才兩人僵持時，她已在腦袋裡將最近的路計算妥帖，若是跑得快些，便有希望在他追上她前衝到崖邊。

她一路奔命，在衛洵的手將將抓到她的一剎，縱身一躍，直直跳了下去。

衛洵伸出的手僵在半空，整個人如遭雷劈。有潤濕了的草葉被風捲著飄向他鼻尖，落在那裡竟生出刺骨的寒意，像一下入了冬似的。

細雨最濕衣，他很快被淋了個透，卻雙目空洞地維持著那個挽回的手勢，毫無所覺般立在原地。直到迴廊那頭傳來細碎雜沓的腳步聲，他被迫緩過神來，捏緊了拳頭，匆忙擇了那通往後山的小徑掩身。

衛洵前腳剛走，幾名僧人便趕到後山口，眼見四下空無一人，其中一名打頭的想了想道：「你們進到後山搜尋女施主的蹤跡，我先一步回去稟明方丈。」

第二十三章

阮氏得到方丈托人帶回的消息時，姚疏桐正疼得滿頭大汗。大夫已經到了，因而她與雲央、雲柳候在了門外。

她聽僧人說納蘭崢不見了，臉色立刻變得煞白，身子一晃險些癱軟下去，好歹被兩名丫鬟攙住。

雲央亦大駭。「姨娘，這裡頭的人應是豫王妃無疑，可怎地王妃出事了，小姐也出事了？難不成今日這廟裡還有旁的人？」

阮氏的嘴唇都打起顫來。「是我疏忽了，是我疏忽了！以為出事的是豫王妃不是我洄洄兒，便道自己想錯了！」她說罷強撐起身子，朝雲央擺手道：「妳先莫顧著我，去瞧瞧半山腰的府兵可還在，定要想法子快些通知老爺！」

納蘭崢是在後山不見的，她一個手無縛雞之力的婦人哪怕再有心也沒那能耐去搜山，如今只盼著老爺來救她的洄洄兒了！

松山寺建成至今也有十五個年頭，卻從未迎來過像今日這般多的貴人，隨手搬出其中一位，便是彈一彈指頭就能將一百個松山寺瞬間夷為平地的身分。

先是天色昏黃時分，魏國公領著足有上百名親衛來到，以松山寺窩藏流寇為由，將整座寺廟裡三層外三層圍了起來，繼而二話不說，便以那一夫當關萬夫莫開的架勢躬身立在金堂前。

他一言不發，目無旁視，不過站在那裡，就叫四面僧人連頭也沒敢抬，俱都垂首立在那裡等候清查。

這頭魏國公前腳剛站定，那頭後腳當朝皇太孫就領著七隊籠統四十九名錦衣衛險些踏破松山寺的門檻，聲稱協助魏國公捉拿流寇，也是一個二話不說，親自一頭扎進了後山。

有眼尖的瞧見了，皇太孫的臉色甚至比魏國公還陰沈難看幾分。

待皇太孫入山不久，又來了一個誰。此人聲勢倒是極小，可身分卻顯然不低，連魏國公見了他都須頷首行禮。且看行事作風也十分雷厲，一入松山寺便直奔後院帶走一名身裹冪籬的婦人，又留下幾名親信，稱請皇太孫與魏國公以備不時之需，隨即一眨眼沒了蹤影，可謂來如風，去亦是。

湛明珩帶錦衣衛入山時，松山寺外五里地停了一輛青黑色的馬車，裡頭的人穿了身濕漉的衣裳，臉色略有些蒼白。

他身側一位下屬模樣的人正頷首回著話，面色惶恐道：「洵世子，屬下無能，未發現納蘭小姐的屍首。魏國公帶兵封了山，我等不得不及早撤出，原本還尋思伺機再入，只是太孫也來了……」

他閉了眼，深吸一口氣。「不必找了，人沒死，自然不會有屍首。」

那下屬神情駭然。「您的意思是？」

衛洵攥著拳頭沒再作聲。

是他一時疏忽了，那幾名僧人來得快，叫他不得不慌忙撤離，未及時探身下看，後來又因心內驚懼，只顧著下山去尋納蘭崢屍首，而遺漏了最關鍵的一處。

倘使她當真一心尋死，拿那柄簪子便夠了，何須費那許多口舌與他談條件呢？

那山崖定有什麼古怪，他心神動搖之下竟沒能辨別她落下時的聲響，如今回想，似是有草葉磨擦的動靜。

下屬見他不答，想了想道：「世子，眼下鬧大了，驚動了魏國公與太孫不說，連豫王爺也因王妃摻和進來，豫王爺何等人物，豈能瞧不出王妃在此局中扮演的角色？他若大義滅親倒好，可一旦他計較了與晉國公府的利害關係，保下了王妃，必然會將您推上風口浪尖，如此，再加上納蘭小姐的說法，豈不坐實了您一人的罪名？咱們手底下也有能人，可要賭上一把，乾脆去滅了納蘭小姐的口？」

衛洵聞言皺了皺眉。

他從未想逼死納蘭崢，畢竟逼死了她，對他或忠毅伯府都無好處。甚至他原本也並未打算做出什麼骯髒事，只是與她作個暗中私會的「模樣」，叫身分地位足夠說得上話，又算皇家一分子的姚疏桐瞧見了添油加醋一番，以此叫她認栽與他訂親罷了。

倘使他真想要了她，捆了她的丫鬟硬來就成，何須大費周章支走這個、支走那個，力圖不給任何人落了把柄，將事情布置成順理成章的樣子。

說白了，他是給自己留了餘地的。

只是如今，這些人的確逼得他無路可走了。

他揉了揉眉心，疲倦道：「說得輕巧，你道湛明珩這皇太孫是白做的嗎？皇宮離松山寺四十餘里地，距消息傳入宮中至今不過短短三刻鐘，他不僅人到了，還在此前囑咐魏國公做好一切清查，從僧人到寺廟的角角落落毫無疏漏，若非豫王及時趕至，怕連豫王妃也得被扣押，你能撤出人手都算撞了大運，還妄圖闖進那銅牆鐵壁去？」

「是屬下愚鈍了。依您看，此事當如何？」

「他既是以捉拿流寇之名搜山，便不會將有損納蘭崢清白的事揭露，因此未必就要明著追究誰的罪名，且先以不變應萬變，銷了罪證，回府等著瞧下文吧。」

綿綿密密的細雨直至酉時過半方歇，七隊錦衣衛在山裡來回搜了一刻鐘，尚未找著納蘭崢。

這山並不算大，卻因縱向的路過深過窄，致使人數無從占優，這也是湛明珩只帶了區區七隊人的緣由。多了用不著，聲勢太大也怕旁人對流寇一說起疑。

錦衣衛大致找了一遍無果，便展開地毯式搜尋，專挑犄角旮旯尋找線索。

線索自然有，以這些人慣常的手段，便是山裡頭下了連日的雨也尋得著蛛絲馬跡。譬如其中一隊放了獵犬，就在一片草葉上發現了血珠子淌過的痕跡，可一路追索而去，卻在一棵光禿的樹幹上斷了蹤影；另一隊在泥濘的山路上撒了草木灰，據顯現的鞋印尋去，卻又到了與前頭截然相反的方向。

湛允也在其中，見狀去向人在後山口的湛明珩回報。「主子，您擔憂得不錯，線索並非沒有，相反卻是太多了，想來是對方為混淆咱們留下的。不過您放心，至多再一刻鐘便能排查乾淨。」

湛明珩看也沒看他，冷冷道：「我能等一刻鐘，她能嗎？」

湛允聞言一窒。

旁側有人點了火把，晃動的火苗將湛明珩一側的臉容照亮。湛允見他緊抿著唇，背脊僵硬，渾身每一處骨節似都在顫，以至整個人看上去幾乎像要折斷了。

他從未見過主子這副模樣，想來即便主子下一刻拿劍劈裂了這座山，他也不會意外。

只是主子也曉得，那不管用。

方才那一路奔馬，幾乎堪稱心膽俱裂，如今湛明珩使了全力克制自己，想叫自己冷靜。冷靜才能想得到她在哪。

周遭死寂一片，唯餘火星噼啪的聲響，他屈膝彎身拈起一點濕土，皺了下眉頭，繼而縱身躍下。

湛允見狀頓時明白過來，跟著跳下去，剛就著崖壁處橫生的那棵歪脖子樹落腳便聽主子咬牙道：「一丈高。」

他聞言登時大氣不敢出。主子前頭並非閒著，是進到後山才忽似想起什麼回到此地來的，如此看來，納蘭小姐莫不是跳了崖？

他忍不住背脊發涼。從上頭山崖到這樹幹近一丈高，連他與主子這等習武之人都有些勉強，莫說納蘭小姐了。

湛明珩臉色鐵青，一把撥開掩映在洞口處的濃密草葉。

洞內並不如何寬敞，至多容下五至七人，另一頭是封死的，絕無可能鑿通。湛允打著火摺子跟在他身後，見裡頭空無一人便想說主子恐怕弄錯了，話到嘴邊卻一眼盯死了石壁上纏繞的草藤。

那上頭沾了新鮮的血跡。

這太叫人後怕了！倘使納蘭小姐當真跳了崖，腿腳必然已負傷，究竟得有多堅毅的心性，才在那等情形下還顧忌著此地不宜久留，想了法子離開！

只是好歹能夠由此推知，她應該還活著。

湛明珩的臉到此刻才算終於有了些人氣。他蹲身翻起一條草藤，三兩下編織成結，走到洞口處觀察地勢，繼而將草藤綁在那棵歪脖子樹上，借力往下蕩去。

底下還有一塊凸出的山石，可容一人獨立，山石連著一條極窄的狹縫，以他的身形是過不去的，納蘭崢卻可以。

湛明珩摘下腰間的玉墜子往狹縫另一頭擲去，沈聲道：「去找玉墜，她就在那附近。」

實則湛明珩的確猜了八九不離十，納蘭崢跳崖時雖尋準了那棵粗壯的歪脖子樹，卻也傷了腿腳，疼痛非常，強忍著進到山洞裡頭掩藏，撕了衣袖粗粗包紮好頸上的傷口便支撐不住昏了過去，也因此錯過了起始在後山口呼喊尋她的僧人。

再醒來時便聽見衛家那批人的動靜，她不敢保證這山洞不會被發現，只覺不得坐以待斃，便穿過狹縫離去，並扯下草藤銷毀痕跡。

只是納蘭崢比湛明珩想像的走得還遠一些，她不曉得是錦衣衛在尋她，聽見動靜還道衛家人來了，靠著山壁歇息一會兒便一瘸一拐咬著牙往深山裡去，一路與他們躲著貓貓，最終實在體力不支，只得藏身進一道泥溝裡。

今夜無星無月，天色深黑，她身形又小，躲在那裡恰被草叢掩著，確是一時難叫人發現。錦衣衛因行動秘密不得呼喊她，又被假線索耽擱了一陣，以至搜尋了近兩刻鐘仍未找著她。

納蘭崢蜷縮成一團橫臥在溝渠裡，渾身都是血污和泥巴，只覺跟散了架似的，沒有哪一處不疼。她的眼皮太重了，卻因怕被衛家人找著不敢睡去，強撐著意志。

像回到前世死前一刻的境地，那般的黑、那般的冷，一面是大紅燈籠高掛，絲竹管弦喜樂，人們觥籌交錯，談笑風生，一面是她掙扎呼喊，一點點沈了下去。

她是死過一次的人，因而比旁人更想好好活著，可她實在太累了，幾乎就要沈沈閉過眼去，直到嗡嗡作響的耳朵裡像作夢似的鑽進一道聲音。

那人語氣陰沈，聽得出是在極力隱忍。

他說：「……再有半刻鐘，找不著人就提四十九個腦袋來見我。」

納蘭崢迷迷糊糊地，逼迫自己重新睜開眼，只是想張嘴叫那人名字卻乾澀得發不出聲響，想爬起來卻根本找不著手在哪裡。

像整個人都陷進泥潭裡。

恰此時，忽有一股腥臭的熱氣噴在她的臉側，叫她被迫醒過了神。

納蘭崢一下子認出了這氣息。她記起湛明珩曾與她說過，這座山秋日時最多的便是狼，她前頭好幾個時辰都未遇見，實則是因下了雨，運道好的緣故。

那股又濕又熱的腥氣縈繞在鼻尖，叫她渾身都起了雞皮疙瘩，她害怕得絲毫不敢動，死死攥著拳頭疊交在心口，嘴裡來來回回只嗚咽了三個字：「湛明珩，湛明珩，湛明珩……」

她喉嚨乾澀，出口聲音小得跟蚊子叫似的，可就是這樣細弱至極的響動，卻叫立在三十丈開外草坡上的人霍然回首。

她尚且絕望著，忽聽哪裡風聲一緊，一支勢頭凌厲的箭剎那破空而至，「咻」一下不偏不倚射中了那隻盤旋在她身側的狼。

滾燙又黏稠的汁液灑了她一臉，叫她直欲作嘔，她卻近乎欣喜地落下淚來。

沒有別人了。

這樣黑的天，這樣遠的距離，這樣一支救了她性命的箭，這樣一個出現在此地的人，除了湛明珩，再沒有別人了。

興許是窮途末路才見希望，她忽然有了氣力，一面拿已然殘破襤褸的衣袖去揩濺上臉頰的狼血，一面從泥溝裡爬起來，只是方才爬到一半，還未能穩好身形，便被一股不知從哪來的衝勁撞得整個人大力一歪。

這一歪卻沒跌倒，她傻坐在泥地裡愣了好大一愣，才驚覺自己是被人抱住了。

身前的人屈著腿，將她整個人都包裹起來。他的下巴抵著她的肩窩，濕潤的髮貼著她的臉頰，素來滾燙的手竟涼得厲害，幾乎要將她凍著了。

她聞見一股十分熟悉的龍涎香氣，其中似乎還混雜了雨水、青草、泥巴的味道。認出了這個人是誰後，她忽然無法抑制地哭了起來，一面還記得喊話：「湛明珩你……你怎麼才來啊！」

抱著她的那雙手驀然一僵，鬆鬆垮垮懸在了那裡。

納蘭崢卻絲毫未察覺自己說了句如何剜人心窩子的話，見他不作聲，自顧自哭得更厲害了，嗚嗚咽咽道：「懸崖太高了……山洞裡還有老鼠……藤條上都是倒刺，我疼得險些沒踩穩石頭……你再晚一些來好了，再晚一些就能曉得一隻狼究竟能吃我幾口了……」

被衛洵逼迫至絕境她不曾哭，無數次險象環生她亦隱忍不發，她忍了那麼久，可湛明珩來了，她忽然就忍不住了。

就像摔倒了的娃娃，倘使四下只自己一人，未必哭得多凶，可若有旁的大人在場，還去寬慰她幾句，她便淚如泉湧了。

湛明珩從未見納蘭崢這般哭喊過，相識以來，她只在他面前落過一回淚，還是靜默無聲的。從前他以為那哭法瘆人，倒不如與小孩一樣喊出聲來痛快，可眼下她真的喊出聲來了，他卻不曉得該怎麼辦了？

納蘭崢還在不停嗚咽著，說著什麼恐怕連自己也聽不清了，卻叫湛明珩背脊一陣一陣發涼。

她的每一個字都宛似對他的凌遲，叫他整顆心都跟著揪起來揉作一團，一點點生出後怕來。

他一生至此從未有過畏懼的時刻，哪怕五年前與虎搏鬥瀕臨死境也沒有，到得眼下卻竟覺顫慄。

實在有太多九死一生的瞬間，每一個都足夠要她的性命，倘使她運道差一些，抑或算計偏差一些，便不可能活到他來。

她說得對，他實在來得太遲了。

他僵懸著的那雙手忽然朝她錮緊了去，指腹來來回回摩挲著她細窄的肩，說出他曾以為這輩子都不會對誰開口的三個字。「對不起、對不起……洄洄，對不起，是我不好，都是我不好。」

是他顧忌著面子，不願低頭與她當面道歉，是他明知她近日要來松山寺卻沒抽空陪她一道，是他該死。

他實在太用力了，將納蘭崢整個人圈進懷裡，足像要將她揉碎了似的，兩人之間一絲縫隙都沒有，納蘭崢因此越發清晰地感覺到他渾身骨節的顫抖。

他好像是在害怕。

納蘭崢錯愕之下冷靜了些，不哭也不喊了，只餘一下下的抽噎，如此一來也便聽見了周遭火星「噼哩啪啦」的響動。

她在山裡折騰了許多時辰，腦袋比平日遲鈍幾分，辨別了好一會兒才明白過來，那似乎是幾束點燃的火把。

她被湛明珩圈在懷裡，眼前始終漆黑一片，直到這下才意識到，原來旁側竟還有別人嗎？

旁側有人，且似乎還不止一個，可湛明珩竟坦然自若地抱著她……也不對，難道沒旁的人，他就能抱她了啊？

他可從未對她做過這般逾越的事！

她自絕處逢生的激越與惶恐中緩過神，不自在地動了一下，似乎想從他懷裡爬出來，可湛明珩卻比她更快一步，伸手一抄便將她打橫攬起。

明亮的火光立刻刺了她的眼，只是下一瞬，一張碩大的披氅就當頭罩了下來，將她從裡到外裹了個嚴嚴實實。

她又什麼都瞧不見了。

納蘭崢反應過來。那些人約莫是宮中的錦衣衛，可她眼下狼狽成這副模樣，衣裳好幾處都是破的，的確不能給這些男子瞧了去。湛明珩是因為這個才抱她的。

當然，她的腿折了，也的確走不了路。

黑暗裡的氣氛很古怪，四下寂靜極了，連皀靴踏在草堆裡的窸窣響動都聽得十分真切，那一聲聲竟叫她心底生出癢意來，被湛明珩的臂彎觸碰到的地方，也都像燙著了似的。

她忍不住顫慄了一下。

湛明珩感覺到懷中人的顫抖，還道她仍在害怕，便將她朝裡攬得更緊些，垂頭沈聲道：「沒事了，洄洄，我們回家。」

納蘭崢又是一下輕顫。從前他叫她「洄洄」時，總因掌握了她鮮有人知的乳名而含著股得意戲謔的語氣，可眼下這一聲卻似乎不同，她辨不清究竟不同在何處，只覺鼻子有些酸楚，像又要落下淚來。

山路崎嶇，抱著她的人卻走得沈穩，叫她絲毫感覺不出顛簸。他周身縈繞的龍涎香令她心內熨貼幾分，也顧不得什麼規矩，忽然就想湊近他一些。

她放鬆了僵硬的身子朝他懷裡蜷縮了去，攥著他的衣襟低低「嗯」了一聲。

沒事了，他來了就沒事了，他會帶她回家的。

湛明珩的步子頓了頓，卻只是那麼輕微一頓，繼而便恢復如常，神情肅穆地朝山下走去。

第二十四章

納蘭崢未能清醒太久，精神頭方才鬆懈便沈沈睡了過去，再醒來時就聞到一股十分濃郁的藥膏味，她還道自己已經回到魏國公府，睜眼卻見仍在馬車內。

車內點了燭，似乎有誰坐在她的榻尾，拿手握著她的腳踝。那人指腹溫暖，布了繭子，摩挲著她的肌膚，叫她有些發癢。

她還迷糊著，晃了晃腦袋才看清是湛明珩，這下只覺被他一手包裹的腳踝都燙了起來，瞠目結舌道：「你你……你做什麼啊！」

湛明珩的臉立刻黑了。「我什麼我？納蘭崢，妳剛醒就對救命恩人這麼個態度？」

納蘭崢幾乎要以為前頭那些都是自己在作夢了，湛明珩分明還是那狗嘴裡吐不出象牙的湛明珩！

她垂眼瞧見身上乾淨的被褥和嶄新的裡衣，撇撇嘴就差哭了。「我……我的衣裳該不是你換的吧？」

他張口想答「不是」，話到嘴邊卻拐了彎子。「不是……我是誰？」

納蘭崢的腦袋尚有些遲鈍，要將他這話在心裡過上幾遍才能明白，完了就將那玉白的小臉皺成了苦瓜樣。「你都不曉得帶名宮婢出來的嗎？不對……藍田也在松山寺呢，你做什麼給我換衣裳？你這樣我……我今後還怎麼嫁人啊！」

她這語氣幾乎是控訴了，湛明珩卻是個臉皮厚的，義正辭嚴反問道：「妳倒是還想嫁給誰？」

他這是什麼意思。

納蘭崢一愣，隨即便覺腳踝處一陣痛楚，骨節碰撞發出的「嘎噠」響動伴隨著她忍不住出口的一聲低呼，叫車內的燭火都跟著晃了晃。

湛明珩見她發傻，覷她一眼道：「我堂堂皇太孫給妳一個女娃換衣裳？妳就想得美吧。」說罷雙手撐膝起身，朝車內一方隔簾道：「進來給妳家小姐上藥。」

她聞言偏過頭去，便見紅著個眼圈的藍田掀了簾子進來。

湛明珩讓開位置彎身走出，坐到她方才候著的外間。

納蘭崢這才明白，他是想替她接骨，卻見她恰在那當頭醒了，怕她疼得受不了，才編了那些話來分散她的注意力。

她的注意力的確被分散了，以至她竟沒覺得多疼，可她這心裡頭大起大落如同奔馬似的，卻分不清他那句「妳倒是還想嫁給誰」是真是假了。

她記起方才他被暖融的燭火映照得清晰的臉容，鼻如懸膽，鬢若刀裁，那樣好看的一個人，屈身坐在她的床尾，動作輕柔地給她捏著被角。

她從前怎麼就沒發現，其實他在她面前根本不像是皇太孫的模樣呢？

藍田今日被嚇得心膽俱裂，回想起太孫抱著小姐從山裡頭出來時的難看臉色，就怕他將失責的自己千刀萬剮了，此刻一句話不敢說，只默默給小姐的腳踝塗藥膏，完了便抱起榻邊一筐髒衣裳，預備拿去外頭，好給她多騰點地方。

納蘭崢的目光隨著藍田的動作掠過筐子，伸手攔住方才掀開簾子的人。「且等等。」

湛明珩聞聲偏過頭來，一眼瞧見筐子裡的東西，比納蘭崢更快伸出手去。

眼見衛洵拿來誆騙她的字條到了湛明珩手裡，納蘭崢頓時心頭一緊。她曉得事態嚴重，原本是想暫且藏下的。

湛明珩展開了略有些濕漉的字條，一瞧便清楚了前因後果。他垂著眼將字條死死掐在手心，從鼻梁到下頷的線條俱都繃緊了，竟是怒至無聲。

納蘭崢曉得，這已不是她一人的事了。他是當朝皇太孫，即便這手字不曾被拿來誆騙她，他又如何容忍能夠模仿出他字跡的人？

是她當年考慮不周，自以為大度，隨手將他的字帖給了旁人，這裡頭也有她的責任。

她因此想將自己從床榻上撐起來，卻是一動便渾身痠疼，忍不住「嘶」一聲吸了口氣。

湛明珩回過神來，偏頭給尚且抱著筐子的藍田使了個眼色，示意她去扶納蘭崢，一面皺眉道：「躺著不能說話？」

納蘭崢不敢惹他更不高興，撇撇嘴恭維道：「太孫坐著，我哪敢躺著。」

藍田這下有了眼力見，將簾子束起來，好叫兩人說話方便些。

她聽見小姐清了清嗓，說：「既然你瞧明白了……對不起……是我沒保管好你的字帖……」

實則她跟湛明珩都是一個彆扭性子，平日都是拉不大下臉的人，她這般跟他道歉，還是這麼多年頭一遭。

她雖未將話說盡，湛明珩卻早便猜到其中究竟，只是她都這樣了，還與他道什麼歉？他自然不會怪她，卻想叫她長個記性，便道：「那妳倒是跟我說明白了，往後還敢不敢隨意將我給妳的東西轉手旁人了？」

她忙伸出三根指頭作發誓狀。「不敢了，當真不敢了！你便是給我一根你的頭髮，我也不會給旁人的了！」

湛明珩原本一直肅著臉，這下竟然笑了，卻像是不想被納蘭崢覺得他太好脾氣，忙斂了色，意圖趁她態度好時多訓她幾句，盯著她脖子上那圈紗布道：「還有，我記得我似乎教過妳如何處理傷口，妳知道自己前頭包紮的那法子，時辰久了會氣血不暢嗎？」

便是納蘭崢在書院做了五年侍讀，比其他閨閣小姐見多識廣不少，卻也不可能樣樣活計都會，今日她能替自己料理傷口，能以草藤為繩另闢蹊徑，實則都是湛明珩從前閒來無事教她的。

當時沒想過會派上用場，不過是他愛顯擺，她沒法駁了皇太孫的面子，只好不情不願學罷了。

她聞言摸了摸脖子。藍田能給她上藥，卻對包紮傷口並不在行，這一圈紗布疊得十分齊整，折角也藏得滴水不漏，是湛明珩的手法無疑。

她渾身都痠痛著，並不十分有氣力，也瞪不動他，靠著枕子低聲嘟囔：「我是照你教的法子處理的，只是哪有力氣將布料撕齊整啊……」

湛明珩這下默了默，良久吐出一口氣來。

他的確不該對她要求太過。他已查明了大致的情形，查不明的那些多半也都能猜到，她今日實在做得相當出色，出色得超過一個十二歲女孩家該有的心智與應對。

他想罵她不吝惜自己，也生怕她萬一沒控制好力道與角度，當真刺破了頸動脈該如何？可話到嘴邊卻又說不出口了。

是了，他能叫她怎麼辦呢？她還年幼，只是個手無縛雞之力的女孩家，能做到這樣就很好了，那些對她來說太難的事，本就該由他完成的。

想到這裡，他閉上眼，強自壓下心中怒火，平靜了一會兒才道：「洄洄，我想殺了他，可我是皇太孫。」

納蘭崢稍稍一窒，未及開口又聽他道：「但絕不會有下次了。後頭的事我會與妳父親商量，妳不必插手。」

她「嗯」一聲，又強調道：「大局為重。」所謂牽一髮而動全身，那些人沒一個是能乾脆處置的，不論皇室還是魏國公府，都當以大局為重。她也曉得實則湛明珩是對她好的，因而真怕他一時氣急做出過頭的事來。

他能與父親商量就最好了。

馬車一直駛到魏國公府府門前，藍田見狀忙去給納蘭崢穿衣裳，看太孫未有迴避的意思，也不敢有所要求。

納蘭崢張嘴想叫她拉簾子，卻見湛明珩已經主動背過身去，便這麼算了。只是終歸有些彆扭，因而伸一隻袖子就瞄他一眼，看他的確沒有回頭才放心。

當然，她可能忘了，方才她沒醒的時候，他或許已看夠了。

待她收拾好，湛明珩回頭看向藍田。「進去通報，就說我來了。」

藍田愣了愣才明白太孫的意思，忙點頭去了。

納蘭崢有些訝異。「你要一道進去嗎？夜都深了。」金尊玉貴的皇太孫可從未來過魏國公府的。

「莫說夜深，便是天亮了也不見得有誰敢睡。」他說著就起身到納蘭崢榻邊，手一抄將她打橫抱了起來。

納蘭崢嚇了一跳，掙扎道：「我能走了！」說罷瞥一眼自己腫得穿不上鞋的腳，又覺似乎逞能了，才低了聲道：「既然你說沒人敢睡，去裡頭叫個嬤嬤來就是了……」

湛明珩聞言冷笑一聲。「妳魏國公府藏龍臥虎，誰曉得隨便一個嬤嬤又是何等厲害的角色？」

她察覺出這話中暗示，便不敢亂動了，又聽他語氣稍好一些，低頭道：「妳若嫌不自在，裝睡便是。」

她點點頭閉上眼。要她在皇太孫懷裡與家中長輩大眼瞪小眼，她哪會不害臊，既然他不肯放下自己，那她還是裝睡為妙。

十月的天已是很涼，尤其夜深露重時分，湛明珩甫一下馬車便將自己的披氅挪給納蘭嶸，將她從頭到腳裹了個嚴實，繼而大步流星走進魏國公府。

國公府內燈火通明，正如湛明珩所說，納蘭嶸沒回來，是不會有人敢睡的。

魏國公納蘭遠尚未回府，還在外頭處理後事，府中婦孺孩子聽了藍田的話，俱都不敢怠慢，穿戴齊整恭恭敬敬候在那裡。

納蘭嶸失蹤的事能對外隱瞞，卻瞞不過府裡人，因而眾人俱都曉得，不過有的曉得深一些，有的曉得淺一些罷了。

胡氏是與納蘭遠一道得到消息的，聞言險些暈了過去；而謝氏不論真心，至少表面功夫算做得漂亮，憂心得連晚膳都沒動幾筷子。

至於納蘭沁，她同樣吃不下，卻是怕的。事情到了這地步，必然是衛洵那環節出了錯，她身為此局主謀之一，又如何能不心慌，只盼著納蘭嶸千萬別回來了。

可如今納蘭嶸不僅回來了，還是被太孫送回來的。她聽完藍田的話臉都白了，不明真相的謝氏還叮囑她恭順些，莫觸了太孫的霉頭，她卻曉得自己怕再如何恭順也不管用了。

她緊攥著袖口的繡紋，垂頭立在母親身後，一雙唇瓣不停地上下顫抖著。

五年前，她托母親向四妹討來太孫的字帖，彼時絕沒有想過要拿來害納蘭崢，不過一心仰慕太孫，便日日照著字帖描摹，經年累月竟有了幾分相像，直至前不久，洵世子托人輾轉帶給她一個消息，她才拿定這主意。

她曉得此局亦有姚疏桐參與，總覺以她這等身分之人絕不會劍走偏鋒，因而還道是十分有把握的，卻哪裡曉得，納蘭崢實在是太走運了！

方思及此便聞一陣齊整的腳步聲，悄悄抬眼卻見是一隊錦衣衛當先開了路，隨後湛明珩就來了。

她不敢抬頭，只小心翼翼抬眼覷著，因而幾疑自己眼花了。

太孫懷裡抱著的那是……！

不只納蘭沁，在場的見此一幕俱都有些詫異，卻還是齊齊給湛明珩行了禮。

他也十分理所應當地受了，繼而看向主事的胡氏。「老夫人不必多禮，我不認得洄洄的閨房，還請老夫人差人帶個路。」

胡氏聞言一愣，不過遲了一小步便見湛明珩笑起來。「『洄洄』是阿崢的乳名，老夫人竟不曉得嗎？」

他這話雖是笑著說的，卻不知緣何涼氣逼人，胡氏大駭，垂下眼道：「臣婦年紀大了，容易忘事，一時沒得記起，還請太孫見諒。」說罷就吩咐兩名丫鬟領太孫往納蘭崢的閨房去。

她怎可能記得起，她是壓根就不知道。

湛明珩冷笑著謝過她，並未搭理其他女眷，只是走了幾步復又回頭朝納蘭嶸道：「嶸世子，我不在雲戎書院這一個月，你倒將你姊姊照顧得『好』。」

眾人俱都一愣，一時未明白這話的意思。納蘭崢卻是心下一驚，躲在披氅裡頭戳了湛明珩一下，提醒他注意分寸。

她倒是巧，這順手一下恰是戳著了他的腰腹，險些叫他癢得失了儀態。湛明珩低頭乾咳一聲，示意她別亂動。

納蘭嶸已足足幾個時辰未理人了，臉一直是白的，是藍田回來那刻才鬆了弦，眼下便向他頷首道：「是嶸兒未顧好姊姊，請太孫殿下責罰。」

湛明珩面無表情淡淡道：「待我忙完朝裡的事回了書院再與你計較。」說罷抱著納蘭崢走了，絲毫未管在場有些人的神色多麼驚愕。

直到湛明珩的身影徹底瞧不見了，胡氏才敢瞪大著眼看向自家長孫。「嶸哥兒，方才太孫那話是何意？」

納蘭嶸曉得太孫不是真要與他計較，不過藉此將身分公諸於眾罷了，因而也沒再隱瞞。「祖母，便是您以為的那個意思。」

胡氏聞言念頭一轉，恍然大悟，登時露出喜色來。「倒是難怪了！」

納蘭崢可不曉得胡氏歡喜瘋了，她越想越覺不妥，便伸手將披氅給掀了，吩咐前頭兩名帶路的丫鬟。「妳倆先下去。」

湛明珩見狀停步，兩名丫鬟對視一眼不敢有疑。

納蘭崢見人都走了才開口：「你做什麼暴露身分，叫陛下曉得可得生氣了！」

「生氣？他高興還來不及。」

納蘭崢聽不大明白，心道難不成陛下與湛明珩也通了氣，說了意欲撮合兩人之事，便試探地問：「陛下可是同你說了什麼？」

湛明珩卻沒答，低頭覷她一眼，彎著嘴角道：「納蘭崢，妳現在倒是好意思這麼與我說話了？」

她這才記起現下處境，只覺臉都燙了起來，撇過頭故作冷言道：「那你放我下來再說。」

「想都別想，我可沒那閒功夫陪妳說話，妳若再不指路，我今夜就沒得覺能睡了。」

她有心罵他一張巧嘴偷換了概念，卻想他折騰大半宿的確該累了，只好伸手指了個方向。「前頭左拐。」

第二十五章

翌日，納蘭崢是被外頭的熙攘聲吵醒的。

她的腳著不了地，怕得在床上躺個把月，因而也不好出去瞧個究竟，叫來綠松一問才曉得，原是傳旨公公方才來過。

大清早，魏國公府便接連受了兩道皇命。魏國公納蘭遠因督辦西南剿匪事宜論功受賞，接替引年致仕的右軍都督府左都督，由原先從一品的都督同知升任正一品大員，分領在京各衛所及在外各都司衛所，分掌統兵權；魏國公夫人謝氏隨夫封贈，授以一品誥命夫人之銜，享朝廷俸祿。

大穆王朝以左為尊，五軍都督府左、右都督雖品級相當，真落到了實處，前者權力要遠大過後者，且右軍都督府又因下轄西南地界，為五軍都督府中相當要緊的一環，因而這位置雖算不得一人之下，卻也夠稱萬人之上了。

納蘭崢聽聞此事嚇了一跳。前頭西南剿匪那樁事，父親的確做得漂亮，卻也不過盡忠職守罷了，陛下賞些金銀財帛合情合理，如此提拔卻算過分褒獎了。且據她所知，右軍都督府左都督大人尚未到致仕的年紀，此番自願退居就閒，怕也有些內幕。

綠松見小姐想事情想得認真，也不敢擾她，待見她似乎還魂了才道：「小姐……還有一樁事，想來您曉得了該高興得嚇一跳才是。」

「既然是高興事，妳這麼支支吾吾做什麼？」

「奴婢只是看您這一身的傷，忍不住心裡難受。」她撇撇嘴打起精神來。「小姐，是姨娘要回來了。」

「妳說什麼？」納蘭崢果真嚇了一跳。「回哪裡來，回家來嗎？」

「是了，回國公府來，回家來。」綠松笑答。「是老爺親口吩咐太太替姨娘將青山居拾掇出來的，不過也真奇怪，太太似乎沒反對這事。」

納蘭崢想了想就笑。「原是如此。」

「小姐，您可莫與奴婢打啞謎，奴婢沒您那般聰明的。」

「妳瞧方才來的兩道聖旨就曉得了。」納蘭崢彎了彎嘴角。「一來，父親如今也算位極人臣，足堪匹及母親外家，來日遇事也能放開手腳；二來，誰也不曾規定凡一品大員的夫人皆能得誥命，陛下這是在給母親施恩。母親從前針對姨娘，無非因姨娘是嶸兒的生母，她怕嶸兒將來與姨娘親，便叫她日子過不順心。有了這一品誥命加身便今時不同往日了，不論如何，咱們這些做小輩的都得更敬重她，她又哪還犯得著與姨娘計較呢？這是恩威並濟，軟硬兼施的法子。」

「小姐，如此說來，陛下真是對您好得沒話講！」

納蘭崢心道可不是，堂堂天子爺，竟替她操心這些婦人家的事，實在叫她太過意不去，且這兩道聖旨來得湊巧，怕與昨日之事脫不了干係，指不定其中還有湛明珩的意思。

她耷拉著眉有些苦惱。她還沒說要嫁呢，這不趕鴨子上架嘛？恩都受了，豈有不還的道理？

想到這裡，她問綠松：「太孫昨夜何時走的，臨走前可有說些什麼？」她昨夜太累了，沾了枕便睡著，連湛明珩何時離開都不曉得，現在想來自己心也忒大了些，便再怎麼如何熟絡，那也是個男子啊。

「太孫殿下送您回房不久便走了，臨走前……」綠松聞言頓了頓。「臨走前要了一樣東西，奴婢瞧著是從二小姐房裡拿出來的。」

「可是一卷明黃的字帖？」

「是不是字帖奴婢不清楚，不過確是明黃色的卷軸無疑。」

兩人方說及此便見藍田端著湯藥進來，綠松還想問什麼，卻被納蘭嵘一個眼色打住了，又見她就著匙子難得爽快俐落地喝完藥，皺著眉頭與藍田道：「這藥後勁太苦了，妳去廚房吩咐她們做盞甜羹來。」

藍田素來話不多，被昨日那遭嚇過後還未緩過神來，眼下更是沈默，只應聲下去了。

綠松見人走了才問：「小姐，您可是有話不能給藍田聽著？」

「藍田膽子小，行事也沒妳機靈，倒並非說她不好，只是有些話說給她聽了，怕要露了馬腳。」

「如此說來，昨日那樁事果真另有隱情？」綠松聞言大駭。「奴婢倒並非覺得自己多能耐，只是心裡奇怪，怎地恰巧奴婢不在您身邊，您便出了事呢……且昨日偏偏是二小姐與三小姐支走了奴婢的。」

「我原也不想講給妳聽，只是見妳似有心事的樣子，怕妳鑽了牛角尖去，日後見了兩位姊姊反倒面上不自然。」納蘭崢神色淡淡的，也不見怒意。「我說給妳聽，並非要妳忌憚誰，偏是想叫妳機靈些，裝作什麼事也未有過。」

「小姐，您說，奴婢一定照做。」

納蘭崢便將昨日的事從簡說了，因事態嚴重，便省去了姚疏桐的環節，可即便如此，綠松也已氣得七竅生煙。「二小姐的心思忒壞，從前總說您的不好便罷，如今既都做到這般地步，小姐，您還想替她瞞著嗎？」

「並非我想替她瞞著。」她嘆口氣。「妳以為妳家小姐肚皮裡是能撐船的嗎？她平日不待見我無妨，此番卻聯合外人來對付自家姊妹，實在可謂心腸歹毒了。只是妳可知，仿寫當朝皇太孫的字跡是怎樣厲害的罪名？虧得太孫肯嚥下這口氣，若他真要追究，咱們國公府上下是無一人可倖免的，父親哪還有這般坦蕩的仕途？我國公府的姑娘背了這等難聽的名頭，今後可還想嫁得出去？都是姓納蘭的，揭發出來那是一損俱損，我做不得這種事。」

「小姐素來顧全大局，只是如此也太委屈您了！」

納蘭崢見她義憤填膺的模樣就笑一聲。「妳瞧太孫昨夜取走了字帖，想來二姊是嚇得一宿都沒敢睡了。妳也不必替我抱冤，日後見著二姊還須客客氣氣的，左右這個惡人我不當，妳也別當，有太孫在，我委屈不著。」

綠松點點頭，十分奇怪地盯著小姐瞧。她心裡頭有種奇妙的直覺，似是自昨日那遭事過後，小姐說起太孫來的神情就變得有些不一樣了。

想到這裡，她低低「呀」了一聲。「小姐，瞧我這記性，還有樁事忘了與您講。今早傳旨公公來的時候，還帶了四名宮婢與一名老嬤嬤，說是給您使喚的。」

納蘭崢聞言一愣。「國公府又不缺下人，我這桃華居便有二十幾號了，用都用不過來，要這麼多人使喚做什麼？」

「這個奴婢也不清楚，想來約莫是宮裡的意思。奴婢倒不願被人搶了活做，也怕小姐有了更得力的丫鬟就不待見奴婢了，只是那四名宮婢氣度不凡，確是伶俐得很，您這些年又是落水、又是碰上老虎、又是被人害的，實在太多舛了，若她們侍候了您，興許能替您免去些災禍呢？」綠松撇撇嘴。「小姐，您還別嫌，那四名宮婢可都是東宮調教出來的；還有那位嬤嬤，聽說是太孫的乳母呢！」

納蘭崢被這陣仗嚇得晃了晃。「這麼要緊的事，妳怎地也不早些知會我，快請人進到桃華居來！」

納蘭崢靠著枕子哭笑不得。這可真是份「大禮」，她人在魏國公府，也非龍潭虎穴，便那爺孫倆以為她身邊下人不夠得力，叫她受了罪，又何須這等陣仗呢？

誰不曉得，太孫自幼喪母，是由乳母一手帶大，因而這位鳳嬤嬤在宮中極受人敬重，連謝皇后對她也十分客氣。

這樣的人物，那爺孫倆竟跟她說拿給妳使喚……

可行行好，不如叫她將人家端起來供在家中吧！

她在心裡頭計較說辭，想著還是該將這尊大佛趁早請走的好，卻哪知鳳嬤嬤與四名宮婢前腳剛邁進她的房門，後腳便有名丫鬟跟著來了，說是映柳居裡傳出了十分淒厲的哭聲，似是二小姐與三小姐起了爭執，問她可要差人去瞧瞧？

映柳居是納蘭沁的院子，與納蘭崢的桃華居僅僅一牆之隔，因而那邊的動靜自然最先傳到這裡。

她想了想，剛欲開口就見鳳嬤嬤神色一斂，朝那名丫鬟中氣十足道：「沒見四小姐病得厲害？這等雞毛蒜皮的小事，日後一律不須回報，該是誰哭就叫誰哭去，與四小姐沒得干係！」

從眉眼看，這位鳳嬤嬤年輕時應也是位嬌滴滴的俏佳人，只是畢竟四十好幾的年紀，又身居高位受人敬仰久了，整個人端在那裡便有一股十分剽悍的氣勢。

那名丫鬟整個人都嚇呆了，納蘭崢實則也被震了震，卻好歹當先回過神來。「鳳嬤嬤教訓的是，咱們當沒聽見便是，母親與祖母都在府裡，沒得我出頭的理，妳就先下去吧。」

那丫鬟聞言點頭如搗蒜，立刻行禮退了出去。

納蘭崢心裡還有點發顫，正預備清清嗓子將前頭想好的得體說辭講出來，卻見鳳嬤嬤朝四面環顧一圈，與身後四名宮婢道：「四小姐的屋子太樸素了，回頭差人去司珍支些擺設來布置。」

納蘭崢這時候就不好插嘴了，只得靜靜聽著一名丫鬟回話：「鳳嬤嬤吩咐的是，奴婢記著了。奴婢聽聞宮中新製了一期羅漢床，籠統三張，都是極花了心思的，成色最好的那張被皇后娘娘要去了，又一張被姚貴妃討了去，莫不如就將剩下那張搬進這兒來，如此，四小姐養傷也方便些。」

謝皇后與姚貴妃都稀罕的羅漢床？納蘭崢眼皮都跳起來了，卻見鳳嬤嬤神色不改，似乎還覺得頗有道理，點點頭道：「就這麼辦，也省得妃嬪們再著人去討。」

納蘭崢傻坐在那裡，只覺背脊都流了一層汗，那幾人卻絲毫沒有「到此為止」的打算，以一副要將皇宮搬空的架勢轉頭又去商討別的東西了。

直到最後，鳳嬤嬤才看向納蘭崢。「四小姐可還有什麼缺的？」

她嚥下好大一口口水才說出話來。「鳳嬤嬤太客氣了，真是一點沒得缺了。您替我支的那些東西也太抬舉阿崢，實在叫我受寵若驚，受之有愧。依我瞧，您才擔得起那般禮待呢！」

她這番話說得討巧，令得嚴肅了好一陣的鳳嬤嬤終於露出些笑意。「四小姐說的哪裡話，這些都是老奴應盡的本分，左右老奴侍候您的時日還長著，您也不必與老奴拘禮了。」說罷立刻收斂了笑意，彷佛笑一笑要銀錢似的。「既然四小姐沒缺東西，便好生歇著，老奴去後廚瞧瞧您今日的膳食，再替您去青山居打點一番。映柳居的事您不管是對的，老奴來時便已叫府中下人去知會了太太與老太太，想來她二人這會兒也該到了，二小姐與三小姐鬧不成事，您且安心。」

鳳嬤嬤一口一個「老奴」自居，又將一樁樁一件件事安排得井井有條，納蘭崢只好硬著頭皮一個勁道謝，原先準備的那番用以回絕的說辭竟一個字沒能說。

待人走了，她才哭喪著臉想起來，鳳嬤嬤定是故意不給她機會開口的，畢竟人是宮裡派來的，他們皇家做事，還能由得她說一個「不」字嗎？

胡氏與謝氏到映柳居時，裡頭的哭聲還十分淒厲，兩人沒立刻進門，如鳳嬤嬤差人提醒的那般，站在牆根先聽了一會兒。

納蘭沁這些年分明很是收斂了性子，這回卻端不住了，撒潑起來，眼見得髮髻散亂，竟連女孩家最珍視的樣貌都不要了。

納蘭涓本就膽小，被嚇得愣頭愣腦站在一邊。

她一夜未得眠，心裡頭覺得不對勁，因而這大清早的才來問問，看四妹的事與二姊可有干係？哪知她剛開口，納蘭沁就急紅了眼，又是罵她血口噴人，又是罵她胳膊肘往外拐的。

見二姊如此反應，她才將此事前後的古怪連在一起，一下子覺得不寒而慄起來。

納蘭沁都十五及笄的人了，若非當真崩潰也不至如此，她哭得氣也喘不上，一個勁兒斷續道：「你們都護著她……先是父親與祖母，再又是母親，如今連妳也跑來質問我了……涓兒，妳想過姊姊沒有？這些年我吃了多少苦頭，收斂了多少脾性，是母親告訴我可以的……可後來呢？皇后娘娘來了一遭，也不知與母親說了什麼，她便叫我打退堂鼓了……那感情的事豈是說斷便能斷了的？涓兒，我不是喜歡做太孫妃，我是喜歡太孫啊！」

照她這話的意思，竟是做小也願意了。納蘭涓噎在那裡有些震驚，一個字吐不出來。

納蘭沁也不管她是否回應，抽噎著繼續道：「我是母親的親骨肉啊……就因皇后娘娘拿謝家勸說她，就因她權衡了其中利弊，她便不管我了嗎？涓兒，我不甘心……不甘心啊！洵世子差人尋我時與我說，太孫一直都在雲戎書院唸書，已與納蘭崢朝夕相處整整五年了……妳可知我作何感想？我暗暗努力了這麼些年，卻有人不費吹灰之力得到了我想要的一切！妳看她瞞我們瞞得多好……瞞得多好啊！」

她說著便咬了咬牙。「太孫昨夜取走那幅字帖，是不願將事情鬧大對嗎？我算想明白了，既然這事捅出去對納蘭崢不好，那我就偏要捅了出去！大不了拚個魚死網破！」

她說著就站起來，一副要往外走的態勢，卻忽聽一聲厲喝：「沁姐兒，妳發哪門子的瘋！」

說話的正是從頭聽到尾的胡氏，後面還跟著臉色蒼白的謝氏，想來兩人俱已明白一切。

有胡氏在，謝氏也不好開口，只得由著她將話說完。

胡氏此番也是氣得不小，上來就顫巍巍指著納蘭沁道：「好妳個敗壞門風的丫頭，竟敢做出那等苟且之事來！人家太孫看在崢姐兒的面上饒了妳，妳卻要將事情捅出去？妳可是要咱們國公府上下陪著妳一道下獄，可是想叫納蘭家滿門都抄斬了？」

她氣得整個人都晃了晃，納蘭沁和納蘭涓都嚇傻了，倒是謝氏當先反應過來，忙上前去攙扶老太太，白著張臉，一句替納蘭沁辯駁的話也出不了口。

事情到這地步，她是當真有心無力，只能怪她將這女兒養壞了！

「魚死網破？」胡氏穩了穩心神就冷笑起來。「妳還真道打上好算盤了！我告訴妳，咱們國公府有的是法子與妳斷個一乾二淨！陛下與太孫也是長了眼的，絕不會虧待了忠臣，更不會委屈了崢姐兒！妳要作踐自己，毀了前程，沒人攔妳，只是妳今兒個出了這道門，便不再是我納蘭家的孩子了，妳可想想清楚吧！」

謝氏一面攙著老太太，一面拚命給嚇愣住的納蘭沁使眼色，示意她趕緊服軟。納蘭涓也意識到事情的嚴重性，哭著跪在地上求祖母網開一面，又去搖二姊，想叫她醒醒神。

納蘭沁好一會兒才緩過勁，只是這下卻連淚也流不出來，「咚」一聲悶響，整個人往地上癱軟了去。

第二十六章

魏國公府鬧起來時，豫王府也不得安寧。

姚疏桐一手勉力撐著榻，一手揚起就給那跪在腳蹬邊的丫鬟一個巴掌。

那丫鬟被她打得偏過頭去，臉上立刻浮現紅印，卻是一言不發。

「妳好好說清楚，誰人要害我腹中孩兒？」

「王妃若想知情，便請將奴婢拖出去打死了吧！」

兩人話說及此，忽有人推門而入，正是豫王湛遠鄴。

姚疏桐臉色蒼白地揮退丫鬟，掀開被褥跪在榻前，未及說話便紅了眼圈。「王爺，妾身知錯了。」

湛遠鄴垂眼看見她單薄的身子骨，屈膝傾身向前，沈著嗓子問她：「錯何處了？」

姚疏桐覺得這位太孫的皇叔，實則眉眼是與太孫有幾分相似的，又因那股經年累月積蓄的厚重氣韻，甚至其魅力還遠有過之，尤其到了夜裡的某些時辰……想來，太孫這般未出茅廬的青澀少年絕不能夠相提並論。

她被這促狹逼迫得不自在，向後仰了一些才道：「妾身不該聽了元青的昏話，去蹚這趟渾水，也不該糊塗到懷了身孕都不曉得，丟了王爺的骨肉。」

她說著便哭成了淚人兒，湛遠鄴卻板著張臉不為所動，忽然問她：「妳可知從前的豫王妃是因何亡故的？」

她白著臉說不出話來，湛遠鄴便伸手捏過她的下巴淡淡道：「風寒死不了人，她死了，是因為她不聽話。」

「妾身……妾身明白了！」姚疏桐拗不過他的手勁，僵著脖子道：「妾身再不會擅作主張了，更不會再對魏國公府存有不好的心思。」

他手下更用力幾分。「什麼樣的仇怨叫妳不惜這般代價也要去冒險？姚疏桐，妳喜歡我那皇姪？」

她死命搖頭。「王爺，不是的，絕不是的！妾身只是與納蘭崢有些私怨罷了！」

他冷笑一聲，手一揚就叫姚疏桐跌了個猝不及防。「五年前春日宴上的私怨？」

姚疏桐瞞不過他，沒法爭辯，只好忍痛爬起，顫抖著去拽他的衣角求饒。「王爺……妾身對太孫沒有念想了，早便沒有念想了，單單只是看不慣納蘭崢罷了！王爺……您饒了妾身吧！」

湛遠鄴居高臨下望著她，也沒說信或不信，只道：「妳記住三點。第一，納蘭崢不是妳動得起的人；第二，我有耐性保妳一次，卻必不再有第二次；第三，湛家的家務事還輪不到妳姚家人插手。叫妳那叫『元青』的好弟弟回頭好好醒著神，還有妳父親安排在書院照顧他的那名張管事，打爛了丟去亂葬崗。」

「妾身記得了！王爺，您就是妾身的天，您若厭棄妾身了，妾身便什麼也不是了……妾身一向明白的！」她一張小臉梨花帶雨。「妾身知曉王爺愛重太孫，太孫亦視王爺如父，此番是妾身叫您為難了，您若不願保妾身……便休了妾身吧！」

湛遠鄴聞言，屈身將她拽起來禁錮在腿間，道：「我何曾說過要休了妳？還有，妳想要孩子來求我，求送子觀音做什麼？」

她的確是該求他的，事到如今，她怎還會不曉得事情的前因後果？湛遠鄴不想她有孩子，這才故意放她出王府，又安排她身邊的丫鬟害她自作孽，好叫她長記性。

他早便安排人手在松山寺以備萬一，納蘭崢根本不可能出事，反是她被玩弄了。如此看來，前些日子有大夫替她號脈，卻未言及她有孕之事，那也是他的意思了。

她醒過神，壓下滿腔不甘與懊悔，只道：「妾身知錯，妾身求王爺就是了。」

納蘭崢一身磕磕碰碰的傷，又染了風寒，吃過午膳不久便睡下，待醒來已是未時末，被綠松與藍田服侍著喝了湯藥，就聽一名叫岫玉的宮婢說，納蘭涓已在外頭等了她半個多時辰了。

她不方便下榻，便叫人將納蘭涓請到裡間，誰想她進來後「砰」一聲就跪在自己榻前。

「四妹，是三姊對不住妳！」

納蘭崢猜到她緣何而來，卻沒料到這一齣，險些就要下榻去扶她，一動腳才覺使不得，只好道：「好端端的都是自家姊妹，妳跪我做什麼？快些起來！」又給綠松和藍田使了個眼色示意她們去扶。

納蘭涓卻打定了主意不起，一個勁地給納蘭崢磕頭。兩名丫鬟怕傷著她，也不敢使力拉扯。

「四妹，是三姊支走了綠松的，千錯萬錯都是三姊的錯……」

納蘭崢眼見攔不住她，嘆口氣道：「我本就沒打算拿二姊如何，妳不必替她求情。」

她開門見山，語出直接，納蘭涓聞言有些錯愕，又聽她道：「有些帳不是想算便能算的，都是自家姊妹，我能拿她如何？這樣的事傳了出去，旁人笑話的是咱們魏國公府。」

納蘭涓低下頭。「四妹說的是。」

「可我也的確不是心胸如何寬廣之人，做不到以德報怨。況且這事牽扯到太孫，我不追究二姊，卻也沒道理求太孫不追究，妳說呢？」

納蘭涓聽了這話就撲簌簌落下淚來。「四妹，我曉得自己沒資格來求妳，妳也沒那理去求太孫，只是妳替我勸勸母親吧，母親要將二姊嫁出京城了！」

納蘭崢先是一愣，隨即很快反應過來。三個女兒裡，謝氏最疼的還是納蘭沁。

長女納蘭汀心性穩重，即便議親那會兒屬意顧池生，卻因曉得彼時兩家人地位懸殊，從未要求爭取過。謝氏對她放心，給她挑的人家也中規中矩，反倒後來對納蘭沁花了極大心思調教培養。

只是如今她犯了這般錯事，莫說嫁進皇家，便是出路都難再有好的，倘使留在京城，湛明珩哪會不插手呢？一旦納蘭沁嫁了人，與娘家的關係便淡了，到時皇家若再想動她，就不必太顧念魏國公府了。

謝氏意圖將她嫁到外頭，實則是為了保她啊。

想通這些，納蘭崢淡淡道：「母親這是為了她好。」

「可自母親與二姊說過那些話後，她便未再開過口，一粒米也不曾吃下，我怕這樣下去……」

納蘭崢皺皺眉，直覺納蘭沁並非會尋短見的性子，卻畢竟也談不上十分有把握，想了一會兒問：「母親可有說要給二姊配哪裡的人家？」

「也是八字未有一撇的事，聽聞是淮安顧家。」

「淮安顧家？」納蘭崢心下一驚。「可是戶部郎中顧大人的故家？」

「正是。四妹也曉得，咱們這樣的門第不好下嫁給商賈人家，可那些地方官都是前途難測的……」

她話只說一半，納蘭崢也明白了。

商賈人家自然嫁不得，與其讓納蘭沁嫁給很可能朝不保夕的地方官，倒不如嫁入京官的故家。但凡京官在朝順風順水，便能光耀門楣，故家的日子亦不會差到哪去。

顧池生的案子已反轉，想來日後前程非但不會受阻，反而還可能因這遭「委屈」得到陛下的恩典。

顧家確是值得託付之所。

「三姊，實話與妳說，留在京城對二姊一點好處都沒有，反倒淮安顧家門庭冷清，妯娌關係也不複雜，顧大人為人又重情義與孝道，必不會虧待了故家的父老兄弟。妳若真為二姊好，便該與母親一條心。至於我，一來她不想看見我，二來我也沒那肚量面對她。這些話是我與妳推心置腹，她的前路，袖手便是我最大的讓步，妳也不必再說了。」

納蘭涓揩了眼淚起身，點點頭道：「我明白了，謝謝四妹。」

她搖搖頭示意不必，忽然問：「三姊方才說八字還沒一撇，難不成母親是預備傳信給長姊，請她幫忙料理此事？」她們的長姊夫杜才齡與顧池生是交情匪淺的舊識。

納蘭涓聞言稍有訝異，勉強笑了笑道：「四妹總是聰慧的。」

「顧大人昨日方才出獄，眼下狀況必然不佳，長姊若想請杜大人做個中間人，怕還是不要急著這幾日為好。」

「那就多謝四妹提醒了。」

戌時的梆子敲過不久，湛允披了身厚重的大氅匆匆步入承乾宮，就見主子正仰靠著一把金絲楠木製的交椅閉目養神。

他一個激靈放輕了步子，卻不料還是吵著了湛明珩。

「跟你說了，天冷了就走慢些，風都給你灌進來了。」

湛允聞言立刻放慢動作上前，連說話語速都緩了幾分，力求不冷到分明一點不怕冷的主子，一面道：「主子，這不是密報來得急嘛，您不預備聽一聽？」

「聽什麼聽？」湛明珩懶得睜眼，一副極其睏倦的模樣。「皇祖父好歹不裝病了，也叫我乘機偷閒幾日，有什麼消息直接送去太甯宮就是。」

湛允想說他誤會了，此密報可非彼密報，張嘴卻起了玩心，笑了笑道：「是是，咱們不聽。主子，豫王爺走了？」

「走了。」湛明珩揉了揉眉心，繼續懶洋洋道：「我這位皇叔實在難應付，分明是來求我辦事的，卻還少不得訓我幾句，將我這一個多月來處事不周之處列了張三尺長的條子，比皇祖父還能折騰人。」

「王爺待小輩素來嚴苛，實則也是為您好，如此說來，王爺可是為王妃那茬子來的？」

「不然呢？他豫王府不缺金銀又不缺美人，還有何可求的？」他說罷冷笑一聲。「若非姚疏桐此番自作孽落了胎，即便皇叔再怎麼開口，我也絕沒有放過她的可能。」

「平日倒瞧不出來，王爺竟對這位小王妃挺上心。只是主子，您如此應了豫王爺，可不委屈了納蘭小姐？」

湛明珩聞言一時沒答。湛允見他似乎有些煩悶，就怕自己提了不該提的，於是勸慰道：「不過納蘭小姐大度，想來能明白您的為難。」

「她是對旁人大度，對我小氣。」湛明珩吸口氣。「我不會委屈她，總要一筆一筆替她討回來，只是難免需要些時日。先不說這個，備輦。」

「去哪，主子？」

「你的眼力見都叫狼給吃了？」他蹙起眉頭。「你家主子我自昨日起便沒躺下歇過半刻，你說我要去哪？」

「哦，那您先歇著，魏國公府來的密報咱們就明個兒再看吧。」

湛明珩聞言「唰」一下睜開眼，只見那眼底一片清澄，哪裡還有半分方才的迷糊與懶散？

「你說哪來的密報？」他問完似也反應過來，坐直了身子。「承乾宮每日須收數十封密報不止，你講話不曉得講清楚些？」

湛允頷首應是，又悄悄抬眼看他。「主子，那您不睏了？」

「睏什麼睏？」他剜他一眼。「唸！」

「哦。」湛允說著拆開密報，將裡頭的內容一五一十唸了一遍。

主子倒並非有意監視納蘭小姐，只是被松山寺那事弄怕了，又沒法將人捆進宮來擱眼皮子底下，只得出此下策。

密報之詳盡，從納蘭崢今晨幾時醒的、午膳吃了幾口飯、湯藥剩了多少渣、與誰說了什麼話俱都有，唸得湛允口乾舌燥，完了忍不住討要一杯茶水喝。

那期間湛明珩幾次想出言打斷，張嘴卻忍了，盡數聽完才皺眉指出其中最令他不滿的一點。「那丫頭都沒出過京城，怎麼就曉得他淮安顧家門庭冷清，妯娌關係簡單了？」

湛允深以為然的樣子。「主子，還有顧大人為人重情義重孝道呢！」

他擰著眉頭，絲毫沒察覺湛允嘴裡的調侃意味，還點點頭。「是了，前幾日魏國公似乎也過問了顧池生的案情，他們納蘭家可是對此人關心太過了？」

湛允繼續深以為然。「的確，不僅關心太過，竟還有了結親的想法。主子，以魏國公如今的地位，實則並不宜與朝中要緊的文臣來往過密，您若借此說辭提醒納蘭小姐，豈不既能表達您對魏國公府的關切，又不顯得您這個人太小氣嗎？」

湛明珩這下反應過來了，抬頭就是一個眼刀子殺過去。「湛允，你皮癢了是不是？想來十月的冷風該好吹得很，莫不如將布置在魏國公府周邊的錦衣衛調回來，換你去值崗？」

湛允聞言哭喪起來。「主子，屬下錯了。」

他沈默著想了一會兒。「看在你出了個好主意的分上，且饒你一回，叫他們傳話給岫玉，吩咐她旁敲側擊與納蘭崢說說；還有，嚴笑坤倒臺了，戶部侍郎的位置也空缺了不少時日，提醒提醒底下人，該是時候填上了。」

湛允聞言一愣，好一會才恍然大悟過來。顧池生身為戶部第三把手，頂頭上司倒臺了，原本該是上位的不二人選，可他這官位卻是兩個月前方才得來，尚且未能坐穩，接連升任未必能叫眾人信服。要說再往下的杜才齡吧，倒是比他更早進戶部，能力也算得上卓絕，只是亦難有越級晉升的道理。

可哪怕這兩人最終都撈不著這個官，既是拋了誘餌出去，又如何不叫他們之間生點嫌隙？畢竟杜才齡此人肚量實在不算大，恐怕早便對顧池生心生妒意，到時謝氏再想透過他與淮安顧家的子弟攀上姻親，可就沒那麼容易了。

戶部不乾淨，主子這一招，一來試探朝臣心思，二來不給納蘭沁好出路。想通這些，他誇讚道：「主子，並非屬下誇大其辭，您可真是太絕了，實在是給屬下一百個腦袋也想不到！」

「盡說廢話，要不然你來做這個主子？」

「屬下不敢。」湛允忙低下頭去，這一垂眼便見剩下一封信箋內裡鼓起的東西。「對了，主子，弟兄們在山裡搜了一整日，好歹找著了納蘭小姐的簪子。」

他說著就從夾層中取出一支雙層鎏金點翠蝴蝶簪，赫然便是阮氏托雲央贈給納蘭崢的那支。只是上頭沾了泥巴與血污，簪頭也有彎折的痕跡。

湛明珩抬手接過，又從袖中取出那枚自納蘭崢處收回來的金葉子，垂著眼細細摩挲了一番。

他前頭收回它是因誤會了納蘭崢，還道她起始便是奔著替顧池生說話才使了他的信物。後來卻從宮人嘴裡得知，她聽聞顧池生出事是在金鑾殿前，也就是說，她最初進宮是為了他。

他卻一時衝動將她氣走了。

總想著待回了書院再說幾句好聽的也來得及，卻不料出了松山寺那檔事。也是那會兒他才驚覺，他太習慣她的存在了，以至根本未曾想過沒了她自己會是什麼模樣。可事實是，她未必就始終站在他一回頭便瞧見的地方，她興許會消失，也興許終有一日不能伴他左右，成為他人的妻子。

並非一切都來得及，恰恰相反，這世間有太多來不及了。就像母親，還有父親。

想到這裡，他幾乎一刻都不願再等，朝杵在跟前的人道：「備馬。」

湛允一愣。「主子，您要騎馬回去歇息嗎？」

實在是湛明珩思維跳躍太快，也怪不得人家湛允這般反應。他一時氣極，連罵人的話都省了，咬牙蹦出兩個字。「出宮。」

第二十七章

納蘭崢是被窗外忽然大灌進來的冷風驚醒的，醒來一剎察覺不對，猛然坐起的同時攥起床沿下邊貼著的一柄匕首，不管三七二十一就朝旁側刺去。

她習慣了點燭就寢，只是方才那一陣大風將屋內的燭火都吹熄了，因而眼下正是伸手不見五指。

來人被這突如其來的刀鋒一驚，忍不住低聲道：「妳個女娃還貼身藏刀子？」

從前自然不會如此，只是納蘭崢此前被姊姊設了套，便在國公府也覺不安穩，這才留一手以備萬一。

她一聽這聲音就慌了，卻奈何揮刀時使了大力，一下子止不住勢頭，虧得湛明珩開口前便先仰開了去，輕輕鬆鬆奪過那柄匕首在手心裡掂量了一番，壓低了聲音道：「刀子倒是鋒利，只是功夫還差些火候。」

她驚魂未定，好歹還記得也放輕了聲響。「你怎麼來了？」問完了還不夠，緊接著又問：「你怎麼來的？」

外牆府兵與她院中守值的丫鬟和小廝都是擺設嗎？這麼大個活人竟就這麼放過了？

湛明珩大搖大擺地在她床沿坐下。「這天底下還有我進不得的地方？」

納蘭崢立刻一副避之如豺狼虎豹的模樣，直縮到床角，咬著牙道：「你行事也真是越發沒個顧忌了，便是太孫也絕無夜半擅闖女子閨房的理！」

「那妳不如試著讓大傢伙來評評理？」

「你……！」她被氣噎，他分明曉得她不敢喊人，倘使喊了人，她還要不要做人了！

湛明珩見她說不出話來，彎著嘴角朝她遞去兩樣東西。「氣多了長不高，我又不是什麼賊人，不過來物歸原主罷了。」

屋子裡太黑，納蘭崢瞧不清他的動作，只隱約察覺他的手似乎朝自己靠近了些，就疑惑著去接。伸出手摸索時卻偏了一偏，沒觸到他手心裡的東西，反倒握著了他的指尖。

湛明珩是從外頭來的，手自然要比窩在被褥裡的納蘭崢冷些，她一碰到就下意識往回縮，也不知是被冰著還是嚇著了？

湛明珩也是一愣，這才反應過來。他是練就了夜裡視物的功夫，可納蘭崢並非習武之人，目力遠不及他，自然什麼都瞧不見。

興許是指尖還殘留著方才那柔軟溫暖的奇異觸感，他多愣了一會兒才抓著她的手，將金葉子和擦拭修補過的簪子塞了過去。

不過一瞬碰觸便叫納蘭崢認出兩樣東西，她訝異道：「你怎麼曉得我丟了支簪子？」問完卻覺這對他而言實在不算難事，又換了一問：「這簪子你在哪找著的？」

實則湛明珩是依照她脖頸上的傷口有了猜測，又托人問了阮氏身邊的丫鬟才曉得的，只是也沒事無巨細交代的必要，便只道：「我吃飽了撐著特意給妳找這簪子？尋妳那會兒順帶撿著罷了。」

納蘭崢撇撇嘴。「那簪子我收下了，金葉子你拿回去，我又不是原主。」

湛明珩被氣笑。「納蘭崢，妳脾氣再大一些試試？」

「脾氣大的是你！」她心有不滿，卻極力克制著說話的音量。「我才不收被人要回去過的東西！」

「就這樣妳還敢說脾氣大的是我？我告訴妳，我送出手的東西也沒有被人退回的理，妳不要就拿去丟了餵狗！」

她心裡倒覺好笑，狗是會吃這東西的嗎？嘴上卻不饒人。「那好，餵狗就餵狗！明個兒就叫人拿去丟了！」

湛明珩聽她這話，思及自己為她兩日一夜都未歇過，大冷天的還連夜奔馬來還她這些，登時氣得不行，欺身上前便扣住她的手腕道：「納蘭崢，妳有膽子再說一遍？」

他這動作也沒個顧忌，占了納蘭崢大半張床榻不說，手肘還不小心壓著了她腳踝還未消腫的傷處，疼得她「哎」一聲叫了出來。

外間立刻有人聞聲驚起，一面窸窸窣窣穿衣，一面似乎在吩咐旁邊的人。「快去瞧瞧四小姐出什麼茬子了？」

兩人一聽這聲音都愣了愣，隨即驚覺不好。

是鳳嬤嬤來了！

湛明珩呼吸一緊，納蘭崢就曉得糟了。虧她原先還道身邊那四名宮婢與鳳嬤嬤都是被他「買通」了的，卻原來他當真膽大包天隻身闖入，不曾知會任何人。

只是細想也對，如鳳嬤嬤這般嚴肅刻板的長輩，豈會縱容他做出這等逾越的事來？

好歹兩人反應都算快，不過愣了一下，湛明珩便一個翻身往鏤空了一半的床底下鑽去。納蘭崢則慌忙收起兩樣東西，胡亂摸索一陣沒找著匕首，才記起是被湛明珩奪去了，於是不動聲色理了理被褥，等著一前一後進到裡屋的鳳嬤嬤與岫玉點燭。

屋內霎時燈火通明，趴在腳蹬邊的綠松迷迷糊糊睜開眼，一臉茫然地瞧著正襟危立的鳳嬤嬤。

納蘭崢如今腿腳不便，就寢須得有人守夜，因而鳳嬤嬤與岫玉才睡在外頭，綠松則在她跟前當差。

她一見綠松那模樣就明白過來，人的後頸有個位置，若防備不慎被極細的銀針封了穴便會昏睡過去，想來是湛明珩為不驚動旁人對綠松動了手腳，直到方才翻身躲進床底才順手取走了那枚針。

納蘭崢心內哭笑不得。湛明珩如何能心思這般縝密，動作這般熟練，難不成夜闖女子閨房這等事他做過了許多次？

心裡這麼想著，面上卻還記得保持該有的神態，她驚魂未定地看向鳳嬤嬤。「鳳嬤嬤，您瞧見什麼東西從我窗子口跑出去了嗎？」

她這話問得十分巧妙。屋內的燭火都熄了，顯然窗子曾有過一瞬的大開，可她又不能說是有東西進到屋子裡，倘使那樣，以鳳嬤嬤的警覺必定大肆搜查，可不就得搜出湛明珩嗎？因而只有這套說辭才勉強適合。

躲在床底的湛明珩聞言便與納蘭崢生出了近似的想法。聽聽這恰到好處的惶恐語氣，瞧瞧這妙至巔峰的說法用詞，這女娃經驗如此老道，難不成是常常被男子夜闖閨房嗎？

鳳嬤嬤聞言並未立刻動作，站在原地緩緩朝屋子四面環顧了一圈，一言不發地，就那麼上上下下左左右右地看，直叫納蘭崢心都快跳出嗓子眼。

良久後她道：「岫玉，差人將外頭院子仔仔細細查一遍。」又看向不知所措的綠松。「綠松，妳是如何當差的？竟還有比小姐晚醒的理！」

綠松聞言慌忙伏倒。「奴婢知錯，奴婢再不敢了！」

待下素來嚴厲的鳳嬤嬤此番卻並未對她有所懲戒，只「嗯」了一聲道：「妳下去吧，這廂有我。」

納蘭崢一聽這話就睜大了眼。「鳳嬤嬤，可使不得！您何等的身分，哪能勞動您來替我守夜！興許……興許只是哪來的野貓罷了，我不礙事的！」

鳳嬤嬤卻肅著臉一副不容推拒的模樣，壓根沒聽進她的話。「四小姐且安心睡著，有老奴在，就沒得什麼不聽話的『野貓』敢闖您閨房了。」

聽她這語氣，分明就曉得了真相，這是要懲戒湛明珩，叫他睡一夜床底呢！

納蘭崢垂眼瞧了瞧床榻，那下面只鏤空了一半，陰暗狹窄得很，照湛明珩的身板該有多膈人啊。

只是鳳嬤嬤不肯走，她也沒法子，心道他做了這等沒規矩的事，也真是該了，便被催促著躺下了。

鳳嬤嬤見她妥帖了就要去熄燭，綠松護主心切，雖挨了訓，卻也大著膽子提醒道：「鳳嬤嬤，小姐懼黑，熄了燭便會作噩夢的。」

床底下正鬱卒著的湛明珩聞言更蹙起了眉。納蘭崢這麼個潑辣性子竟懼黑？他認得她這麼些年，卻是眼下才曉得。

「四小姐如何就懼黑了？」鳳嬤嬤稍一挑眉。「這可不是個好習慣，日後嫁了人，倘使夫家是得熄燭睡的，四小姐可預備怎麼辦？」

納蘭崢隱約覺著這話裡有話，倘使她未記錯，湛明珩便是個嫌燭火刺眼，非要熄了才肯睡的人。可鳳嬤嬤講得隱晦，她也不好明著頂撞，只得硬著頭皮老實道：「鳳嬤嬤訓的是。綠松，將燭熄了吧。」

綠松聞言急了，替她求情道：「鳳嬤嬤，小姐七歲那年落過一次湖，險些丟了性命，實在是……」

納蘭崢蹙著眉頭打斷她。「我又不是小孩子了！」

綠松撇撇嘴，頷首應是，熄完燭便退了出去。

納蘭崢在心底吐出一口氣，拉起被褥。左右閉了眼都是一個樣，有什麼不行的，她可不願為這點小事得罪了鳳嬤嬤，那多不值當啊。況且湛明珩就躺在她床底下，她怕什麼！松山寺後山那般黑的夜，不也熬了過來！

她如是這般自我催眠一番，卻興許白日睡多了，反倒越躺越清醒。

倘使平日，她恐怕早便不安分地翻來覆去，可眼下鳳嬤嬤在，她不知怎地便覺得若翻了身定會被訓。

她好像都能聽見鳳嬤嬤說：「四小姐如何便要一直翻身了？這可不是個好習慣，日後嫁了人，倘使夫家是個睡得淺的，四小姐可預備怎麼辦？」

雖然她不曉得，湛明珩究竟是睡得淺還是睡得沈的。

思及此，她悄悄側過一隻耳朵，貼著床板細聽底下聲響，只是辨了好半晌都沒有一絲動靜，甚至連點氣息都聽不著，好像那下頭根本沒有人似的。

她只得作罷，心道湛明珩似乎還挺顧忌這位乳母的。

她因此也算瞧明白了，他興許的確有意尋幾個信得過的人來看著她，可這位鳳嬤嬤的到來卻定不是他的主意。瞧她方才那架勢，分明是預備將自己往太孫妃乃至未來皇后那規制調教的。

湛明珩不會這麼拘著她。

翌日清早，湛明珩聽鳳嬷嬷走了，便曉得她是懲戒夠了，這才揉著痠疼的腰背從納蘭崢床底下鑽了出來。

又是一夜未得眠，且還是這麼個折騰人的熬法，他鐵青著臉剛要走人，轉頭卻見納蘭崢似乎睡得並不安穩，整個人都蜷在床角緊蹙著眉頭，手心裡還攥著被角，一點不肯放鬆的模樣。

他也跟著皺了皺眉，記起昨夜聽見的那些話，還有她藏在床沿下的那柄匕首，只覺心裡堵得慌。

一般的閨閣小姐哪用得著這些？她那麼明朗的一個性子，內裡卻膽小畏縮成這樣，更要緊的是，她竟從未在他面前提及表露過分毫。他倒是準備好好查一查，她七歲那年究竟是如何落湖？

想到這裡，他屈膝彎下身，輕手輕腳替她將揉縐了的被褥理了理，又伸出一根食指想撫平她的眉頭，卻到底怕吵醒她，想了想還是退了出來。

以他的身分，做這般替人捏被角的事實在有些不可思議，他卻沒顧忌什麼或顧忌誰，做完這些才回頭看了早早立在門邊注視著他的鳳嬷嬷一眼，朝她稍一頷首，跟著走到外頭。

鳳嬷嬷早便支走院中下人，步出廡廊就頭也不回直言道：「明珩，你可曉得自己這回實在過頭了？」

湛明珩精神有些不濟，勉強正色道：「您想說的我都明白，我卻不能向您保證就沒有下回了。」

她聞言回過身，更嚴肅道：「你該記得自己的身分，你是皇太孫，可不是京城隨便哪家哪戶的公子哥，能為了個姑娘就拋卻禮數規矩的！」

「您想到哪裡去了。」他這話雖是笑著說，卻似乎在拿笑意掩飾心內怒氣。「她還小，沒得您這麼隨便稱『姑娘』的，我也根本沒想做出格的事。」倘使他真有什麼打算，又與衛洵之流有什麼分別。

鳳嬤嬤吸了口氣，終歸感覺到他的不悅，改了稱呼。「你會錯意了，我便是曉得你珍視那女孩，才提醒你莫忘了本分，你的心思應在政務上才是！你該明白我主動向你皇祖父請纓來魏國公府的緣由，既是未來的太孫妃乃至皇后，總得由我這老人家替你把把關。如今我便日日待在這魏國公府裡，再叫我瞧見你拋下正事不做，沒規沒矩跑了來，我可要向你皇祖父說道的！」

「您也會錯意了。我與魏國公商量過了，不再答應她去雲戎書院侍讀，倘使我真想日日見她，就不須阻攔此事了。至於您如何與皇祖父說道，我是不在意的，總歸該我做的事我會做好。」他頓了頓。「卻希望您別拿她開刀子，她沒那麼想做這太孫妃，您別將她訓誡過頭逼急了，適得其反，如此，皇祖父也不願意看到。」

「你倒是……」鳳嬤嬤被他氣著，噎了一會兒才說出話來。「你倒是學會拿你皇祖父威脅我了？」

湛明珩耐著性子好聲好氣道：「我曉得您是為了湛家好，絕無埋怨您的理，只是凡事都須有個度。我昨夜越了那個度，您便生氣了，倘使您來日越了哪個度，我也一樣的。」

「好好……我看你也是鐵了心了！」她說罷又吸一口氣，點點頭。「我終歸只是來當差的，又能拿她如何了？岫玉不正是你派來看著我的人嗎？」

「您曉得就是了。」他忍不住打了個呵欠。「說起來您這懲戒也真夠狠的，明知我許久未合眼，還非叫我躺了一夜的犄角旮旯。」

她覷他一眼。「你是該的！」

「那您眼下可放我回去了？」

「你回去便是，再要敢這般胡亂闖了來，小心我就不給你出來的機會！」

湛明珩點點頭，便擇了條事先打算好的路離開，走到一半復又回過身來，頓了頓道：「您叫她留燭睡吧。熄燭就寢都是我從前的習慣，您不曉得，我如今都要點著燭才能睡著的。」

鳳嬤嬤稍一挑眉。「何時起的，我如何會不曉得？」

他彎了彎嘴角。「便是自今日起的。」說罷大步流星走了。

第二十八章

湛明珩睏得呵欠連天，便沒勉強騎馬，差湛允備了馬車回宮。

湛允倒是個可憐的，在外頭吹了一夜的冷風，盼了一夜的主子，腦袋裡也不知想了多麼深遠而不可描述之事。這會兒瞧湛明珩眼下青黑，腰背不健，顯然累了一宿的模樣，真是眼皮子都要跳起來了！

震驚太過，以至他出口都未思考，瞠目道：「主子，您這該不是與納蘭小姐……」

湛明珩一個呵欠恰打到一半，生生僵在那裡，臉立刻便黑了，看那眼神足能冒出三丈高的火苗。

湛允見狀，意識到自己觸了主子逆鱗，忙補救道：「吵架了？」

算他還有點眼力見！

自覺被困床底一夜這等事說來很傷面子的太孫殿下朝他殺去一記眼刀子。「對，吵了一夜，回宮！」

湛允「哦」一聲，摸了摸腦門無辜地備車去了。

湛明珩一路瞌睡，途經城南千居胡同時掀開車簾一角，瞧見顧府大門前停了輛檀色馬車倒來了精神，給湛允使個眼色。

湛允一個閃身來回，不過幾個功夫便作好確認，回報道：「主子，是公儀府女眷的馬車，看這行頭，約莫是公儀夫人季氏來探望顧大人的。」

他點點頭沒說話，復又閉上了眼。

湛允見狀，眼疾手快替他撤下簾子，好保持車內昏暗，一面悄悄思忖。主子對這位顧大人真是盯得挺緊，人家這回吃了牢飯，半條命都沒了，也怪慘的。

湛明珩不睜眼便知他在想什麼，冷笑一聲道：「你真道顧池生是多值得憐憫的良善之輩？」

他聞言略有些錯愕，未及細問，又聽主子沈聲道：「嚴笑坤的案子經三司會審與我親手核查，待到問斬之際尚無紕漏，可他一死，針對顧池生的罪證便一股腦冒了出來。倘使罪證是真，可說是先前被什麼人刻意壓下來，可偏偏罪證是假，你以為，這就單單是樁構陷忠良的冤案？」

「莫不是說……這是齣苦肉計？」

「他這罪遭的，朝中一半官員替他出頭求情，完了還得叫皇祖父愧疚，來日若有升遷之機，也必以他為先。不過受點皮肉苦，如此穩賺不賠的買賣，換了是我，我也做。」

湛允消化一會兒才又問：「可這罪證也非憑空冒出，確是朝中有人想害顧大人不假。」

「立身在朝，誰沒那麼一、兩個政敵，何況他是公儀歇的學生，對付他與對付公儀歇又有何二致？咱們這位閣老可是個喜歡得罪人的性子，樹的敵豈是掰著指頭能數的，偏皇祖父還就喜歡他那剛正不阿，也不拐彎的廉明勁頭。」

「如此說來，暗害是真，顧大人則將計就計，不喊冤、不申辯，待刑受滿了，作勢作夠了，才叫案子水落石出？」

湛明珩笑笑。「倘使僅僅如此倒不算什麼，不過與皇祖父耍點心計裝個病，好乘機讓我監國沒大分別，怕只怕裡頭還要更複雜些。」

「還能如何複雜，難不成是賊喊捉賊？」

湛明珩一時沒答，想了想才道：「直覺罷了，此事我尚未有頭緒，暫不必與皇祖父說。皇祖父信任公儀閣老，我不能無端多他口舌，且我的生辰也快到了，莫拿這些不高興的事去叨擾他，叫他歡歡喜喜籌備著宴名冊便是。」

「屬下明白。」

顧府東向正房裡頭，緗色緙絲對襟褙子的婦人端坐在一把圈椅上，望著對頭那面色蒼白的人，拿著帕子揩了好幾次淚，才道：「兩年前你這狀元府落成時師母未得來，後又是你登門望我的多，卻不想如今頭一遭竟是這般情形。」

顧池生靠著床欄，聞言就笑。「師母，學生不過受了幾日刑，如今已無大礙了。」

「你瞧瞧你這一身的傷，哪有如此輕巧的！老爺也真是的，那雙眼便只認著證據、證據！你是他一手帶大的，與親生子又有何分別，他竟也不肯信你，還親自審訊逼供，下手這般不留情面！」

「師母，老師為人素來公正嚴明，此番證據鑿鑿，我亦申辯無能，也難怪他會生氣。且老師閣老之身，若包庇於我，給人落了話柄，到時怕多的是老師的政敵要參他幾本，如此，學生的罪孽可就深重了。」

季氏嘆了口氣。「你自幼懂事，能不怨恨他便最好。他這些年行事的手段，連我也是怕的。」

顧池生垂眼默了默，不再談論老師，忽然道：「師母，十二年了，您看開吧。」

季氏不意自己心思被看穿，愣了愣才道：「池生你……竟也還記著。」

「再過幾日，十月初九便是她的生辰了。」

季氏聞言愈加訝異，卻見他無所謂般笑了笑。「學生自幼長在公儀府，承蒙老師與您教養，自然亦視她如姊，這些年也偶爾記掛起她。」

她點點頭，有些艱難地唸出那名字。「說起來，當年珠姐兒倒也常與我提及你。」

顧池生這下稍變了神色，偏頭問：「她向您提及我什麼？」

「多是拿你寫的聯子與我說，這處如何絕妙、那處如何了不得的，把你誇得跟天上仙人兒似的。珠姐兒同老爺一樣，都極看重你的才氣。」

顧池生聞言，垂了眼沒說話。

季氏又笑。「不過她倒也曾講過你的不好。」

她說及此卻見顧池生忽然抬起頭來，倒愣了一下，只是很快恢復如常。「你莫緊張，也並非什麼壞話。只與我訴苦說，老爺疼你比疼她來得多，她好心陪老爺下棋，卻被老爺批評棋藝不精，還不如與你來的帶勁，她竟比不上個乳牙都沒換齊的孩童，實在太可氣了。」

顧池生聽罷，彎了眼睛道：「她與我有什麼可比的。」

季氏瞧他眼底那笑意，頓了一頓，倒想起一樁事。「師母不曉得你還記著珠姐兒，如此說來，早些年納蘭家的四小姐在咱們府上落了水，你不管不顧去救，可也是因這個？」

顧池生斂了笑意。「興許吧，只是覺得，倘使也有人這麼救了她……」就好了。

他話只說一半，季氏也是一時感懷，便與他道：「說來也是緣分，我聽聞納蘭小姐恰是珠姐兒出事當夜生的。」

顧池生的眼底竟因此有了幾分錯愕。「您說什麼？」

季氏未曾料想他反應這般大。「你莫不是也與老太太那般神叨了？我這唸佛的婦人都不信這般邪事，何況你這讀聖賢書的。」

他似乎也覺反應過頭，歉意地笑笑。「只是覺得巧罷了，自然不可能的。」

季氏點點頭，不願再多提往事，便與他講了這段時日須注意的飲食，完了便道：「這些雜事，原本該有個人貼身替你料理才是，你也弱冠的年紀了，預備何時說親事？淮安家中可有催促？再過一個多月便是年節，你瞧瞧你這空蕩蕩的府邸，連個女主子都不曾有。」

顧池生默了良久才答：「師母，學生尚未有成家的心思，家中長輩與我提過幾次，只是我想，先且如此吧。」

他如今位分高了，家裡人說不太得他，季氏也明白這點，只感慨道：「兩年前狀元遊街時，京城多少閨閣小姐明裡暗裡向你拋枝，你竟絲毫沒有動搖，後又拿長輩過世的由頭，說要守孝三年……你有自己的主意，既然淮安家中不勉強你，師母自然也沒得可說。只是瞧你過得冷清，年節守歲，你若不回故家祭祖，莫不如還是與咱們一道過。」

顧池生笑著點點頭。「祭祖是要去的，只怕要正月才得空；守歲也要緊，老師若不生我的氣了，我自然登門。」

季氏聽他應下，又與他拉了幾句家常，終歸見他面色蒼鬱，宜多歇養，不久便告辭了。

只是甫一踏出顧府大門，她臉上的笑意就消散無蹤。

一旁徐嬤嬤眼見她神色不對，垂著眼問：「太太，您可是又念起了珠姐兒？」

她搖搖頭道：「也非全是。妳方才也在屋裡，可有覺得池生說起珠姐兒時，似乎有些不大對頭？」

徐嬤嬤點點頭。「太太，依老奴看，顧少爺那語氣實在不大像是對待家姊的。」

季氏眼皮子一跳。「莫不是說，池生他……」

她未將話說盡，徐嬤嬤卻也懂了。「太太，終歸都是舊事了，顧少爺既是勸您看開，想來自己也是看開了的。」

她緊攥著手裡的帕子，直至指節都泛白了才鬆開。「但願……但願如此吧。」

漸近小雪時節，天氣晦暗陰冷，納蘭崢臥榻養了小半月的傷，下元節祭祖也未得去，卻是日日都梳妝極早，醒來便讀書，或者做女紅。

她本該要好生歇養的，只因鳳嬤嬤時時刻刻盯著不敢怠惰，叫下人們不許縱容她睡晚，也不再到處跑了。

當然，她現下出門都靠一把木輪椅，也確實跑不了。

鳳嬤嬤倒並無為難她，畢竟她這傷未好全，該如何教養都是日後的事。卻是她猜到湛明珩頗有些忌憚這位乳母，不想駁了她老人家的面子，便主動討好起來。

畢竟受了皇恩，她可沒那臉皮敢拿鼻孔看皇家的人，況且也並非多累的事，她前世是做慣這些的。

倒是岫玉見狀，幾次三番與她說，叫她不必拘著自己，鳳嬤嬤那裡有太孫頂著呢。她只笑笑不答，心道鳳嬤嬤雖多維護她，實則卻是替皇家打算的，反而岫玉一心全然只替她一人打算，就像湛明珩一樣。

她因此更不會任性，叫湛明珩兩頭為難了。

直至十月十八，鳳嬤嬤回宮去，連頭連尾須有三日才得返，納蘭崢才得了閒。

她乘機出了桃華居，想去父親那裡偷摸些周遊雜記。

納蘭遠休沐在府，聽見木輪子骨碌碌滾動的聲響就曉得是她來了，合攏了手上的公文，從案几邊抬起頭來。「崢姐兒今日怎地記起來父親這裡了？」
納蘭崢被綠松推著上前。「悶在屋裡著實無趣，我倒想日日來的，只是鳳嬤嬤在，哪能容得我亂跑？今兒個可好了，明日太孫生辰，鳳嬤嬤自然缺席不得。」
十月十九是湛明珩的生辰，納蘭崢頭一次聽說便記住了，因她前世是十月初九生的，與他只差十日。
納蘭遠聞言就指著她笑起來。「妳這丫頭最是狡猾！」
納蘭崢這下不高興了，撇撇嘴道：「還不是念著您公務繁忙，怕您有什麼煩心事不得解，這才來問候您。」說罷看向綠松手中的點心盒。「我還特意起早做了雲片糕給您嚐鮮，嶸哥兒都沒吃過呢！」
「倒是父親不識好歹了？」他稍一挑眉，瞅了瞅那精緻的雞翅木食盒，朝她招手道：「煩心事倒不曾有，只是恰有些疲乏，既然妳來了，與父親下盤棋也好。」
納蘭崢好些時日未有機會與湛明珩下棋，也想練練兵，聞言便催促父親快些擺棋局。只是父女倆面對面剛坐好，便聽下人來報，說戶部郎中顧大人來訪，眼下正在府門外候著。
納蘭遠聞言倒也無甚訝異，吩咐將人請進書房，便往棋盤上下了一子。
反倒是納蘭崢覺得有些奇怪。「父親，顧郎中怎會來咱們國公府？」
納蘭遠呷了口茶。「妳不曉得，那後生是個十分懂禮數的，此番落了難，傷方及養好便接連登門拜訪了好幾位官員的府邸。那些人都是前頭替他說過好話的，甚至連比他品級往下的他都一一拜謝了，朝中不少人誇他謙遜。」

納蘭崢點點頭，完了道：「父親，可您卻不曾替他求過什麼情，不過出面詢問幾句案情罷了。」

「興許人家便記著了。」納蘭遠笑笑，催促道：「妳這丫頭，還落不落子了？」

她想說自然要落的，拈了玉子又覺不妥。「父親，既然如此，我是不是迴避了好些？」

「妳這丫頭如今思慮倒多，左不過聽上幾句拜謝的話，人家也不會久留，妳眼下腿腳不便，又何必來來回回折騰？父親在場，沒人敢有不規矩的話頭。再說了，妳這會兒回去，還不給人撞見了，顧郎中早些年對妳有恩，妳這般避著反倒禮數上說不過去。」

她心道也對，是鳳嬤嬤看重這些規矩，才叫她格外注意起來。

父女倆來回殺了幾子，便見小廝領進一人，正是顧池生。

納蘭崢聞聲，偏過頭去。

他比五年多前拔高不少，因身板瘦削，瞧上去甚至比湛明珩還更頎長幾分，站在那裡幾乎撐滿了門框，像竹竿似的。

納蘭崢卻覺他太瘦，連那身鴉青色竹葉暗紋的直裰都因此過分寬大，氣色也不如何好。

她稍一蹙眉。好端端的一個人，都被那刑罰折磨成什麼樣了。

她的目光自他色澤淺淡的唇上掠過，便不再往上了。兩人身長懸殊，尤其她眼下還坐著，再往上就須得仰起頭，實在有些失了禮數。

她因此收斂目光，朝他略一頷首。顧池生亦是一樣的動作，如此就算與她招呼過了，繼而向魏國公行禮。

納蘭遠起身受禮，向他客套道：「顧郎中傷勢初癒，原本該是我去府上探望你的。」

顧池生被請了座和茶，含笑道：「是下官唐突了。」

以納蘭遠如今身分，本不必對個小輩這般客套，他會如此，也是因早些年納蘭崢落水那樁事。

「顧郎中客氣，你此前蒙冤受難，我一介武夫也未能幫襯什麼，反倒是魏國公府還欠你一個人情。」說著看了納蘭崢一眼。「小女此番腿腳不便，失禮了。」

他這麼一暗示，顧池生自然明白，拘著禮並不過問納蘭崢是如何傷著的，面上笑得和煦。「令嬡早便當面謝過，國公爺不必掛心。」

納蘭遠一時未能記起自家女兒與這顧郎中何曾有過往來，聞言面露古怪，鬧得原本不欲插嘴的納蘭崢只好道：「父親，我與顧郎中在五年前春獵宮宴上見過的。」

顧池生點點頭示意確是如此，抬眼時目光順勢掠過納蘭崢面前的棋局，納蘭遠便解釋：「方才是小女在陪我下棋。」

「倒是下官來得不巧了，如此，國公與令嬡繼續便是。」

納蘭遠擺擺手。「哪有這般的待客之道。顧郎中的棋藝遠近聞名，既然這棋局擺著，莫不如由你與小女殺上一局吧！」

顧池生稍一頓，而後道：「那下官就恭敬不如從命了。」

納蘭崢頓覺哭笑不得。父親不好意思將客人晾在一旁，卻自知棋藝不佳，對不過顧池生，因而出了這主意，如此，既不會冷落客人，又不會丟失面子。畢竟她一個十二歲的女娃，下不過他堂堂狀元郎是情有可原的。

她是被父親當擋箭牌使了。

納蘭遠見她發傻，就催促道：「崢姐兒，妳愣著做什麼，莫非怕了人家顧郎中的棋藝？」

她立刻回嘴：「父親，我才沒得怕，是您怕了才對！」

納蘭遠指指她，氣得沒說上話來。這丫頭，竟是與太孫學了壞，敢在外人跟前拆長輩的臺了。

顧池生見父女倆這架勢，彎著嘴角將棋局擺好，跟納蘭崢說：「顧某的棋藝算不得上佳，只是納蘭小姐也年幼，顧某還是讓您三個子吧。」

納蘭崢心道他也真謙遜，倘使他那手棋藝都算不得上佳的話，這京城裡頭還有誰能算得啊？

她是不喜被相讓的性子，一被讓就要不高興的，卻是在湛明珩跟前常有的脾氣不好在顧池生跟前發作，便朝他一笑。「那就多謝顧大人相讓了。」

顧池生極擅體察人心，即便她笑著，他也感覺到她內裡的不悅，他撐在膝上的手因此輕輕一頓。

她這性子，倒真與他那位故人有些相像……

——未完，待續，請看文創風584《龍鳳無雙》2

2017年11月出版

龍鳳無雙

文創風 583～585

常言道：「不是冤家不聚頭」，
此番招惹了那金尊玉貴的人，
她之後還有好日子過嘛……

故事千迴轉，情意扣心弦／池上早夏

納蘭崢心裡藏著一個秘密。
七年前她莫名被害，丟了性命，卻沒丟掉前世的回憶，
如今再世為魏國公府四小姐，她步步為營，不忘查探當年真凶。
她天資聰穎，胞弟卻資質平平，為替他謀個似錦前程，
她研習兵法，教授胞弟，豈知她在這頭忙，另一頭竟有個少年慫恿弟弟蹺課！
她納蘭崢可不是那種不吭聲的良家婦女，她與少年結下了梁子，
可說也奇怪，這少年一副睥睨姿態，竟說自己是當朝皇太孫——而他還真的是！
她自知惹上不該惹的人物，豈料這誤打誤撞，反倒讓她被天家惦記上了?!
湛明珩貴為皇太孫，什麼窈窕貴女沒見過，卻偏偏被一個女娃擺了一道！
閨閣小姐學的是溫良恭儉讓，她學的是巾幗不讓鬚眉，
一口伶牙俐齒，總能教他啞巴吃黃連。
想他平時說風是風，說雨是雨，如今卻拿捏不住一個女子，
說出去豈不被人笑話？他非要讓她瞧瞧厲害不可！
怎知他算盤打得叮噹響，還沒給她一個教訓，心就被她拐了去……

為流浪貓狗加油 和貓寶貝 狗寶貝 廝守終生(一定要終生喔！)的幸福機會

對人來說，貓寶貝狗寶貝只是生活的一部分，但妳（你）對牠們來說，卻是生活的全部，領養前請一定要考慮清楚——

▲ 徵求專屬貓奴的主子　胖卡

性　　別：男生
品　　種：米克斯
年　　紀：6歲
個　　性：略怕生，熟悉後愛撒嬌、討摸摸
健康狀況：已結紮，已施打疫苗。
目前住所：台中市太平區

『胖卡』的故事：

在胖卡年幼時，牠在東海別墅的一座公園中被毒殺，幾乎要失去生命跡象，於是中途緊急將胖卡送到醫院。那時的牠已經奄奄一息，整個癱軟無力，簡直像是一個沒有生命的破娃娃，看到如此可憐的胖卡，中途忍不住流下了眼淚。當時中途及志工們都以為胖卡中毒這麼深，可能無法熬過這難關，卻沒想到胖卡在昏迷兩週後，奇蹟似的甦醒了，而且逐日地康復。

在恢復期間，胖卡的戒心相當重，只要一靠近，便不客氣的對人哈氣及揮爪，想必是之前的遭遇讓牠的心靈受了傷，無法輕易相信人。中途在照顧胖卡時，不強求牠要像家貓那樣乖巧，只是默默地陪伴。

一兩年過去，胖卡已不復見當時瘦弱的身板，反而長成一隻美麗、壯碩的橘貓（所以才叫「胖」卡），樣子十分可愛討喜；同時，漸漸習慣與人相處的牠，開始願意主動親近人，甚至喜歡繞在人的腳邊撒嬌，希望有人可以去摸摸牠、對牠有所關心。

在中途照顧的貓屋裡，不少貓兒一個個都有了歸屬，胖卡卻像是被遺忘了般，還在這裡期待著有個幸福的家可回。若您願意當胖卡專屬的貓奴，趕快來找胖卡吧！請來信leader1998@gmail.com（陳小姐），或傳Line：leader1998，或是搜尋臉書專頁：狗狗山-Gougoushan。

認養資格：

1. 認養者須年滿20歲，有穩定經濟能力，並獲得全家人的同意。
2. 須同意簽認養寵物切結書，並讓中途瞭解胖卡以後的生活環境。
3. 同意送養人日後之追蹤探訪，對待胖卡不離不棄。
4. 同意讓胖卡絕育，且不可長期關、綁著胖卡，亦不可隨意放養。
5. 為讓中途對您有更深入的瞭解，中途會先有份線上問卷請您填寫。

來信請說明：

a. 個人基本資料：姓名、性別、年齡、家庭狀況、職業與經濟來源等。
b. 想認養胖卡的理由。
c. 過去養寵物的經驗，及簡介一下您的飼養環境。
d. 若未來有結婚、懷孕、出國或搬家等計劃，將如何安置胖卡？

文創 風
583

龍鳳無雙 1

國家圖書館出版品預行編目資料

龍鳳無雙 / 池上早夏著. --
初版. -- 臺北市 : 狗屋, 2017.11
冊 ; 公分. --（文創風）
ISBN 978-986-328-799-5（第1冊 : 平裝）. --

857.7　　106016734

著作者　池上早夏
編輯　王冠之
校對　周貝桂　簡郁珊
發行所　狗屋出版社有限公司
地址　台北市104中山區龍江路71巷15號1樓
電話　02-2776-5889～0
發行字號　局版台業字845號
法律顧問　蕭雄淋律師
總經銷　知遠文化事業有限公司
電話　02-2664-8800
初版　2017年11月
國際書碼　ISBN-13　978-986-328-799-5

本著作物由北京晉江原創網絡科技有限公司授權出版

定價250元
狗屋劃撥帳號：19001626
網址：love.doghouse.com.tw　E-mail：love@doghouse.com.tw